XINLING JITANG

修订版

心灵鸡汤
引领成功的励志美文

澜 涛 ○ 主编

北京工业大学出版社

图书在版编目（CIP）数据

心灵鸡汤：引领成功的励志美文 / 澜涛主编. — 修订版. — 北京：北京工业大学出版社，2012.3

ISBN 978-7-5639-2817-0

Ⅰ. ①引… Ⅱ. ①澜… Ⅲ. ①散文集-中国-当代 Ⅳ. ①I267

中国版本图书馆CIP数据核字（2012）第027206号

心灵鸡汤——引领成功的励志美文（修订版）

主　　编：	澜　涛
责任编辑：	李　华
封面设计：	柏拉图
出版发行：	北京工业大学出版社
	（北京市朝阳区平乐园 100 号　100124）
	010-67391722（传真）　bgdcbs@sina.com
出 版 人：	郝　勇
经销单位：	全国各地新华书店
承印单位：	北京晨旭印刷厂
开　　本：	787 mm×1092 mm　1/16
印　　张：	17.5
字　　数：	252千字
版　　次：	2012年3月修订版
印　　次：	2012年3月第 1 次印刷
标准书号：	ISBN 978-7-5639-2817-0
定　　价：	25.00 元

版权所有　翻印必究

（如发现印装质量问题，请寄本社发行部调换 010-67391106）

前言 Preface

这是一个不再甘于平凡的时代，人人渴望成功。

"成功＝艰苦的劳动＋正确的方法＋少谈空话。"爱因斯坦对成功的阐释简单得只是一个公式，然而平庸却宛如一座囚牢，把我们的灵魂深深困住。如果能够有一个引领者，引领人们通向成功的塔尖，想必，这个人一定是最受欢迎的。

那么，是不是可以尝试向成功者索要秘诀呢？

成功者离我们并不遥远，他们之所以赢得令人瞩目的成就，也许仅仅因为他们身上拥有了我们还没有的某种良好品质、某个坚持到底的习惯、某种风雨无惧的勇气……

《心灵鸡汤——引领成功的励志美文》一书，汇集了当前国内一线美文作家们对成功的理解和诠释，有来自他们亲身经历的感受，有他们从一个个成功者身上发掘出的闪光点，也有他们对成功独特的解读。本书力求做到：让你能够踏在成功者的肩膀上，体味他们成功的故事，让他们成功的脚步引领你登上更高处，以便你能够看得更远，能够更迅捷地登上成功的塔尖。

人生的途中，大可不必为时常飞来的石子、沙尘、白眼、草屑而烦恼，那不过是行走中的常态，爬起来，朝路人笑笑，自我解嘲，说，不过是想要吻一吻鲜泥，嗅一嗅花香。

——安　宁

　　你有你的浩瀚，我有我的个性；你有你的强大，我有我的弱小。能在诱惑与强大面前，依然不改本色，不肯屈服，也许这就是一脉弱水成为人间绝景的秘密。

——感　动

第一辑　给自己一片悬崖

虚掩的门　/002
满天的星星都是我的　/003
只是断了一根琴弦　/005
千万不要把点当成圆来看　/007
没有卑微的工作　/009
人不能同时坐两把椅子　/011
我要去巴黎　/013
这世上没有一个无用之人　/015
人生的信念　/018
卑微母亲的眼泪　/020
厕所里有珠宝　/023
每天成功1%　/024
给自己一次举手的机会　/027
守护住我们拥有的　/029
嘲讽过处是花香　/030

没有翅膀也可以自由地飞翔 /032

给自己一片悬崖 /035

一只巴掌也能拍响 /036

一杯冰镇牛奶 /038

寂寞是第二颗糖 /040

微笑的灌木类植物 /042

路在山的另一侧 /044

每个人都有两扇窗子 /045

肥料把我养得很足 /047

你拿什么来证明自己 /049

最初的梦想 /051

母亲的军帽 /053

走在命运的左岸 /056

纸条上的命运 /057

世界上最成功的名人访问者 /060

要现在，还是未来 /062

第二辑 你的背上有翅膀

让心每天开出一朵花 /066

信自己，得永生 /068

蜘蛛的哲学 /069

坏孩子也一样有着成长的特权 /071

无知者无畏 /073

用心灵倾听 /076

不染 /077

把球一次次投向篮筐 /080

两扇磨盘也能磨亮人生　/081

上帝不敢辜负信念　/083

每一朵鲜花都装着果实一样的梦　/085

在漏雨的屋檐下唱歌　/087

生命的劣势　/089

生活中时刻都存在着机会　/091

你的背上有翅膀　/093

上帝不会少给你一种色彩　/095

动人的回水　/097

每条路都有自己的方向　/099

穿旧皮鞋的孩子　/102

一个人的奔跑　/104

细润成珠　/105

上帝咬过的苹果　/107

梦想不容蔑视　/109

成功需要积累　/111

起点不重要　/112

第三辑　每一棵草都会开花

做最贵的配角　/116

那些年华那些花　/118

祷告的手　/120

手心永远不要向上　/121

成为亿万富翁的支点　/123

心到，脚才能到　/127

龙涎香的秘密　/130

一无所知 /131

像蚂蚁一样满足 /133

你就是第一 /135

每一棵草都会开花 /137

为你提前五分钟下课 /139

没有一件事是不幸运的 /141

只要开始 /143

用信念断臂自救 /145

黏合想象的碎片 /147

别怕,黑暗一捅就破 /149

第一百零一次 /151

没有一种冰不被自信的阳光融化 /152

我不想拆掉你的翅膀 /154

第四辑 感谢那些看不起我的人

黑暗里的珍珠 /158

再等一天 /159

亲自叩响机遇之门 /162

舍不得喝矿泉水的巨富 /163

成功需要多长时间 /165

微不足道的人生目标 /167

侍弄生命的人 /169

风吹过,给世界一把梳子 /170

给我一刀 /172

眼前就有好风景 /174

无腿的登山者 /177

成功的位置 /178
我知道梦想有多美 /180
感谢那些看不起我的人 /182
他知道数学有多美 /184
你能否耐得住寂寞 /186
一个问号成就一生 /187
幸福不问出身 /189
两条河流的启示 /191
大师的细节 /192
心上的耳朵 /194
记住目标 /196
理想里的那些飞蛾 /197
等待 /199
从神偷到安全顾问只是一个转身 /201
甘草人生 /203

第五辑　你就是自己的奇迹

一个傻子能做什么 /208
每一棵草都是风的旗帜 /209
站在我光环下的你 /211
每个星期扫地7天 /214
横穿英吉利海峡的方法 /215
最傻的人成功了 /218
从改变自己开始 /219
我在第一排 /221
麻风树也有春天 /222

成功有时不计后果　/224
把自己变成榜样　/226
创造理由，摘到苹果　/228
你也可以成为一颗耀眼的星辰　/230
从自卑到卓越　/232
有梦就能飞　/234
坚持寻找一分钱的歌唱家　/236
你就是自己的奇迹　/238
成功可以预料　/240
每棵草都有一颗开花的心　/242
成长的第一课　/244
从最糟的机遇开始　/246
海清：有一种气质叫奋斗　/247
常怀敬畏之心　/250
担忧后的奇迹　/252
感谢上帝，没有给老虎插上翅膀　/254
牵牛花爬上阳台　/257
活出本色　/260
90岁的市长　/261
野百合也有春天　/263
从自恋中华丽转身　/265
饥饿是生命的闹钟　/267

第一辑

给自己一片悬崖

  人生的途中，大可不必为时常飞来的石子、沙尘、白眼、草屑而烦恼，那不过是行走中的常态，爬起来，朝路人笑笑，自我解嘲，说，不过是想要吻一吻鲜泥，嗅一嗅花香。

——安宁《嘲讽过处是花香》

虚掩的门

⊙李雪峰

> 多一份自信，便会多一次机会。充满自信地去努力争取，机会才能被抓在手里。

听说英国皇家学院公开张榜为大名鼎鼎的教授戴维选拔科研助手，年轻的装订工人法拉第激动不已，赶忙到选拔委员会报了名。但临近选拔考试的前一天，法拉第被意外通知，取消他的考试资格，因为他是一个普通工人。

法拉第愣了，他气愤地赶到选拔委员会。但委员们傲慢地嘲笑说："没有办法，一个普通的装订工人想到皇家学院来，除非你能得到戴维教授的同意！"

法拉第犹豫了。如果不能见到戴维教授，自己就没有机会参加选拔考试。但一个普通的书籍装订工人要想拜见大名鼎鼎的皇家学院教授，他会理睬吗？

法拉第顾虑重重，但为了自己的人生梦想，他还是鼓足了勇气站到了戴维教授的大门口。教授家的门扉紧闭着，法拉第在教授门前徘徊了很久。终于"笃笃笃笃"，教授家的大门被一颗胆怯的心叩响了。

院里没有声响，当法拉第准备第二次叩门的时候，门却"吱呀"一声开了。一位面色红润、须发皆白、精神矍铄的老者正注视着法拉第，"门没有闩，请你进来。"老者微笑着对法拉第说。

"教授家的大门整天都不闩吗？"法拉第疑惑地问。

"干吗要闩上呢？"老者笑着说，"当你把别人闩在门外的时候，也就把自己闩在了屋里。我才不当这样的傻瓜呢。"他就是戴维教授。他将法拉第带到屋里坐下，聆听了这个年轻人的述说和要求后，写了一张纸条递给法拉第说："年轻人，你带着这张纸条去，告诉委员会的那帮人说戴维老头同意了。"

经过严格而激烈的选拔考试，书籍装订工法拉第出人意料地成了戴维教授的科研助手，走进了英国皇家学院那高贵而华美的大门。

其实这个世界上没有一扇门是紧闭的，只要你有勇气，没有一扇门不会被叩开。

满天的星星都是我的

⊙丁立梅

> 任何时候都不要气馁，如果意志坚定，信心十足，每个人都会发现，自己原来坐拥着巨大的人生财富。

院子不大，是20世纪六七十年代的建筑了。水泥地面，开裂得东一块西一块的，缝隙处，冒出许多草来，无论春夏，它们都顶一头绿。也开花，细碎的小白花，很秀气。这是我租住了近两年的小院，它的原主人早就搬进高楼里去了，索要的租金不贵。我仿佛捡了大便宜，欢天喜地搬进来。每天看着院子里的草，体味着生命的鲜活与生机勃勃。

不知从什么时候起，院子里突然来了一批"客人"，是些麻雀、白头翁，还有画眉。我以为那定是画眉，可爱的绿脑袋，歌声宛转。它们在院子里散着步，小脑袋一点一点地，这儿看看，那儿瞅瞅，充满好奇的样子。有的跃上晾衣绳，站在上面左顾右盼，啁啾着。热闹非凡。

我在一块玻璃板上，倒上饭粒和面包屑。

鸟们飞下来啄食。我坐在不远处看书，看鸟。也有胆大的，跳着跳着，就跳到我的脚边来了，抬头看一看我，而后又跳开。阳光淡淡，时光安详。

有女友到我的小屋来，她用同情的眼光看着我居住的地方，说："你怎么住这种地方？"她是指它的简陋。我笑。她哪里知道我养了一院子的鸟，还有那些自生自长的草。虽说破院子旧房子地住着，我却感到富有。

我想起一朋友来。朋友是个生意人，曾把生意做得风生水起，买了大房子，买了小轿车，一米六的个头，竟找了个一米七的漂亮女孩做女友……一切完美得不能再完美了，却因他一时疏忽，生意一落千丈，最后只得宣布破产。

他的世界立即黯淡一片。债主们整天守着他的家门，女友投入别人的怀抱……那些天，他整夜整夜失眠，头发大把大把掉落，他陷进人生绝境，无力自救。他想，不如一了百了吧。

在结束生命前，他决定回乡下看看母亲。夜晚，他坐在母亲的小院内，天上的星星，密密匝匝，像有无数的小鱼在跳。晚风徐徐，飘来植物的清香。天地间，一片宁静。母亲絮絮跟他说着田里的事，瓜果蔬菜，都长得挺好的。他哪有心思听这些，一颗心，只盛满悲凉，想，母亲还有瓜果蔬菜可依，他却什么也没有了。

邻家的两个小孩子，当时正在一边玩耍。他们追着萤火虫跑，后来又钻到草丛里去找纺织娘。他们是无忧的。一个孩子捉到一只蚱蜢，另一个孩子要，那孩子不给。要的孩子就有些恼了，说："才不要你的破蚱蜢呢，我家有长毛狗呢。"

"那有什么！我家还有小兔子呢。"捉到蚱蜢的孩子神气地回道。两个孩子开始斗嘴，准确地说，他们是在比谁拥有得多。他们先是比家里的东西，后来比一切他们看得到的，屋后小河的鱼，门前树上的鸟，都成他们的了。最后一孩子突然仰起脸来，小手一指天空说："满天的星星都是我的。"

朋友起初只是可有可无地听着，他只当那是孩子的游戏。当他听到"满天的星星都是我的"这句时，怔住，原来，他并不曾失去得一无所有，还有这满天的星星，不离不弃地为他亮着啊。

第二天，朋友返回小城，之后很快走出困境。

在人生的旅途中，我们每个人都拥有满天的星星。我们都是富有的，因而没有理由气馁。

只是断了一根琴弦

⊙崔修建

> 很多的时候，人们只不过是打碎了一个鸡蛋，并没有失去整个养鸡场，局部的失利，不应成为失败的开始，反而应是通向成功的新起点。

在巴黎举办的一场大型音乐会上，人们正如痴如醉地倾听著名的小提琴家欧尔·布里美妙绝伦的演奏。突然，正全神贯注的布里心一颤——他发现小提琴的一根弦断了。但迟疑没有超过两秒，他便像什么事情都没有发生似的，继续面带微笑地一曲接一曲地演奏。观众们和布里一起沉浸在那些优美的旋律当中，整场音乐会非常成功。

终场时，欧尔·布里兴奋地高高举起小提琴谢幕，那根断掉的琴弦在半空中很醒目地飘荡着。全场观众们惊讶而钦佩地报以更为热烈的掌声，向这位处变不惊、技艺高超的音乐家致以深深的敬意。

面对记者的"何以能够保持如此镇定"的提问,欧尔·布里一脸轻松道:"其实那也没什么,只不过是断了一根琴弦,我还可以用剩下的琴弦继续演奏啊。这就像我们熟悉的许多遭遇不幸的人生,依然可以是美丽无憾的。"

布里睿智的回答与他卓然的表演一样精彩——"只不过是断了一根琴弦",向世人传递的是从容,是乐观,是洒脱,是心头不肯失落的信念,是命运在握的强者充满自信的宣言,是坦然前行的智者面对岁月中那些风雷电雨自豪的回应。

没错,在我们每个人的生命旅途中,类似断弦的事情经常会发生,但只要那人沉着、冷静,从容地面对突然的变故,他的目光不为已经断掉的琴弦所左右,他的心绪不被断掉的琴弦缠绕,而是把更多的目光投向手中的琴,相信自己的演技,依然满怀热情的慧心去演奏,他就仍可以继续演奏出美妙无比的乐章。失聪的贝多芬、又盲又聋的海伦·凯勒、被"幽禁"在轮椅上的史铁生等,许许多多被上帝无意间弄断了"琴弦"的古今中外的强者,都没有被突如其来的断弦所困扰,而是更加珍惜命运赐予的一次次演奏机会,用坚强和执著赢得了无愧于生命的热烈掌声。

当然,现实生活中,也有不少人因过于看重那些所谓的挫折和失败,总是难以摆脱那些不幸的阴影,进而人为地放大了悲观、失落甚至绝望,陷入痛苦的泥潭中难以自拔。在这些人眼里,似乎一根琴弦断掉了,人生便再不可能有动人的旋律了。于是,他们在怨天尤人中一天天地黯淡了本该是光彩亮丽的生命。其实,很多的时候,人们只不过是打碎了一个鸡蛋,并没有失去整个养鸡场。毫无理由地肆意夸大自己的那一点点的不幸,就像盯住了白纸上一个墨点,让自己看不到前面的目标,忘却了脚下的道路,消减了继续前行的热情和勇气。

遭遇不如意是人生中再正常不过的事情了,失学、失恋、失业等,数不清的意料之中和意料之外的失败,随时都可能降临到每个人头上,但那很多时候,都"只不过是断了一根琴弦",无须慌乱,更无须过多地悲观和伤感。须知：我们手里毕竟还握着另外一些琴弦，而且我们还有修复断弦的机会。只要愿意，只要肯努力，我们依然也可以完全能够继续演奏出心中期待的旋律。就像那位哲人的忠告——"上帝向你关上了门，但会向你开启另一扇窗。"没有谁能够真正地打败你，除非你自己倒下了。

千万不要把点当成圆来看

⊙凉月满天

> 眼界决定人生的境界，只有把眼界放宽，才会有更多的美好不断而来。

二十五年前，他还是一个十七岁的少年，因为家中困难，跟着同乡到法国打工。临走前，他终于鼓起勇气，给他暗恋好久的美丽的语文老师写了一封信，向她倾诉自己的感情和对未知的前路的迷惘。老师的回信里不但有善意的安慰和鼓励，还有饱含哲理的一句话："千万不要把点当成圆来看。"

这句话被他当做一生的信条。

好几年的时间，他没有见过巴黎的太阳，最开始只是每天每天坐在皮包工厂里，和剪刀、绳子、胶水不停纠缠。可是他手笨，脚软，踩不动裁缝机，出活质量又差，不到一年就给赶了出来。

不得已跑到别的工厂打工，不足一年，又被赶。

如是三番五次，他自己都说不清楚头两年怎么熬过来的。后来看中一处店铺，开起一家服装店，结果又破产。坐在地铁的过道里面，看着那些弹唱讨钱的乞丐，他认真想着要不要回国，毕竟自己的家山亲水亲，再怎样也会吃上一碗饱饭。可是，他不肯。自己追求的是圆，而不是点。

后来，他看准时机，租了一个工厂，生意慢慢发展，手头有了十几万法郎的积蓄。这已经不是一个小数目，拿回家去，可以盖房、娶媳妇、奔小康。但是，一想起老师说的这句话，这些钱似乎又缩小成一个小小的黑点，而自己的目标，还是一个什么地方都大大招摇着的圆。

功夫不负有心人，他的生意越做越大，每天数钱数到手软，还娶了一个浪漫美丽的法国姑娘。这下他更明白了老师的那句临别赠言。果然，无论感情还是事业，都不要限制在一点，真正的生活，很宽广啊！

国内国外的商海闯荡二十多年，他已经拥有了自己的工厂、公司和楼盘。可是渐渐的，烦恼来了。抢别人生意和被别人抢生意，欠别人钱和被别人欠钱，一顿饭要接几十个电话，人事纠葛让人头大。空前的迷惘和烦乱让他无所适从，于是，就站在惠寂禅师面前。四十多岁，狮子鼻，面瓜脸，笑起来鼻子一动一动，脸上全是笑纹儿，眼睛里却没有笑模样，手里捏着一封皱皱巴巴的信，旧得很，字迹模糊不清，信尾有一句话："千万不要把点当成圆来看。"

"禅师，我该怎么办？"

禅师抬头想想，低头笑笑，取来一张纸，用墨尖点了一个小小的点，然后又开始在上面一圈一圈地涂抹，让它变得更黑、更大、更圆，然后放到这个人的鼻子跟前："大不大？"

"大。"

"好，你退后。"

那人退后一步。

"现在呢？"

"……小一点。"

"再退，一直退，退到照墙那边。"

"大不大？"禅师对远远的照墙边上小小的人影喊过去。

"看不见了！"对方又喊回来。

"这个圆,就是你现在的生活。它放在你眼前的时候,你觉得它很大很大,大到占满全世界。可是,当你放开,把距离拉远,就会发现,它只不过还是一个点。一个涂得再黑再大的圆,放在太阳底下,蓝天底下,也只不过是一个小小的点,甚至连看都看不见。既是如此,还有什么执念?少接两个电话不会死,少做两单生意也不会死。所以,你只理解了这句赠言的前一半,却没有理解它的后一半。当你把这个圆画到足够大的时候,要学会及时收手,回头是岸——你真正的生活不在这个'点'上,在外面。"

"外面……什么样儿啊?"

"回去吧。自己试试看。"

原来所谓的"一花一世界,一叶一天堂",不是让你对着一朵花一片草死盯猛看,而是把眼界放宽,走出自己的小圈圈,直到以往没有注意到的美好排着队向你姗姗走来。

没有卑微的工作

⊙姜钦峰

千里起于跬步,沧海源自水滴,没有一项工作是卑微的,没有哪一座大厦能够离开寸砖。

米勒的演员梦,源于小时候的一次演出。大学毕业后,米勒去好莱坞寻梦,加入福克斯公司。起初,他满怀期待,以为这里就是梦想起航的地方。但是没多久,残酷的现实就给了他当头一棒,在明星大腕云集的好莱坞,像他这样的新人遍地都是,他甚至连出镜的机会都没有。

米勒在公司身兼数职,一天到晚忙得不可开交,接电话、复印、传真、给大腕买零食、帮老板买午餐……除了演戏，他几乎什么事情都干过，跑腿打杂样样有份。他每天只有一项稳定的工作——遛狗！有些明星会带着宠物狗来上班，主人忙的时候，往往没有时间照看爱犬，于是他就有了用武之地，牵着狗出去散步。这项工作虽然有点滑稽，却并不轻松，有时狗会生病拉肚子，他必须给狗戴上纸尿片，确保不让狗弄脏豪华地毯。

现实离梦想很远，但是米勒并没有抱怨，既然拿了薪水就要干活。他依旧尽心尽责，踏踏实实，每件小事都当成大事办，力求完美。渐渐的，他在公司获得了良好的人缘，大家都对这个诚恳的年轻人心生好感，别人也愿意放心地把狗交给他。他从未放弃梦想，只是在耐心等待机会。

几年后，米勒终于迎来了一次重大机会，在一部电影中出演一名拳击手。为了演好这个角色，他做了最充分的准备，并参加了6个月的拳击训练。功夫不负有心人，他的表演很成功，获得了一致认可。这是一部大制作，有妮可·基德曼等大牌影星加盟，而且在许多电影节上获奖。对于新人而言，这简直是梦幻般的开局，能为他带来足够的人气和知名度。米勒踌躇满志，信心百倍，似乎看见成功的大门正在徐徐开启。

出乎意料的是，这部大制作并未给他带来半点机会，此后两年内，他没有接到任何片约，主要工作依然是遛狗。满怀期待，结果空欢喜一场，命运跟他开了个不大不小的玩笑。漫长的等待之后，终于又有人找米勒拍电影了，不过这次是小制作，名副其实的小制作，只有10分钟长的小电影。小就小点吧，好歹也是电影，可是看完剧本之后，米勒不禁大失所望。导演想让他演囚犯，然后因为感情问题，他还要从监狱中逃出来。米勒觉得这个角色不适合自己，而且他也不愿意演囚犯，怕自毁形象，但是思前想后，他还是勉强答应了。因为他只有两个选择，要么演囚犯，要么继续遛狗。

就像米勒事先预料的那样，这部只有10分钟的小电影，根本不会产生任何影响。不料一个月之后，福克斯公司忽然通知米勒去试镜，这是一部即将开拍的电视剧，剧中的男主角也是一名囚犯，讲的也是如何逃出监狱的故事。因为米勒刚刚演过囚犯，演得还不错，所以剧组想到了他。既然是试镜，肯定会有许多候选人参加，米勒只不过是其中之一。经历了上次的失落，他的心态已经平稳了许多，并未抱太大希望。

在摄影棚试镜时，屋子里满满地坐了好几十个人，黑压压一大片，个个表情严肃，男主角的人选将由这些人决定。米勒作为新人去试镜，面对那么多挑剔的目光，心里却一点儿也不紧张，发挥自如。虽然他们都是公司高层或者明星大腕，但是在米勒眼里，既不神秘也不陌生，就像老朋友见面那么自然。因为在这些人当中，有叫他接过传真的，有经常叫他帮忙买零食的，当然还有不少人的爱犬早就跟米勒建立了深厚的友谊。实力、运气、人缘，在这一刻，米勒统统具备了，结果可想而知。

这部美国电视剧叫《越狱》，他就是风靡全球的"米帅"，温特沃什·米勒，在剧中饰演男主角迈克。人生总是充满了意外，你永远不知道，下一秒钟将会发生什么。没有一项工作是卑微的，眼下极不起眼的一小步，也许就是通往巅峰的起点。

人不能同时坐两把椅子

⊙鲁先圣

放弃是人生的重要功课。只有懂得舍去人生中的诱惑和负累，我们才能够更专注，更容易接近成功。

帕瓦罗蒂是世界著名的意大利男高音歌唱家。他具有十分漂亮的音色，在两个八度以上的整个音域里，所有音均能迸射出明亮、晶莹的光辉。被一般男高音视为畏途的"高音C"，也能唱得清畅、圆润而富于穿透力,因而被誉为"高音C之王"。他是当今世界三大男高音歌唱家之一。

帕瓦罗蒂1935年生于意大利摩德纳市郊一个并不富裕的家庭。父亲当过面包师,母亲是雪茄烟厂的女工,但他们都酷爱音乐,尤其他的父亲是当地颇有名气的业余男高音。帕瓦罗蒂有着一副天生的好嗓子,自幼就与歌声结伴。因此,他非常渴望自己能够到音乐学院深造。可是,命运却没有给他机会,他被一所师范院校录取了。

在师范学院里,他的成绩非常优秀,他完全可以成为一个优秀的中学教师。而且,在当时的意大利,中学老师也是收入稳定并且十分受人尊敬的职业。但是,帕瓦罗蒂却有另外的想法,他爱好音乐,他希望自己能够成为一个歌唱家。

成为一个收入稳定的教师,是眼下就能够实现的人生目标,这对于贫穷家庭的孩子来说是最现实不过的,而成为歌唱家却是遥远甚至不可及的幻想。帕瓦罗蒂犹豫了,他既不想放弃教师的职业,又不想放弃自己的理想。他拿不定主意,就去询问自己的父亲怎么办。

他的父亲,富有远见的老帕瓦罗蒂神情庄重地看着孩子,告诉他:"孩子,人不能同时坐两把椅子,那样只会掉到椅子中间的地上。在生活中,你必须学会放弃其中的一把椅子。"

帕瓦罗蒂领悟了父亲的教诲,他果断地放弃了教师的职业,为自己选择了歌唱这把"椅子"。

1955年,20岁的帕瓦罗蒂开始学声乐。1961年,25岁的帕瓦罗蒂在阿基莱·佩里国际声乐比赛中,因成功演唱歌剧《波希米亚人》主角鲁道夫的咏叹调,荣获一等奖。同年4月,他首次在勒佐·埃米利亚歌剧院登台演出《波希米亚人》全剧,从此开始了他光辉灿烂的歌剧生涯。

1963年,他因在英国伦敦皇家歌剧院顶替前辈大师斯苔芳诺演出而大获成功,1964年他进入名耀世界的米兰斯卡拉歌剧院,从此一举成名。1967年,在纪念杰出音乐家托斯卡尼尼诞辰一百周年的音乐会上,他被卡拉扬挑选担任威尔第的《安魂曲》中的独唱。此后,这颗歌剧巨星在世界上冉冉升起、光华四射、引人注目，成为当代最佳男高音而蜚声世界。1972年，他在纽约大都会歌剧院与萨瑟兰合作演出了《军中女郎》，在演唱剧中的一段被称为男高音禁区的唱段《啊，多么快乐》时，帕瓦罗蒂连续唱出9个带有胸腔共鸣的高音C，震动了国际乐坛。

当人们问起帕瓦罗蒂成功秘诀的时候，帕瓦罗蒂总是这样告诉人们：选择和放弃是一件痛苦的事情，但却是成功的前提，人不能同时坐两把椅子。

我要去巴黎

⊙感　动

>苦难是个好东西，它不但是我们体验人生的最好方式，更是通过成功的不二法门。

第一次世界大战结束后，他只有两岁，靠种葡萄为生的父母带着他迁徙到了法国。父亲不懂法语，在法国找不到工作，所以，这个家庭陷入了贫困的危机，并在温饱线上苦苦挣扎。

1934年，13岁的他勉强小学毕业，为了生计，就不得不辍学到一个小裁缝店当学徒。正是这份工作，让他对服装设计产生了浓厚的兴趣。虽然吃不饱饭，他却经常空着肚子跑到剧院的舞台后面去观察演员们的绚丽衣着，然后仔细地揣摩这些衣着的造型。有时，他喜欢站在百货商店外面，痴迷地看着橱窗里的那些新款服装，回家后便异想天开地在本子上画一些奇怪的样式，他的父母没有想到，孩子的这种自娱自乐，竟会成为他一生的事业。

20岁左右，他骑着一辆旧自行车，驮着一只破木箱，来到了向往已久的巴黎。结果到了那里,他才发现自己连住的地方都找不到。吃不饱睡不安,他只好四处流浪。不久,第二次世界大战爆发了,乱世之中,他再遭噩运,因为一次偶然事件,他被关进了监狱,饱受炼狱生活的折磨。虽然失去自由,但他对服装设计的喜好依然不改,没有纸和笔,他就用手指在牢房的地上画来画去。两年后,他终于获释,身无分文的他又开始四处游荡。直到走投无路时,他才不得不离开巴黎,来到法国南部城市维希,重操旧业,在一个服装店做学徒。

这是一份来之不易的工作,所以,他非常用功,他一丝不苟地学习,掌握制衣的每一个细小环节。经过三年清苦的学徒生涯。他逐渐成为店里最好的裁缝。但他一直想念着巴黎,他认为只有那里才是自己的舞台。

1945年,他重返巴黎,在一家叫"帕坎"的时装店做设计,当时,许多社会名流都在这里定做服装,设计师的压力可想而知,由于不堪重负,每天都有设计师被淘汰,所以,老板对这个学徒没有抱太大的希望。但他从这个最艰难的挑战中看到了人生转机的希望,他决定全力以赴。为了能设计出让顾客满意的服装,他寝食难安、绞尽脑汁,那些日子里,服装设计是他生活的全部,甚至连吃饭、走路也在想着这些。一天,当他在大街上行走时,一位漂亮的姑娘让他眼前一亮,姑娘全身的线条恰到好处。他想象着,如果她穿上自己设计的服装,一定会令人耳目一新。于是他不由自主地跟在了姑娘后面,发现有人跟踪,姑娘便拐进一个胡同拼命奔跑起来,他却穷追不舍。姑娘终于发怒了,警告他如果再跟着自己就报警。他此时才醒过神来,诚恳地告诉她,自己是一个服装设计师,见她的身材条件优秀,想请她做模特,跟着她,只是怕失去这个机会。

正是这种痴迷,让他的创造能力达到了一次次飞跃,成为时装店里最优秀的设计师。但他并未就此满足,他决定凭着学到的知识,来开创自己的一片天地。几年后,他在租来的简陋小屋里,第一次推出了自己的女装设计,结果一举震惊了整个巴黎。

一个地地道道的农民的儿子,一个没有读过几天书的小裁缝,在战胜苦难与孤独之后，终于与成功牵手。

很多人在与苦难的斗争中败下阵来，而只有那些一直坚持到最后的人，会成为为数不多的成功者。所以，千万不要拒绝苦难，因为苦难的下一站往往是成功。

这世上没有一个无用之人
⊙一路开花

如果，我们能静下心来，细细品察，就会发现，每个人、每一物都有自己的价值，包括一朵花一棵草。

她初来班上的那天，他已在阴暗的角落里安坐了整整两年。她在台上以一种幽默而又活泼的方式作着自我介绍，凌厉的目光却始终无法从有他的角落里抽离。渐渐地，她的目光变得温善而又平和，变得如一簇春风中的梨花，一把贵如油的丝丝清雨。

她是他中学生涯里的最后一位语文老师。她似乎永远也无法忘记那个别样的早晨，一个蓬头垢面的小男孩，耷拉着脑袋，坐在阳光不透的朱门背后，与世隔绝。她的幽默、坦然、大度，丝毫影响不了他。她想，这到底是一个怎样冷漠的男孩，为何一切同龄人所喜欢的言辞，都无法在他心中激起半点涟漪？

她在教室前端的花名册上找到了他。于是，她开始尝试着让他回答问题。但每每这样的时候，总是只换来满堂的哄笑和趣骂。甚至有同学悄悄地跟她说："老师，你以后不要再叫他回答问题了，他根本不会读书的！"

从此，她总想起那位同学说过的话，他是根本不会读书的。她不知道，一个身体安健的男孩要给所有人留下挥之不去的一无是处的印象，需要多长时间，而决定走上这一条不归路的男孩，心间又嵌咬着如何深沉的自卑，如何不可自救的绝望。

她心疼他，莫名地。透过窗明几净的玻璃，她时常能看到他孤独而又佝偻的背影。当全班同学都在交头接耳的时候，她相信，他一定在安静地靠着门背。他没有一个说话的伙伴。他所安坐的位置也与其他人相隔着不可跨越的沟渠。

他像一个没有言语的士兵，只负责每天准时到校，站岗，悉听责令，而后面无表情地离去，归家。她多希望，有那么一个孩子，能自告奋勇地、不顾艰难险阻地走进他的心里，给他温暖，帮他挥去那些盘踞在生命上空的阴云。

很遗憾，她所期盼的人，从未出现。最后，她于心不忍，主动邀约了他。她说，周末你有时间吗？我们家后院需要打扫，缺一个朋友，真希望你能过来帮我。他诧异地抬起头，伸出手指对着自己。他似乎怎么也想不明白，那么多成绩优秀的同学，她为何偏偏选中了自己？

他一如既往地耷拉着头，在后院里一言不发，挥汗如雨。当他停下身来，安坐在花坛上大喘吁吁时，她终于微笑着发话："孩子，你的梦想是什么？"

"我……我……我没有梦想。"他沉思了片刻，很努力地想要找寻出一个合理的答案，但最终，还是只能这样怯懦地说道。

"没有梦想？你骗老师的吧？我从第一眼看到你的时候，就觉得你跟其他孩子不太一样。你不喜欢笑，不爱说话，显得稳重而又成熟。我当时就断定，对于梦想和人生，你一定有着不同于别人的见解！"

他以为她是在刻意嘲笑，却在侧头的一刹那碰上了她慈眉间所流露出的期盼与温和。他淤积多日的泪，恍然伴着腥咸的汗珠，簌簌地落个不停。

"有梦想又有什么用呢？正如他们说的一样，我所做的一切，都是无用功。就算我喜欢篮球，可那有什么用呢？我永远进不了国家队；就算我喜欢唱歌，可那有什么用呢？我永远成不了歌星；就算我喜欢写作，可那有什么用呢？我永远成不了作家……"他奔腾的情感终于寻找到了宣泄口，一发不可收拾。

那些事曾都是他乐意去做，又愿将其树立成梦想的，但在现实的残酷中都无一幸免，陆续遭到鄙夷和否决。

"是的，就算他们说得对，那些都没有用，都无法让你的人生变得辉煌，让你从此一举成名天下知。那么，孩子，你能告诉我什么才是有用的吗？"

"嗯……优异的成绩，还有……还有金钱。"他知道，他回答出来的这两样东西都是他不曾拥有过的。正因为他不曾拥有这些有用的东西，他才会变得一无是处。

"孩子，你错了，你仔细想想，真正能拯救人类灵魂的，从来都不是你说的这些东西。它们是什么呢？正是其他人所认同的，无用的东西。"她顿了顿，拉过他的小手，摊开手掌，将一根根直立的沾满污泥的手指缓缓抚平："善良，正义，高贵，勇敢，真诚，追求，梦想……"

他的手指成了书写这些词语的纸笔。一指一个，一屈一伸。他的心田原本钉满了利刺，而此刻，却被她在温柔拔出的同时，塞进了一粒粒饱满的花种。

她使尽浑身解数，仍旧不能改变他与大学失之交臂的命运。她以为，他会从此一蹶不振，碌碌一生。很多年后，学校因扩建而四处筹资，她也由此在张贴于校门口的鲜红的感谢信上看到了他的名字，那么刺目，那么高高在上地刻在前头。

她笑笑，心想怎么可能？兴许是同名同姓之人罢了。直到他从人群里缓缓走出来，握住她的双手时，她才知道，自己当年的一席话，真的改变了他的一生。

他依旧清瘦，不善言辞，但他从未忘却当年她说过的那句话："孩子，真正能拯救人类灵魂的，从来都是那些在旁人看似无用的东西……请相信，这世上其实没有一个无用之人。"

人生的信念

⊙李雪峰

信念虽小，却是点亮人生的火种，让信念贯穿我们的整个生命，我们的一生才会发出永恒的烛光。

在英国伦敦，有个年轻人名叫斯尔曼，他是一对著名登山家夫妇的儿子，在斯尔曼11岁时，他的父母在乞力马扎罗山上遭遇雪崩不幸双双遇难。父母临行前，留给了年幼的斯尔曼一份遗嘱，希望他们的儿子斯尔曼能像他们一样，攀登上世界著名的一座接一座的高山。在遗嘱中，他们赫然罗列了一些高山的名字：……乞力马扎罗山、阿尔卑斯山、喜马拉雅山。

这样的遗嘱，对于斯尔曼来说，简直就是一场灵魂的地震，因为从年幼的时候，他就是一个残疾的孩子。他的一条腿患上了慢性肌肉萎缩症，走起路来都有些跛，甚至有资深医生预测说："用不了多少年，斯尔曼必须锯掉他的那条残腿！"但捧着父母遗嘱的那一刻，残疾的斯尔曼并没有害怕和退缩，他的眼睛里流露着一缕火焰般的坚毅："爸爸、妈妈，请你们在那几座高山之巅等待着我，我一定会征服那一座座高山，并在世界之巅和你们的灵魂相会！"

以后的六七年里，斯尔曼抱着征服世界巅峰的坚定信念，马不停蹄、坚持不懈地锻炼着自己年轻却又残疾的躯体：他跛着腿参加越野长跑，跟随南极科考队在白雪皑皑的南极适应冰天雪地的艰苦生活，甚至远行非洲，到一望无际的撒哈拉沙漠上考验自己在弹尽粮绝时的野外生存能力。

终于在19岁那年，凭着自己的坚强和年轻，斯尔曼不远万里来到了尼泊尔，来到了世界第一高峰珠穆朗玛峰的脚下——他要首先登上这座世界最高的雪山，在珠峰之巅和他父母的灵魂相会。一个身有残疾的人要征服珠穆朗玛峰，斯尔曼的壮举引起世界各国新闻媒体的瞩目。

经过半个月艰苦卓绝的攀登，在暴风雨、雪崩、零下几十度的严寒等威胁下一次次死里逃生后，斯尔曼以残疾之躯终于登上了世界最高峰珠穆朗玛峰，站到了地球之巅。他的壮举，赢得了举世的崇敬。当众多媒体在他载誉归来争抢着采访他时，他只说了一句话："因为这是我父母遗嘱中提到的一座山，还有阿尔卑斯、乞力马扎罗……许多高山还在等着我呢！"

21岁时，斯尔曼登上了阿尔卑斯山。

22岁时，斯尔曼登上了乞力马扎罗山……

28岁前，斯尔曼登上了父母遗嘱中所开列给他的一座一座高山。在登完最后一座高山后，为了表达人们对这位身残志坚勇士的崇敬与钦佩之意，欧洲多家慈善机构联合捐助，请来世界上最优秀的外科医生，为斯尔曼实施了截肢手术，给他装上了世界上最先进的脉感反应假肢。

假肢装上并适应了一段时间后，他可以一口气轻而易举爬上20层高的大楼，也可以动作自如地骑马、游泳、打高尔夫球，正常人可做的事情斯尔曼都做到了。当人们为他祝福并满怀期待地希望他能再创下其他什么纪录时，却传来令人惊骇不已的消息：28岁那年的秋天，斯尔曼在他的寓所里触电自杀了！

在自杀现场，人们看到了斯尔曼留下的痛苦遗言。在遗言中，斯尔曼不无颓废地写道："这些年来，作为一个残疾人我创造了那么多征服世界著名高山的壮举，那都是父母的遗嘱给了我生命的一种信念。如今，当我攀登完那些高山之后，功成名就的我感觉无事可做了，我没有了新的目标，我厌倦爬山、上楼甚至走路，对生活和生命有了一种乏味的感觉。假若再有几座比珠穆朗玛峰更高的山峰，或许我会攀登到50岁或60岁，可现在没有了。我感到了无奈和绝望……"

斯尔曼的观点固然是极端的、片面的，但或许真的如斯尔曼所言，不是过早地征服完乞力马扎罗山、阿尔卑斯山、喜马拉雅山,那么他肯定还会顽强地生活着、不懈地努力着,因为他心中有目标、有信念。斯尔曼的悲剧在于他没有及时为自己找到新的生活目标,没有将已有的信念及时更新并贯穿始终。

人生就像一根蜡烛,能燃烧多久,并不取决于蜡的长短,而是取决于烛芯的长短。足够长的烛芯,可以让所有的蜡汁全都绽开成绚烂的火焰;而烛芯太短,当其燃烧到尽头时,即使蜡汁尚余,也会芯尽光竭的。

生命如蜡汁,而信念如烛芯,只有让信念贯穿我们的整个生命,我们的一生才会发出永恒的烛光。

卑微母亲的眼泪

⊙雪小禅

仁慈,是一潭可以平复一切的清水,保持如水的心境,淡然面对人和事,则一切都可以过去,无论苦难或是仇恨。

他有一个卑微的母亲。

母亲穷,所以,供他上学费了劲,那时,他是家中的老三,两个哥哥已经成了家,可因为媳妇的关系,与母亲的关系很紧张。

像所有农村的家庭一样,在万般无奈之下,母亲向两个哥哥张了口,她说,你们供这个弟弟上大学吧。

他那时考上了一个不错的大学,为了学费,他整个暑假都在煤矿上当小工,整个人累得脱了形,可是有什么用?昂贵的学费让他的大学梦就要梦断了。

他听到过母亲哭,呜呜咽咽地压抑着,如一只猫,父亲在旁边抽着烟,他从年轻时就是做不了主的男人,但母亲已经六十岁了,六十岁的女人是拿不出几万块钱的。

两个哥哥为他的学费吵了起来,他们只上到小学毕业,他们说,凭什么让小弟去上大学?凭什么要我们供他?

他听得心如刀割,都说是亲情如水,在他这里,却感觉到刺骨的冰冷,他的两个嫂子亦是跳出来嚷着,自己没有能耐就不要供孩子上学了,凭什么和我们要?我们也有孩子!

母亲忽然做出了一个举动,她踉跄着扑过来,然后跪在了两个哥哥和嫂子的面前,所有人吓了一跳,他冲上去:妈,我不上学了,不上了!他哭着,声嘶力竭地嚷着,这一幕让他一辈子忘不了!

他终于去上学了,算是两个哥哥供他吧。

母亲认识几个字,写信来说,家里都好。

他明白那好里是什么,短短几个字,足以泪沾襟。他在大学里是最艰苦的学生,吃咸菜做义工,别人休闲娱乐过生日的时候,他去拼命挣钱。

甚至,他拾过同学们丢掉的馒头吃,这算丢人吗?不,想起母亲下跪的一幕,这又算什么?所有的自尊全可以丢,为了自己的母亲!

大四的时候,他听到同乡告诉他,他的两个哥哥又去找母亲闹事了,母亲气得一病不起,在床上躺了好多天了。

他的眼泪在眼眶里转了又转,大学几年,他没有回过一次家,不是不想念母亲,是怕来回费钱,更是怕回去看到母亲的眼泪。

那次,他果断地把哥哥们寄来的钱退了回去,当然,他没有告诉母亲,大学的最后一年,他是如何过的呢——自己打工,靠同学和老师的周济,吃了一年咸菜,穿了一年别人的旧衣服,甚至在夏天,他还穿着冬天的那件外罩!

终于大学毕业了,他分到了一个不错的单位,第一个月的工资,他一分不剩地寄给了母亲。

母亲是含着眼泪收到的钱，写信给他说，儿子，妈是不要回报的，只要你好就行。

后来的几年，他挣来的钱全寄给了两个哥哥，他要还他们，以求母亲的心理平衡，以偿还母亲当年那一跪！

当然，他成了最出色的男人，娇妻爱子。他对妻子的要求不高，只要孝顺母亲就行。他把母亲从乡下接了出来，两个哥哥见了他讪讪的，母亲劝他说，算了吧，到底是亲哥哥。

过年他发了大米和牛羊肉，给母亲带回家，等他回家过年时，却看到两个哥哥家摆着他发的东西，他的心头一阵哽咽，他一直对两个哥哥耿耿于怀，倒是母亲，咬咬哪个指头都疼，她早已经忘记从前的不快，把小儿子的东西全给了两个大儿子。

是从那时开始他和两个哥哥关系缓和的，卑微的母亲，给他上了人生最好的一课，以最仁慈的心来对待人和事，而母亲的眼泪告诉他，一切都可以过去，苦难或者仇恨。

但他忘记不了母亲的眼泪，那是一个卑微母亲的眼泪，为了自己的儿子而流，所以，他下定了决心，一定要让母亲过上好日子，不让母亲再流眼泪。

厕所里有珠宝

⊙澜　涛

对于每个人不说，最难做到两件事：一件是最小的事，另一件是最大的事。但只有做好了最小的事，才可能有机会做最大的事、做好最大的事。

他13岁那年因为家境贫穷背井离乡到了澳门，到父亲的一个好朋友的金铺去做小工，他每天几乎都是第一个到公司：扫地、擦灰尘、倒痰盂、洗厕所……小工的工作杂役一般细碎而辛苦，但他每一项工作都做得一丝不苟，他总是在开店之前将地板拖得亮如明镜，将柜台擦拭得一尘不染，从不因为卑贱而懈怠，也从不因为脏累而抱怨。一天天地下来，员工们纷纷表示，他到来之后是金铺卫生最好的时期。因为厕所被他打扫得过于干净的缘故吧。一天，一名没有吃早餐的员工躲到厕所里偷吃零食被金铺老板发现。老板并没有处罚那名偷吃零食的员工，而是将他叫到办公室，问他为什么对金铺最低级的小工工作能如此认真、用心。他紧张得脸涨得通红，嗫嚅了半天才说道："如果连小工都做不好的话，其他工作一定也做不好。"

老板笑了笑，让他出去了。此后，他仍旧每天尽职尽责地对待着自己的工作，并在工余期间帮助大工们打下手。渐渐地，他对金铺的其他工作也熟悉起来。

三年后，老实勤恳又上进的他被提升为金店掌管，老板在解释提升他的原因时说道："一个能够认认真真将厕所都打扫得可以吃零食的小工，做任何事情都会认真负责。"又三年后,金铺老板宣布将自己唯一的女儿嫁给他,他这时候才知道,老板和他的父亲是患难之交,在他的母亲怀他的时候,老板的妻子也恰好怀孕,他的父亲和老板那时候就为还没有出世的他同还没有出世的老板的女儿"指腹为婚"了。

这个人就是香港新世界集团创始人,目前以300亿港元身价位列香港第三富豪的郑裕彤。有媒体采访郑裕彤,询问他成功的要诀时,他微笑着说道:"做一名最出色的小工。"

做一名出色的小工,因为连小工都做不好的人,很难做好其他工作。而做好了小工的人,就有机会做好整个人生。郑裕彤就是例子,他因为将小工做得优秀,在厕所里获得了珠宝。

每天成功1%

⊙马国福

> 不要轻看生活中的那些点滴,如果每天成功1%,最小的目标也会变成最大的成功!

我几乎每天会收到许多朋友们和编辑记者的邮件,有时也会收到许多垃圾邮件,我对此十分反感,浪费时间不说还影响我的情绪。有时处理完这些垃圾邮件我便自我解嘲:又做了一次网络义务清洁工。

有一天打开邮箱一看,还是大量的垃圾邮件。我准备全部删除时,发现有一个邮件的主题为"经理,请你给我一个机会吧,我会努力的,我将用上全部的力量使自己每天成功1%!"我眼睛为之一亮,觉得好笑,我怎么变成了经理。删除全部垃圾邮件后好奇心驱使我仔细查看这个邮件。

打开这个标题新颖的邮件正文,内容是一个工作受挫的青年给老总的信。信中他说由于自己刚参加工作业务不熟,工作中出了差错,影响了公司的形象和效益。公司准备辞退他,他鼓足勇气给老总自荐自己的信心。言辞很诚恳,尽管写了许多与工作有关的事情,但感情还是很真挚的,洋溢着一股积极向上追求进取的青春气息。

可见他还是非常珍惜、喜欢这份工作的。

从他的话里我看出了自己刚参加工作的那股朝气,他的每天成功1%的执著和信念深深地打动了我的心。于是我红着脸以经理的口气给他回了邮件:我相信你会很优秀的,年轻人,继续努力吧,每天成功1%,你会成功的。经理期待着你做出大的成绩!

发完邮件我仔细算了一下,相比于一生一天真的很短,以一年365天,一生75岁计算,从18岁成人算起,除去吃喝拉撒、精力不济等种种因素虚度掉的10年,还有近50年我们每天努力为确定的目标付出,如果每天接近目标并成功1%,大概有近183个大目标我们完全可以实现、成功。

计算结果令我大吃一惊!未免有点恐慌。我们几乎每天都找借口说自己很忙,一年下来真正做成功的事情并没有多少,想想有多少1%被我们所忽略、放弃?当我们确定一个大目标时,短期内看上去这个目标很遥远、缥缈,但当我们把它分解到年、月、日,分解到时、刻、分、秒,分解到1%,如果我们每时每刻每天为1%付出99%的努力,遥远的目标一下子便变得清晰、现实起来!

每天成功1%只是一个为了大目标而努力的落脚点,而当1%逐步上升为100%,变成1,变成10,变成100、1000、10000甚至更多时,我们已将成功的桂冠挂在胸前了。

大概半年后我收到一份邮件,主题为"那个每天成功1%的青年感谢你的鼓励",正文内容是这样的:"你好,尽管我们未曾谋面,或许你早已忘记了那个错将邮件发给你的青年。半年前由于工作上的失误我给公司造成了不小的损失,那时公司能否继续留用我,我心中没有底。我很喜欢那份工作，那晚我鼓足勇气给经理发了一份邮件，恳求他给我一个继续工作的机会。邮件发出的第二天我的一个创意被公司采用，给公司创造了一定的效益，公司决定留用我，我以为是经理看到邮件后给我的肯定。经过半年的努力，现在我已坐到经理助理的位置。有一次和经理谈起我曾经发过的那份邮件，他说没有收到过我的邮件。后来我仔细查阅了已发邮件，才发现我阴差阳错发给了你，原来你的邮箱和我们总经理的邮箱只有一个字母之差。真的，我非常感谢你，是你给了我每天成功1%的力量和信心。如果没有你的鼓励，说不定我还在找工作。我真诚地希望你在工作和事业中每天不但成功1%，而且每天成倍地收获快乐和成功。祝你和你的家庭幸福。"

我被感动了，欣慰之情油然而生，没想到意外之举竟促成了一个在挫折之中的心灵的奋起，我的不多的文字像台阶一样垫起了一个陌生心灵成功的高度。我很快给他回了一个简单的邮件：你的邮件给了我好心情。施爱于人，一份成功会变成两份成功，一份快乐会变成多份快乐。我也感谢你给我的鼓励，让我们一起接近目标，接近成功。

从那以后我不轻易删除一个陌生的邮件，哪怕一个广告我也会耐心地阅读，我深知，说不定我的鼠标轻轻一击会截断一个陌生心灵通往成功的道路，折断他们充满希冀的翅膀，使他们从理想的天空沉落。

我顿然明白，人的一生也就是使1后面的0不断倍增的进位过程。1就是我们的目标，0就是我们为1所付出的努力，如果失去了每天成功1%的信心，失去了标杆一样的1，一切就永远归于0！

现在我每天坚持写作，我深知，不放弃1%，最小的目标也会变成最大的成功。

给自己一次举手的机会

⊙胥加山

成功的要素很多,比如学历、社会背景、人生阅历,但至关重要的是每个人的自信。

前不久,我的一个朋友给我讲了他富有戏剧性的应聘故事。

一家大公司销售部要招聘一名经理,前来应聘者如过江之鲫,应聘者不乏营销专业的高才生,多年从事销售工作的杰出销售员,诚然也有前来碰运气的非专业性的下岗员工……戏剧性的是,当应聘者济济一堂,大公司老总宣布一道应聘题——一加一等于几?心中有答案者请举手!意料不到的是,大堂里"哈"一声笑后,竟没有一人举手,除了一名貌不惊人的青年,一脸严肃举起如航海灯塔的手。当青年斩钉截铁地说出"一加一等于二"时,大堂里的笑声更哗然了,哗然的笑声分明在为一个白痴的即兴表演而渲染气氛。然而招聘席上的老总却微笑着点点头。结果可想而知,那位"白痴"青年成功应聘为大公司的销售经理。

招聘会后,有不服气者向大公司老总提出抗议,说这样的应聘题分明在愚弄人,老总平静地回答,我给你们每个人一次成功的举手机会,是你们自己不够自信,怀疑自己,视应聘题为儿戏;试想,面对如此简单的选择、疑惑、嘲笑、举棋不定,岂能走进日后复杂激烈的竞争市场。其实,举起的何止是手,还有举手人的自信、修养、执著、坚毅、镇定、从容……

听完已做了一家大公司销售部经理朋友的应聘故事,我在为朋友鼓掌的同时,又想起不久前在网上看到一则关于举手成功的新闻故事,网上的那位几乎和我的朋友异曲同工。

美国国务卿赖斯出国访问经常把26岁的布罗斯带在身边，因为布罗斯是美国首席演讲稿撰写人，他是赖斯在政策等方面最信任的顾问。可是有谁相信，布罗斯在一年前还是国务院一个默默无闻的低级演讲稿撰写人。那么是什么让布罗斯仅用一年时间就红得发紫了，发出钻石般的光芒？是高深叵测的政治背景？没有，布罗斯学的是政治学，此前当过编辑。即使当初受聘国务院时，他还坦言那种可能性很小；甚至，第一次走进美国国务院大厅时，他抬头看到几乎所有国家的国旗，都会激动得发抖，以为自己在做梦……

其实，布罗斯在美国政界创造了神话般的成功，是缘于他羞涩地举起一只有实力、充满自信的手。

一年前，新官上任的赖斯召集演讲稿撰写人开会，布罗斯和大家一样心里直打鼓，为能否保住工作而担心。当与会者明白赖斯召集他们来只是为了讨论她的下一个演讲稿时，大家才松了口气。可会议进行得毫无创意，直到布罗斯羞涩地举手建议赖斯的演讲稿应该阐明她的外交政策，才使赖斯为之一振。

会后，赖斯问高级顾问吉姆·威尔金森："那个红发男孩是谁？让我们特别留意他一下。"

布罗斯就这样成了美国国务院的一颗新星。年纪轻轻得到如此重用，同事们戏称布罗斯为"红发神童"。赖斯的高级顾问杰姆对布罗斯作出如此评价："布罗斯写的演讲稿比任何人都更适合赖斯的声音。"

朋友和"红发神童"的故事，蓦然让我懂得，令我们远离成功的并不是学历、社会背景、人生阅历，而是我们缺少一种自信的胆量。诚然我们难以创造如"红发神童"的政界奇迹，但我们每个人的一生都将遇到许多次人生"应聘"。面对人生的"应聘"，与其消极、悲观等待运气的降临，不如积极快乐、从容自如地给自己一次举手的机会，因为每举起一次你的自信，成功就会奖你一张向前迈进的门票。

守护住我们拥有的

⊙澜　涛

得不到不是最可怕的，最可怕的是连原本拥有的也丢失掉了，所以，成功的前提条件，是懂得守护自己拥有。

百川奔腾，大海是它们的渴望；万绿争春，果实是它们的期盼。这是一个张扬个性的时代，一个渴望实现自我价值的时代。然而，并不是每一滴汗水都能赢得果实馨香，并不是每个人都能够走进梦想庄园。得不到并不是最可怕的，最可怕的是追逐的过程中，把原本该珍惜的美丽丢失掉。

20世纪初的英国弥漫着战争的硝烟，贫富悬殊非常大。一天，一个孩子在玩耍时不小心掉进一个很深的粪池中，就在他的呼救声越来越微弱、已经奄奄一息时，一名农夫闻声跑过来，农夫本能地跳进粪池，救起了这个淘气的孩子。这个落进粪池的孩子的父亲是当时英国上议院的一名议员，他问农夫为什么会跳进粪池救人，农夫憨憨地笑着说自己听到喊救命就跳了进去，什么都没有想。这种与生俱来、本能的善爱，议员被深深震动了。为了答谢农夫救子的恩情，在了解到农夫的儿子因为没有钱而失学在家的情况后，议员开始资助农夫的儿子读书。后来，掉进粪池的孩子和农夫的孩子都成为影响世界的人物，他们分别是后来的英国首相温斯顿·丘吉尔和发明青霉素的英国细菌专家亚历山大·弗莱明。

我们可能穷尽一生仍旧无法富贵，我们可能流尽汗水仍旧无法人生缤纷，但是，都不重要啊！生命已经馈赠给了我们很多财富，只要我们能够在风雨变幻中不丢失掉那些值得珍惜的，比如，善良、爱、无私……命运总会为我们开启一扇窗，让我们满眼瑰丽。

得不到不是最可怕的，最可怕的是连原本拥有的也丢失掉了。

苍山沧海，不要让砂石瓦解了我们纯净的爱善；风云变幻，不要让蛀虫蚕食了我们明朗的无私。只要不丢失掉我们本真的美丽，汇不成海的澎湃，还有湖泊的宁静；成熟不了果实的馨香，还有浓荫的记忆。

守护住我们所拥有的，上路，前进……

嘲讽过处是花香

⊙安　宁

在乐观者那里，跌倒也是美丽的人生情节，那不过是想要吻一吻鲜泥，嗅一嗅花香。

大约很少会有人，在漫长的一生中，不曾历经嘲讽、挖苦和击打。总有那么一些人，他们不喜欢你，或者嫉妒你，再或天性自私，心胸褊狭，为人尖刻，所以假若你做错了什么，成就了什么，或者生出一些在外人看来遥不可及的梦想，他们刻薄的言语，便会像一盆脏水一样，朝你无情地扣下来，正在从容行路的你，被这样污秽的言语泼将过来，一个趔趄，便跌倒在淤泥之中。

或许你被击打得再也没有了爬起的力量，于是待在那摊泥里，郁郁终生；而隐在阴暗处得意嘲讽你的人，则看着你脸上的泥灰，嬉笑两声，便扬长而去，自此再不来围攻你这失去了斗志的敌人。

或许你会艰难地爬起来，而且第一个念头，是想要破口大骂，将同样肮脏的叫骂，还击给对方。你满腔的怒火，化作子弹，嗖嗖地飞向那些四面八方袭击你的人，你试图以一人之力量，对抗周围之嘲讽，可是最后，却发现所有一切，越描越黑，远远脱离了你想要挽救自己声名的初衷。而且你的愤怒，招来更多人的围攻，有青葱少年，也有秀美女子，还有睿智老人，许多人都曾与你熟识，或者对你充满了仰慕，他们看你陷在一摊烂泥之中，口吐着毒蛇一样的火焰，都纷纷摇头，劝你两句，或者直接退出关注你的人群。

所以这一场闹剧之后，你发现一切都不复从前，挖苦你的那些人，原本是出于嫉妒，想要看你笑话，结果你真的上当，咬住那垂下来的不怀好意的诱饵，便爬了上去，等到想起自己正行的路，低头却看到那艘载你前行的舟楫，早已经无声无息地飘走。而你急吼吼的模样，也让许多关爱过你的人失望，并放弃了你，再不回来。

几年之后，你也许功成名就，回首看到那曾经的一场争斗，自己都觉得可笑。因为，击打你的人，早已不知去向，你与他们，不过是路人甲和路人乙，各自行路，偶尔擦肩，碰了彼此；再或他们眼瞅着你行路太快，又满身光芒，抢了他们的风头，所以嫉恨于你，但终究还是跑不过，所以只能恨恨而去，任你踌躇满志。

也许你依然是一个素常之人，不曾大红大紫，也不曾实现昔日激情之时许诺的理想。你在油盐酱醋之中，变成屋檐下一只啁啾的小鸟，每日为能够享受煦暖阳光、丰美食物和天伦之乐而觉得内心安稳幸福。此时你再想起旧日愤慨时光，便会莞尔，原谅自己的血气方刚和青涩稚嫩，想着假若被他们击败，自此跌倒，终生郁积在怨愤情绪之中，那岂不是失去了此时云淡风轻的美好？

你不知道那些曾经试图阻拦过你的路人，他们被时光的洪流渐至淹没，对你无可匹敌的成就，再也没有力气嘲笑击打，只能尽力仰望，方能看得到你胸前那粒闪闪发光的纽扣。或者你们彼此，根本不记得曾经有过这样一场争战，当年的烟尘，早已化为灰烬，你们重新成为互不相识的陌客。

但也有时候，你不知道，那些泼下来的冷水，反而冲洗了你一路的征尘，让你从得意和放纵之中，清醒过来，朝着那想要的方向，愈加快速地一路飞奔。或者，它们掀起的一股巨浪，不仅没有将你的舟楫翻倒，却是成了一股巨大的推力，助你勇敢跨越危险的暗礁，或者险滩，行至那开阔的海面，看到之前无法奢望的风景。

所以人生的途中，大可不必为时常飞来的石子、沙尘、白眼、草屑而烦恼，那不过是行走中的常态，爬起来，朝路人笑笑，自我解嘲，说，不过是想要吻一吻鲜泥，嗅一嗅花香。

一颗心，如此沉静安然，方会品到人生之甘洌甜美。

没有翅膀也可以自由地飞翔

⊙崔修建

人生最大的前进动力是梦想，因为，它会给你传递无穷的力量，会帮助你创造无法想象的奇迹。

1983年的一天，在美国亚利桑那州图森市的一家医院，一个女婴呱呱坠地，令她的父母惊愕无比的是，女婴居然一出生就没有双臂，连见多识广的医生也无法解释这个奇怪的现象。

在父母的疼爱下，女婴一天天地长大，成为一个可爱的小女孩。

那天，站在阳台上的女孩，看到与自己同龄的一群孩子正张开天使般的双手，在阳光下欢快地追逐翩翩起舞的蝴蝶，女孩十分伤感地向母亲哭诉命运的不公，竟然不肯馈赠她拥抱世界的双臂。

母亲平静地安慰她："孩子，上帝的确有些偏心，但上帝是要送给你更多的梦想,要让你用行动去告诉人们——即使没有翅膀,也依然可以自由地飞翔,就像没有修长的十指,你同样可以弹出美妙的琴声,可以写出漂亮的文章……"

"我真的能做到那些吗?"女孩仰起头来。

"只要你肯努力,就能做得到,只要你的梦想没有折断翅膀,你就一定能飞得很高很高。"母亲温柔的目光里充满了不容置疑的坚定。

女孩相信了慈爱的母亲的话,目光一遍遍地抚摸着自己的双脚,心中暗暗地告诉自己:我有一双非凡的脚,它们不只是用来奔走的,还是用来飞翔的。

此后,在父母的指导、帮助下,女孩开始有计划地锻炼自己双脚的柔韧性、灵活度和力量。怀揣梦想的她,克服了人们难以想象的许许多多的困难,经历了无法数清的大量失败,终于在人们大片的惊讶中,练出了一双异常自由灵活的脚——她不仅可以用双脚吃饭、穿衣等,轻松地实现了生活自理,还学会了用脚弹琴、写字、操作电脑……她用双脚做到了几乎是常人所能做到的一切。

女孩开始在人们面前自豪地展示自己非同寻常的"脚功",起初遇到的那些异样的眼光里,渐渐地充满了惊讶和钦佩。在她14岁那年,女孩彻底地扔掉了那副装饰性的假肢,一脸阳光地穿着无袖的上衣,走进校园、商场、街区……仿佛自己根本就不缺少什么,除了常人那样的一双臂膀。

女孩在继续着创造奇迹的脚步,她读书刻苦,作业写得总是一丝不苟,从小学到中学,她的学习成绩始终名列前茅,老师和同学们都十分敬佩她的坚毅和自强。当她拿到亚利桑那大学的心理学专业的学士学位证书时,一家人幸福地拥抱在一起。父亲自豪地鼓励她:"孩子,你还可以做得更棒!"

"是的,我还可以做得更棒!"女孩自信地笑着。

为了增强腿部肌肉的力量,保持腿部的灵活性与韧性,女孩不仅坚持经常性地跑步,还成为碧波荡漾的泳池里的一条自由穿梭的美人鱼,还成了那家跆拳道馆里小有名气的高手……一位医生指着给她拍的X光照片，惊奇地喟叹：经过锻炼，她的双脚已变得异常敏捷，她的脚趾关节已像手指关节一样灵活自如。

女孩的梦想还在不停地放飞。她又走进了汽车驾驶学校，在教练员惊讶的关注中，她很快便掌握了驾车的各项技术，通过了近乎苛刻的各项考试，顺利地拿到了驾照，开始用双脚娴熟地驾车御风而行……

接下来，女孩要去圆自己心中埋藏已久的梦想了——她要亲自驾驶飞机，拥抱苍穹。

曾经培养出许多飞行员的著名教练帕里什·特拉威克第一次看到亲自驾车来报名的女孩，就知道她一定会飞上蓝天的，就像一只矫健的雄鹰那样，不仅仅因为她那娴熟的驾车技术，还因为她目光中流露出的从容、淡定与果决。

果然，女孩在学习飞机驾驶的时候，丝毫不逊色于那些身体健全的飞行员，她一只脚操纵着控制板，另一只脚操纵着驾驶杆，滑行、拉起、升空……她冷静、沉着，每一个动作都十分准确、到位，比不少学员表现得都出色。教练帕里什·特拉威克说："事实证明，她是一个优秀的飞行员，她驾驶飞机时非常冷静和稳定。一旦你和她在一起待上20分钟，你甚至就会忘掉她没有双臂的事实。她向人们显示，人们可以克服所有的限制，她真是太令人难以置信了。"

25岁的女孩如愿地拿到了轻型运动飞机的私人驾照，成为美国历史上第一个只用双脚驾驶飞机的合法飞行员，开创了飞行史的先例。女孩的名字叫做杰西卡·考克斯。

如今，杰西卡·考克斯已是美国家喻户晓的英雄，她靠双脚生活和奋斗的感人故事，给世人带来了巨大的心灵震撼和精神鼓舞。

在美国数百场的演讲中，杰西卡·考克斯说得最多的一句话是："你的梦想有多高，你就可能飞多高。"

没错，即使你生来就没有翅膀，但你依然可以自由地飞翔，因为你心中永不跌落的梦想，会为你生出自由翱翔的双翅，会给你传递无穷的力量，会帮助你创造无法想象的奇迹。

给自己一片悬崖

⊙李雪峰

> 不要拒绝人生路上的那些绝地，它往往是生命重生的地方，它会给生命创造出神话和奇迹。

在非洲草原上，常常有这样一种令人吃惊的画面：

当一只幼羚羊刚刚能够飞奔时，在猎豹和猛狮的紧紧追捕下，那些成年羚羊往往引领着小羚羊们箭似的奔出平坦的开阔地，然后引领着幼羚羊们奔向险峻的山岭。

动物学家们惊讶地发现，羚羊们逃命的山岭往往是附近最陡峭、悬崖最多的山岭，尤其是那些陡峭的山崖，那里往往是羚羊们的逃生首选之地。每当猎豹和雄狮气势汹汹地追来时，领头的羚羊会在一瞬间一跃而起，它果断地引领着羚羊们的浩荡队伍，避开重重拦截，向距离最近的山峰奔去。其实，一只成年的壮羚羊如果在草原上飞奔起来，那些快如闪电的猎豹和雄狮也是很难追上它的。

那么，羚羊们为什么在生命攸关的时候却要给自己选择一片悬崖呢？当一只幼羚羊刚刚学会在大草原上飞跑时，由于奔跑的强度不大，它的腹肌并没有被最大化地拉开，所以，即使它撒开四蹄拼命奔跑，它奔跑的步幅也不过是三米左右。但当一只幼羚羊在猎豹和雄狮的疯狂追逐下，被成年羚羊引领上峰顶，前无生路面对悬崖时，在后边猎豹和雄狮的一步步虎视眈眈逼近下,在成年羚羊悲壮的舍命一跃中,那些幼羚羊也都会悲壮地攒下自己所有的力量,像一张彻底拉满的弓,然后毁灭性地拼命一跃,让自己从悬崖上箭一样地射出去。幸运的羚羊,它们会跃过深渊,跳到对面的山坡或峰顶上,就是那些不幸的羚羊,它们也是跃落到渊底或跃落到悬崖断壁上,由于它们的身体柔韧和矫健,它们不会遭到多大的损伤。而那些把羚羊们逼上悬崖的猎豹和雄狮,基于自己的身躯太过庞大和沉重,面对那些奋身一跃的羚羊,它们往往束手无策空手而归。

最大的不同是,经过跃崖的幼羚羊们,在刚刚跃崖后,它们的腹肌都有程度不同的拉伤,但拉伤很快恢复后,它们飞奔的步幅明显已经增长了,差不多可以达到近四米,这样的步幅,在草原上飞奔起来,雄狮和猎豹们往往是望尘莫及的。

动物学家终于明白羚羊们给自己一片悬崖的目的了。

给自己一片悬崖,给自己的命运一片悬崖,绝地往往可让你重生,绝境才会给生命创造出神话和奇迹。

一只巴掌也能拍响

⊙澜 涛

> 任何时候都不要放弃希望。希望是创造奇迹的种子,更是改变命运的强大力量。

她从小就"与众不同",因为小儿麻痹症,不要说像其他孩子那样欢快地跳跃奔跑,就是走一走都做不到。寸步难行的她非常悲观和忧郁,当医生教她做一点运动,说这可能对她恢复健康有益时,她就宛如没有听到一般。随着年龄的增长,她的忧郁和自卑越来越重,甚至,她拒绝着所有人的靠近。但也有个例外,邻居家那个只有一只胳膊的老人却成为她的好伙伴。老人是在一场战争中失去一只胳膊的,老人非常乐观,她非常喜欢听老人讲的故事。

　　这天,她被老人用轮椅推着去附近的一所幼儿园,操场上孩子们动听的歌声吸引了他们。当一首歌唱完,老人说道:"我们为他们鼓掌吧!"她吃惊地看着老人,问道:"我的胳膊动不了,你只有一只胳膊,怎么鼓掌啊?"老人对她笑了笑,解开衬衣扣子,露出胸膛,用手掌拍起了胸膛……那是一个初春,风中还有着几分寒意,但她却突然感觉自己的身体里涌动起一股暖流。老人对她笑了笑,说着:"只要努力,一只巴掌一样可以拍响。你一样能站起来的!"

　　那天晚上,她让父亲写了一个纸条,贴到了墙上,上面是这样的一行字:一只巴掌也能拍响。那之后,她开始配合医生做运动。无论多么艰难和痛苦,她都咬牙坚持着。有一点进步了,她又以更大的受苦姿态,来求更大进步。甚至在父母不在时,她自己扔开支架,试着走路。蜕变的痛苦是牵扯到筋骨的。她坚持着,她相信自己能够像其他孩子一样行走,奔跑。她要行走,她要奔跑……

　　11岁时,她终于扔掉支架,她又向另一个更高的目标努力着,她开始锻炼打篮球和田径运动。1960年罗马奥运会女子100米跑决赛,当她以11秒18第一个撞线后,掌声雷动,人们都站立起来为她喝彩,齐声欢呼着这个美国黑人的名字:威尔玛·鲁道夫。那一届奥运会上,她共摘取了3枚金牌,不仅成为当时世界上跑得最快的女人,也是第一个黑人奥运女子百米冠军。

　　任何时候都不要放弃希望,哪怕只剩下一只胳膊;任何时候都不要放弃梦想,哪怕残疾得不能行走。

一杯冰镇牛奶

⊙清风徐

> 人生，就是一个由低处向高处攀爬的过程。而努力和耐心，是成功必不可少的台阶。

我是突然想起那杯牛奶的。

大约有十年了吧。

那时候，在合肥，夏天。很热很热，东北人无法适应的热。除了天气因素，我的生活景况也处于水深火热之中。因此，那个夏天的热对于我，就更加有利于记忆。

我的朋友周文是个富有生活情趣的人。她的家在我们单位一栋破旧的老楼里，这栋老楼早已嚷嚷着快拆了，但是并没有一个什么样的文件或是一个说话算数的人来确认此事。周文就是这时候装修了她的房子。街坊四邻自然羡慕又不可理解。周文只是呵呵笑，不解释，也不为"拆了损失有多大"而后悔。

那天我汗淋淋地爬上灰秃秃的老楼，周文笑吟吟地邀我进门。对于简单而又巧妙的装修，我歆歆不已。要知道，那时候，我还没有一间属于自己的房子，我跟那些进城卖菜、收废品的底层劳动人民一样，租住在菜市场附近的贫民区。周文的家无疑使我对未来生活开始美好的垂涎。

空调咝咝地吹着冷气。周文递给我一只装了大半杯牛奶的玻璃杯，瓦凉瓦凉的。我是不喜欢喝牛奶的，周文执意让我喝，说降降温。就这么，我喝了一小口，从里到外的舒爽。惊喜！冰镇的牛奶竟会是这么美妙的感觉。好像就是从那时候开始，我的房子，房子里的冰箱，冰箱里的牛奶，甚至流线型的玻璃杯，它们的雏形诞生了。周文是不是也在从前的哪个日子哪个朋友的家里被这样激活了，义无反顾地伸出手，够到了自己的梦想？我没有问。不过也就四五年以后，周文二百平方的新居华美绽放。又两年，这位美妇又添了靓车。

这杯牛奶之后我又继续在贫民区生活了两年。那是个我做梦都想逃离的地方。

后来终于买了个二手房，简单地装修了一番，自以为温馨得要命，下了班就喜欢窝在家里，自己的家呀！不要付房租的地方！再后来回到哈尔滨，买了一手房，虽然不大，装下我的心，足够了。我并不憧憬继续换房子这类的事情，但是生活质量越来越高，该是我永恒不变的理想。

有一回饭局上遇到写小说的许春樵，当时他的《放下武器》刚刚在京开过作品研讨会，《新安晚报》正在连载。而《放下武器》中他所描写的底层人民的苦难生活，恰恰来源于我在合肥曾经租住的那一带，许先生，竟也在那里生活了很长的一段日子。所不同的是，他没有抱怨，没有消沉，把经历深化到了作品中，而且，还忙不迭地感谢曾经的生活。我想，他一定也有过向往冰镇牛奶之类的理想，对常人来说触手可及的东西，在一个特定的人群中却需要坚忍的等待。

认识一对青年男女。两人大学毕业一两年了，还没有找到固定工作。考过公务员，做过小生意，打过工，都不成功。最近男孩子开始写小说，写得像模像样，传到我邮箱里，希望我能提点意见。仅从精神上来说，已经令我仰视。目前的境况衣食都有忧，竟能够沉下心来写字，该是一种啥样的气量！我知道，如今他们面前的这杯牛奶就是一个办公桌，或是哪家杂志的用稿通知……有坚忍，耐力，谁说这个男孩子不会成为下一个许春樵呢？成为许春樵，哈哈，相信未来的一步一步，会更加美好！

其实，等到的东西，往往不觉得如何的重要，就像我有了房子、有了冰箱、有了流线型的玻璃杯，也有了牛奶，却只是在今天突然记起当年的味道。想起这段岁月,因为女儿。女儿不喜牛奶,单位发的特伦苏长期搁置,我动员,也不见效。有一天我放了两盒在冰箱的冷藏室,拿出来倒在杯子里,告诉她,我曾经多么渴望这样的牛奶,她端起杯子品了品,说,果然与众不同。但是我相信她绝品不出我那时的滋味,我们生活的环境不同,品味自然存在差异。

人的一生中,会有无数杯冰镇牛奶,我们一直努力伸手去够,够到了这一杯,开始够下一杯。不长的生命旅途上,永远在为下一杯冰镇牛奶,而等待,而努力。

寂寞是第二颗糖

⊙罗 西

> 寄托就如同阳光,它会让我们心境明亮,而心灵一旦缺少这种寄托,就离荒芜不远了。

我的青春特别寂寞,那时,我上大学,清贫,所以是弱者,自卑,然后寂寞也丝丝入扣地来,如同寒意随着寒衣而来。寂寞最初一般是弱者的情怀,如同,在古代,女性比男性寂寞;寂寞又是一种边缘思想,所以知识分子比农民寂寞;还有,寂寞与情感有关,所以青春比童稚寂寞……

这样,我身上就堆砌了起码有三个层次的寂寞,那是20世纪80年代,我的大学。

不过,幸好有诗、歌陪伴,甚至是诗歌拯救了我。那年头风行诗歌,写诗是很帅的事情,如同现在唱饶舌。我所在的福建师大,有个很响亮的诗社——"南方诗社",当时名噪大半个中国,出版的"南风"报,也是学子们体面的阅读。

恋爱季节，几乎所有的人都莫名其妙地对诗歌有所寄托与依恋。当然，我不仅仅读诗，还"仰天大笑出门去"地写。写诗是很有快感的，是所有文体里最接近意淫的，我这样勇敢真挚地自我检讨，希望没有伤害到更多的诗人。在情欲勃发、情感膨胀的年华里，诗歌的这种烈艳的性感特质，有很好的抒情、排欲、升华与疗伤作用，是一种美好的心灵体操，也是一种深切的心理按摩。

我的大学，如果没有那样一个社团，我会死于孤独，由寂寞转化为孤独。记得，我们常常聚集在一个地下室里，灯光昏暗，内心炽热，大家由害羞渐渐打开心扉，互相传阅各自的新诗篇，对文字充满敬畏，浑身上下又流溢着无限的浪漫。然后，编辑诗、出墙报、举办诗歌讲习班，吸引女生蜂拥加入……风花雪月，风生水起。心灵有了安放的圣地，而且还绽放光芒、芬芳！

于是我渐渐回归晴朗，明亮，更自信地走进林荫小道、草坪，有了约会，有了爱情，有了看花的好心情，也有望月的好意境，青春终于在诗歌的引领下，解放了，纵然偶有叹息，也是一种美妙的抒情，即使有呻吟，已是无病呻吟。

寂寞很苦，诗歌是一粒糖。

那时，我们的诗歌也开始突破了朦胧，国内还出现很多更潇洒、轻松的诗歌流派，如口语派，有点像现在的"梨花体"，淡淡地来，淡淡地去；还有更痛快的"撒娇派"，撒娇是最解放的抒情，寂寞犹如压抑，撒娇就是挣脱束缚，放牧情怀……

我还常常出没在夜色笼罩的各个大学、中专校园，兜售我们的诗歌报"南风"，我的销售业绩最好，因为更懂得心理学，我所修的专业就是心理学与教育学，侧重开拓女生市场，基本往女生宿舍跑，两句话常常挂在嘴边："据说北大90%的女生枕边有本诗集""有爱的女生都看诗"，换言之，不看诗的女生落伍，而且一定寂寞。

后来我也迷惑，到底因为寂寞而有了诗，还是因为诗歌而陷入更美的寂寞？不过，有一点是肯定的，有诗歌的那些日子，我内心有清泉、爱和阳光，哪怕寂寞也是清澄的、有韵味的。

在物质匮乏的年代，清贫容易寂寞。可是现在的孩子为什么仿佛比前辈更容易寂寞？到处都是"寂寞党"，"我呼吸的不是空气，是寂寞"。是因为糖多了，诱惑多了，反而没有了珍惜？

若说我们那代人是因为缺糖而寂寞，那么现在缺糖吗？

不缺糖，舔第一颗是甜蜜，含第二颗就是寂寞了，若还要第三颗，则是无聊了。诗歌荒芜的年代，也是内心杂草丛生的时代，心灵里一定是缺点什么，比如诗歌，比如哲学。过分依赖网络，守株待兔，所以寂寞才泛滥成灾。

寂寞是第二颗糖。

微笑的灌木类植物

⊙朱成玉

总有一种美丽的波长，与自己的美丽相对应。只有具有这种信心的人，才会真正体会得到。

看过一期关于范伟的访谈类节目，对范伟说的一句话记忆犹新。他说：以前总认为植物人挺吓人的，没想到看到她之后，才知道植物人也是美丽的。

当时范伟正在拍《芳香之旅》，里面大部分时间要扮演一个植物人，而且还要表现出这个植物人的内心情感，这对范伟来说是一个难题。就在这个时候，他在电视上看到了她，一个微笑着的植物人拨动了范伟的心弦，也触发了他的灵感，使他的表演产生了意想不到的效果。

范伟所说的她，是引起全世界关注的美国人特丽·夏沃。她之所以引起关注，是因为她引发的一场关于植物人生存权利的斗争。到底让她平静地死去，还是靠一根进食管继续维持生命，这的确是令全世界都发愁的难题。特丽的丈夫主张为妻子注射"安乐死"，而特丽的父母坚决要让女儿活下去。15年来，特丽的家人一直面对这样的表情，现在，她的父母甚至声称自己的女儿能够和他们进行交流，对他们的语言有所反应。不过，英国格拉斯哥大学的退休教授、神经外科专家布赖恩·杰内特对此评论说，"这只是患者家属不切实际的想法，多年以来，我碰到过许多这样的情况，家人们很难接受医生的说法，而实际上，病人做出的只不过是一些不自主的、无意识的反应。"

植物人背后的斗争愈演愈烈，这位41岁的女植物人的形象也不断地出现在各种媒体上——她面带微笑，吃力地张着嘴，凝滞的目光里带着些许企盼……在特丽的家人，乃至整个美国社会为了她的生死问题而争执不下的时候，这幅特写画面的确为特丽的父母要求女儿继续活下去的愿望赢得了许多理解和同情。也是她的这个面带微笑的表情感染了范伟，使他突破了在演绎一个植物人内心情感时所面临的表演"瓶颈"。

在看《芳香之旅》的时候，为老崔（范伟饰演）在生命的最后留下的那一滴眼泪感动许久，他和特丽的微笑一样，告诉我们，植物人也是美丽的。只要我们心底存留着爱，即使他不能言语，不能思想，也依然可以和我们交流。正如特丽的母亲所说的那样：

"我们宁愿相信她是懂得我们的，她的每一次眨眼，每一次微笑都是在向我们传递她内心的信息，她爱我们，她不忍离开，我们也不能舍弃……"

在那一刻，我明白了，美不只是健康人的专利，那些残缺了健康，残缺了思想，残缺了爱的人一样有他们的美，他们的美正是来源于他们那颗微笑的心灵。特丽向所有人投去的微笑，尽管有些僵硬，但并没有凝固。

他们是微笑的灌木类植物，卑微但顽强地活着。

路在山的另一侧

⊙周海亮

> 人生短暂。当目标不可动摇时，那么，先静下心来选择一条正确的路，远比不顾一切的盲目行动，要重要得多。

高三那年暑假，我一个人去位于胶东半岛的昆嵛山区旅游。那天我遇到一座不高的小山，经过与地图的仔细对照后，我知道这座山的顶部有"老子道德经"的石刻。于是我决定爬上去，凭感觉，我认为自己完全可以用半天的时间到达山顶。

根本没有路，我只能借助突出的岩石和疯长的青藤艰难攀爬。不断有松动的石块从我身边滚落，过程的艰险程度，远超出我的想象。

途中，有那么几次，我几乎想放弃。但那个石刻牢牢地吸引了我，激励着年少狂妄的我继续。

终于爬到山顶了，人却累得骨头散架。我坐在最高的一块石头上，一边喝水，一边很有成就感地四面眺望。突然，我发现，在山的另一侧，有一条路。

一条青石铺成的台阶路，从山脚，缓缓地通向山顶。台阶的两侧有铁索做成的扶手，台阶上行走着游人，甚至有兜售矿泉水和纪念品的小贩。比起我刚才的狼狈相，这些人更像是在自家的花园里散步。

显然，这才是一条登上山顶的正确的路。

我的目标其实只是那个石刻，而不是探险和爬山。那么，我刚才的选择显然是一个错误。虽然最终还是爬上了山顶，但我却付出了比别的游人多出几倍的艰辛和时间。

其实假如我多看一眼地图，或者找个当地人问一下，那么，我完全可以及早发现这条台阶路，而不必冒着生命危险，一个人在山的另一侧攀爬。但是我没有。年轻的自信和冲动，很多时候，其实是盲目的另一种解释。

通向目标的路，有很多条。在这很多条中，有那么一条，无疑是最短、最安全、最快捷、最适合你的。之所以没有发现，只因为你的面前有一座山。这座山，暂时遮挡了你的视线。

而那条路，其实就在山的另一侧。

当然你还可以自己开辟一条路，比如我艰难攀爬的那条。不过这需要过人的胆识、无畏的勇气和充足的时间，以及你对于这条路的了解和把握。而当时我的选择，却不过是一种急躁状态下的盲目罢了。这显然太过危险。

人生短暂。当目标不可动摇时，那么，先静下心来选择一条正确的路，远比不顾一切的盲目行动，要重要得多。

每个人都有两扇窗子

⊙感　动

上帝送给每个人的都是两扇窗子，当他关闭了其中一扇时，就必然会为你打开另外一扇。

他是一名警察。一个不一般的警察，因为他有着过人的听力。

他凭借窃听器里传来的嘈杂汽车引擎声，就能判断犯罪嫌疑人驾驶的是一辆标致、本田还是奔驰；当嫌疑人拨打电话时，他能根据拨打不同号码的声音差异，分辨出嫌疑人拨打的电话号码；在监听恐怖嫌疑人打电话时，他通过房屋墙壁的回声，就可以推断出嫌疑人此时是身处机场大厅，还是藏身于喧闹的餐馆，或是在呼啸的列车上。

由于听力超群，他可以辨别不同语言发音的细微差异。这让他成为一个优秀的语言学家和训练有素的翻译。他会说7种语言，包括俄语和阿拉伯语。他还自学了塞尔维亚语和克罗地亚语。可以说，他的脑子就像图书馆一样汇集了各种口音，而正是这种语言能力使他成为警局中对抗恐怖主义和有组织犯罪的珍贵人才。

他曾协助同事追捕一名毒品走私犯，但狡猾的毒贩在打电话时故意操一口摩洛哥口音，他听了监听的电话录音后推断说，嫌疑人应该是来自阿尔巴尼亚。果然，毒贩被逮捕后证实了他的说法。在一起反恐案件中，警方根据他的监听分析报告，成功铲除了一个恐怖组织，维护了这个国家的安全。

他从警的时间不长，但他利用听力的优势，监听到了大量珍贵线索。很多疑难的大案、要案，都在他的耳边迎刃而解，他屡立奇功，获得过各种奖励和荣誉，直至被称为是警队里的"超级英雄"。

没见过他的人，都会羡慕他那神奇的听力和他得到的那些荣誉。但谁也不会想到，这位超级英雄手里握着的不是手枪，而是一根盲人手杖，他身边通常没有警车而是跟着一只导盲犬。他叫夏查·范洛，是比利时警察局的一名盲人探员。

因为双目失明，范洛从小时候起，就不得不努力倾听周围的一切声响，以来辨别自己到底身处何方，来躲避身边的危险。因为看不见，从小到大，他在过马路时经常会撞到别人身上，或被一些车撞倒，这令他总是伤痕累累。他也没办法，因为眼前是永远挥不去的黑暗，他恨上帝的不公平，他变得自闭，自暴自弃。直到17岁那年，他因判断失误，撞在了一辆响着铃的自行车上。

骑自行车的是个同他年龄相仿的女孩，她被他撞倒后很生气，冲着戴着墨镜的他大声质问:"你为什么要故意撞倒我,看不见吗?"他当时身上撞得也很痛,就激愤地说:"是,我是个瞎子,怎么样?"

"铃按得那么响,不会用耳朵听吗?"女孩丢下这一句话,扶起自行车愤怒地离开了。他愣在那里,回味着那句话,才突然想到了自己的耳朵。

从此,范洛开始锻炼自己的听力,他在各种场合,用各种声音来训练自己的听力,他不知吃过多少苦,流过多少汗,受过多少伤,但他一直没有放弃,十几年的艰苦练习,让他练就了天下无双的敏锐听力,直到自己进入警队,成为比利时警界里"失明的福尔摩斯"。

范洛从不忌讳别人说自己是个盲人,他常说:如果我能看到光明,那我现在可能还是一个平庸的人,正因为我看不见,我才会专心努力地去听,结果我听到了别人无法听到的声音。

一个人生命中的得与失,总是守恒的,我们在一个地方失去了,就一定会在另一个地方找回来,因为上帝送给每个人的都是两扇窗子,当他关闭了其中一扇时,就必然会为你打开另外一扇。

肥料把我养得很足

⊙姜钦峰

有些事情我们无力改变,但心态是由自己掌控的。无论在哪里,我们都要把这一切当成生活,然后,快乐地去生活。

吴冠中17岁开始学画,随后留学法国巴黎,学成回国后,在中央美术学院任讲师。他没有料到,自己满怀热情为艺术而来,却陷入了另一个旋涡。20世纪50年代初,全国文艺界开展整风运动,他稀里糊涂地变成了

"资产阶级形式主义堡垒"，艺术生命从此冻结。

1970年，吴冠中被下放到河北鹿县某军队驻地，参加生产劳动，接受贫下中农再教育。刚到那，指导员第一句话就是："把所有画具统统给我收起来，你的任务就是改造思想，新中国是我们用枪杆子打出来的，不是你们用笔杆子画出来的。"除了画画，什么都要做，这几乎要了他的命。

他身体不好，无法从事重体力劳动，于是被指派去看管一群鸭子。有一次，突然死了一只小鸭子，吴冠中大祸临头。全连立即召开批判大会，说吴冠中故意打死贫下中农的鸭子，这是阶级报复！后来查明，小鸭子身上没有伤痕，是吃错了东西才死的。那时他的地位，还不如一只鸭子。

两年后，政治空气有所松动，他终于得到允许，只要完成劳动任务就可以画画。他欣喜若狂，心中积压了多年的创作热情，重新迸发。然而此时，他竟连画架都找不到了，只好就地取材，找了个粪筐代替，柳条编的粪筐，挺高，臭烘烘的。每天出去劳动时，他都把粪筐背在身上，劳动结束后，就将粪筐倒扣在地上，再把画板立在上面画画。

没兴奋几天，问题又来了。北方是大片的平原，当地农村除了庄稼还是庄稼，到处都一模一样，没山没水，就连块高地都找不到，而他最擅长画风景，巧妇难为无米之炊，他几乎没什么可画。实在没办法，他就找来一块大石头，对着它努力构思，凭着想象，他把那块石头画成了一座大山，上面山花烂漫。就是在这样的艰苦条件下，他一刻没有放弃对艺术的追求。

那个冬天格外漫长，直至文革结束，他的艺术春天才姗姗来迟，一代大师终于破土而出。1992年3月，大英博物馆举办了吴冠中画展，这是大英博物馆第一次为在世的中国画家办展。2002年初，他又高票当选为法兰西学院艺术院通讯院士，成为第一位获此殊荣的中国艺术家。

时运不济，命途多舛，这就是吴冠中前半生的真实写照。他生命中最宝贵的年华，都被迫荒废，这样的灾难，无论降临在谁的头上，恐怕都是灭顶之灾。后来有人问他，"对于这几十年走过的路，您有何感想？"他没有愤怒指责,也没有激动自豪,只是平静地说:"我被埋在土里30年,肥料把我养得很足。"

由此想来,人生其实应该是一种态度。有些事情我们无力改变,但心态是由自己掌控的。与其愤世嫉俗,自甘沉沦,倒不如坦然面对,默默积蓄,即便你被埋在土里,也要做一颗种子,奋力成长。

你拿什么来证明自己
⊙ 薛　峰

> 渴望被关注,就要先努力发光。不发光,珍珠也会被人当成沙砾而放弃。

她出生在北京的一个知识分子家庭,母亲是药剂师,父亲在空军部队工作,良好的家庭教育使得她从小就有一种隽永的气质。9岁那年,她开始进入舞蹈学院学习舞蹈,每天早晨6点钟起床,在操场跑步、踢腿、做仰卧起坐,然后集训,练习舞蹈技巧之类的基本功。那时她有一个梦想,希望将来能成为一名出色的舞蹈演员,拥有自己的粉丝。16岁,她如愿被分配到东方歌舞团。但日复一日的舞蹈演出让她很厌倦,她从没主演过一部戏,都是配角,这令她产生不了热情。于是,她辞职了。

之后的两年,她拍过广告,可收入微薄,也曾想进入影视圈,可她非北影非中戏毕业,很难有伯乐发现她。后来偶然一次,她凭着姣好的面容和聪颖的头脑,被一个正在拍电视剧的导演发现了,便邀请她在一个电视剧中出演了一个小角色,从此她与电视剧结缘。

当时,她正值妙龄芳华,处于人生的黄金阶段,她不停地接戏,拍了一部又一部，只要有需要的角色，她从不拒绝。她也与许多演员搭档过，包括陆毅、周迅、陈坤、孙红雷等人。只是，令她苦闷的是，她在剧中从未做过女一号，一般都是配角，在《保镖》中她演女18号，总共才露过两面，在片场遭受冷落。眼看着与自己合作过的演员都个个红火起来，成为演艺圈炙手可热的明星，只有她，不温不火。她很疑惑，自己拍了这么多电视剧，为什么形成不了自己的风景呢？

这时，最初发现她的导演找她谈话："我知道你心里肯定不好受，但你须面对现实。你非常有潜力，可演技和台词方面你缺乏专业的训练。我觉得你应该去学校锤炼，我相信，三年之后，你肯定能爆发。"

导演的话让她的内心产生巨大的波澜，或许是被说中了要害，她有丝丝哀伤。可是，她也感激导演中肯的建议。为什么自己出演那么多电视剧而没能红起来，肯定是有不足的。如果要想让观众接纳你，你需要找到一种证据，证明你的不同凡响和过人之处。

就这样，从2003年起，她从观众眼前消失了，她一头扎进北京怀柔飞腾影视基地学习，这一"隐身"就是三年。三年中，和她一起出道的艺人都大红大紫了，她心里有失落，但更多的是坚定。她拼命地学习，努力掌握各种演技，挖掘自己的潜力和优势。

2006年，她重出江湖，先与谢霆锋、余文乐等明星主演了大制作动作片《龙虎门》，后又主演央视大片《为爱结婚》《家》《功勋》等，观众对她清新脱俗的造型与气质大加赞赏。2008年，她主演的情感剧《夜幕下的哈尔滨》在各地电视台热播，这为她赢得了更高的声誉。她用三年的沉淀，终于使自己绽放出夺目的光芒，像一枚绚烂的钻石胸针，抖落尘埃后勇敢前行，用自己的努力和汗水换来了最丰硕的收获。

她就是李小冉。2008年，她连续塑造了几个完全不同但又分量十足的女性形象，这几部电视剧接连登陆各省级电视台以及央视，有人戏称2008年为"李小冉电视年"。而当年发现并点拨她的人，就是著名导演赵宝刚。

如今的李小冉，已经拥有了自己的大量粉丝，她生命中近20年的积累都变成了孔雀身上最华丽的羽毛，它们争先恐后地装点着这个热爱生活、认真执著、有着非凡悟性和忍耐力的女子，人们欣赏到她灿烂的开屏时刻，那一刻，百鸟争鸣，大地无声，这静谧温馨的成功时刻经历了磨难终于姗姗来迟。

生活中的每个年轻人都渴望成功，渴望被人认可接纳，但你需要拿出证据，证明你的光彩之处。只有这样，别人才认识你，继而称赞你。李小冉在关键时刻勇敢转身，到影视学校潜心充电，这是一种人生的魄力，一种理智的智慧。经过一番努力，她终于把自己的美丽展现了出来，得到观众的认可。而有些人呢，却缺少这样的明智，他们除了抱怨就是退缩，最终埋没了自己。

最初的梦想

⊙冯有才

> 不去计较生活中的得与失，而在意自己深爱的人能否幸福，才是懂得幸福。

她是一位农村女孩，为了帮远嫁城里的姐姐带孩子，她只身从贫穷的小山村，走进了这个陌生的城市。这一年，她才16岁。

随着时间的推移，她逐渐留恋起城市的繁华了，想着整日在田地耕作的父母，她觉得自己的出息，便是对双亲的最好报答。为了能够在城市里生存，挣更多的钱去孝顺父母，让他们过上好日子，她想到了很多。最初，她摆起了地摊，卖起了橡皮筋、发卡、玩具等小玩意儿。1992年的春节，19岁的她，交给了父母5000元，这是她在城里摆了一年地摊的收入。

对于在农村劳作一辈子的老人来说，这些钱简直是天文数字。老人很惊讶，看着父母开心时的样子，她很欣慰，因为她第一次实现了自己的理想。

摆了几年的地摊，手里又有了一些积蓄。这个时候，她意识到自己年龄越来越大了，也该考虑自己的终身大事了，她想给自己找个如意郎君。可是，与城里细皮嫩肉的姑娘们相比，每天在阳光下暴晒的她，显得又黑又瘦，这样的女孩，谁会喜欢？为了给自己创造好点的条件，找到一个如意郎君，她决定不再风吹日晒地摆地摊了，于是，她租了一个十几个平方的门面房。生意变得更加的好了，而她也变得白了许多。终于，一个很优秀的男孩走进了她的视野。最终，他们相恋了，很幸福地在一起。

婚后甜美的生活，让她感到很幸福。宝宝出生后，她又感到了压力，守着十几个平方的小店，让家人过上好日子，很难。正巧隔壁街道有人转让店面。她倾其所有积蓄，转包了这个近50个平方的店面，开始做起来了鲜花生意。不久，生意逐渐地好起来。她感到很幸福，家人的生活水平得到了提高，她的理想再一次得到了满足。

再后来，因为家附近的学校教学质量不好，她又想把儿子送到贵族学校，那里能受到良好而系统的教育。她知道，单靠这个店面，是远远不够的。这个时候，能尽快挣到钱，把儿子送进贵族学校成为她的最大理想，她再次面临压力。不久后的一次机会，她转手又租了一个150个平方的店面，开起了女性装饰品店。因为她的商品齐全，价格优惠，为人诚实，最终，这家店面给她带来了一大笔财富。

她觉得自己的人生很满足，夫妻相亲相爱，儿子健康成长。谁知，就在儿子上小学5年级的时候，突然得了一种很怪的病，要好几十万的手术费，这个时候，儿子的健康，是她人生中的唯一理想。为了筹钱治病，她必须拼命挣钱，甚至只有初中学历的她，租下了一个好几千平方米的商场。没有管理经验，学！没有运营成本，借！因为她口碑很好，在小城里信誉度高，加上与银行合作时间长，最终，银行贷给了她几百万。

就是靠着这笔贷款，最终，她成为千万富翁。她叫刘玉，是安徽池州市的一名普通妇女，采访她的时候，她正和商场的工人们一起搬货。额头的汗滴，使她的人生变得更加丰满，让人钦佩不已。她说，自己并没有什么发家致富的秘诀，如果有，勤劳就是唯一捷径。

可是我不信。我觉得她有致富秘诀，那就是不断萌生的梦想。

从最初的梦想开始，刘玉便在自己的人生中追逐奔跑。真正懂得幸福的人，并不去计较生活中的得与失，而是在意自己深爱的人能否幸福快乐。

在追逐幸福中跨越成功，有时候，也许仅有一步之遥。

母亲的军帽

⊙袁炳发

> 有些人的爱，是只属于一个人的。其他的人，永远不会懂得，永远无法接近。

男孩和女孩恋爱了。

在小镇，女孩是一个很漂亮的女孩。

男孩长得也是端庄俊气，尤其当男孩走在正午的阳光里时，那高高大大的身影常叫女孩一脸的痴迷。

男孩经常带女孩去看电影。久了，女孩的父亲知道了，便极力阻止女儿和那男孩谈恋爱。

女孩的父亲是这个镇上的宣传干部，他对女儿说："和谁谈恋爱都行，就不准你和那小子谈！那小子是什么玩意儿你知道吗？他经常打架斗殴，是个地痞无赖、流氓成性的小混混。垮掉的一代就是指他这种人！"

男孩经常打架斗殴女孩知道，至于父亲说的什么"流氓成性的小混混"女孩有些不相信。因为男孩在女孩面前从来都是很规矩的，甚至连她的手都没碰过一下。

显然，女孩是不想听父亲的话，她依然偷偷地和男孩保持着往来。

立秋那天是女孩的生日。

生日前夕，女孩对男孩说："我快过生日了，我想让你送我一件生日礼物。"

男孩问："你想要什么？"

女孩说："我想要一顶我最喜欢的绿色军帽。"

男孩听后，眉头微皱，想了想说："今年的生日怕是来不及了，明年的生日我一定送你一顶军帽！"

女孩笑容满面，说："拉钩！"

男孩的手指就和女孩的手指勾在一起。

回到家，男孩就对父亲说："爸爸，今年我想当兵！"

男孩的父亲听后，说："也好，去部队改造一下，免得在家打仗被抓进去。"

……

镇上落下第一场雪后，男孩参军了。

临行的前一晚，男孩约了女孩。

男孩对女孩说："你知道我为什么去当兵吗？"

女孩摇摇头。

男孩就说："为了明年你的生日，我能送你一顶军帽。"

女孩感动得扑进男孩的怀里，说："你真好！"

男孩捧起女孩的脸，在泛着白色月光的雪地上，第一次吻了女孩。

男孩当兵走了，留给女孩的是无尽的思念。

男孩当兵走后转过年的春天，老山前线的战斗打响了。

男孩所在的这个部队，经过强化集训后，便在一天的凌晨开赴前线。

男孩忘不了在临赴前线前的那场誓师大会。

那场誓师大会快要结束时,一位白发苍苍的将军走到台上,带领众多官兵一起高唱:

再见吧妈妈

军号已吹响

钢枪已擦亮

行装已备好

部队要出发

……

誓师大会结束后,男孩将一顶军帽连同通信地址交到团部,并强调说:"如果我牺牲了,请一定将这顶军帽按照我留下的地址寄出去。"

几天几夜之后,男孩和战友们抵达了边境线上。

一次又一次的战斗激烈地进行,枪炮声震耳欲聋,子弹嗖嗖地从每一个战士身边穿过。

在一次往阵地运水途中,一枚炮弹在离男孩的不远处落地。就在弹片要四处迸射时的那一刻,男孩突然被人扑倒。当男孩从硝烟弥漫中抬起头时,他发现自己的身体上面有四名战友,将他严严实实地压在身下。

男孩的心灵受到了强烈的震撼,他抱着四名战友哭了……

一营在弄压山枪战几天,伤亡很大,而且弹药的消耗量也很大,上级命令男孩这个排,火速给一营运送弹药。在排长带领下,全排迅速扛着弹药箱,向弄压山挺进。

男孩紧随在班长的后面,就在要接近弄压山半山腰的时候,一颗子弹怪叫着奔向男孩前面的班长,男孩来不及多想,一个大跨步就把班长压在自己的身下。

那颗子弹射向了男孩的头颅,19岁的男孩牺牲了,鲜艳的山茶花把男孩青春的面庞映照得特别红光。

战事结束后,班长特意赶到男孩的故乡,看望了男孩的父母,并把男孩生前戴过的一顶军帽交给了女孩。

在我叙述这个故事的时候，已经是30多年以后的事情了。

当年的那个女孩，现在成为我的母亲。

母亲一直把那顶军帽珍放在一个箱里，任何人不许碰它。

母亲说：那是她一个人的军帽。

走在命运的左岸

⊙马 德

不苛责生活，常怀感恩之心，谁都能让自己始终走在开满幸福之花的人生左岸。

外边风卷雪花，刮得正紧。

他坐的这辆车像一个哮喘病人，每走上一段都要喘息半天。虽然他在心里不断地默念祈祷着，希望能够坚持到终点站，但车终于还是在一处荒凉的地方抛锚了。

他跳下车，狠狠地骂了自己一句：倒霉蛋。是的，他越来越发现自己是个倒霉蛋了，因为生活中几乎所有的厄运他都赶得上。譬如，已经失业几个月的他，今天要参加市里一家公司的面试，本来机会很难得，不能错过，可是阴错阳差，他偏偏乘上了这样一辆破车。

大多数乘客都徒步往下一个站点赶，他也一样。有一个50多岁的男人，敞着怀走在他的旁边，看起来，走在这样的雪天里，男人还颇有兴致，一边走一边哼着歌。

"大哥，你不觉得今天我们很倒霉吗？"他凑上前去，和男人搭讪。

"不，很久没有在这样的雪地里走路了，抛锚的车，给了我一个机会。"男人依旧那么兴致盎然。就这样，他俩搭上了话。一路上的攀谈，让他了解到男人的一些往事：碰到过许多赏识的人，也得到过不少陌生人的帮助和爱。谈到后来，他都有些嫉恨这个男人了，因为除了幸运，男人遇到的还是幸运。

终于走到了下一个小镇。临分手的时候，男人送给了他一张名片。他才知道，男人是个作家。在名片的背后，印着这样一句话：命运是一条河，左岸是幸运，右岸是厄运，我始终走在命运的左岸。

怀着对这位作家浓厚的兴趣，回去之后，他在网上搜索了男人的名字。果然名字的后边是一大串的作品，然而，首先吸引他的，是男人的简介：三岁丧父，十岁辍学，卖过冰棍，做过民工，遭遇过车祸……天啊，他几乎都不敢相信自己的眼睛了，男人竟然是一个厄运连连的人。

他猛然有一种醍醐灌顶的感觉。这个世界上，有着这样一种人，在他们心灵的天幕上，痛苦和磨难已经被大风吹尽，而蒙受的恩泽和爱，像星星一样在记忆里熠熠生辉。他们乐观昂扬，从不抱怨。生活中，即便只得到一枝绿色，却怀着对整个春天的感恩。

那天，他在案头上郑重写下这样一句话：

幸运决定于一个人的生活态度，只要不苛责生活，时常怀着感恩之心，谁都能让自己始终走在命运的左岸。

纸条上的命运

⊙姜钦峰

相信自己，永不放弃，一切都不算晚。

从学校出来时，文斯·帕培尔垂头丧气，步履沉重，他又被解雇了。

文斯已到而立之年，却连份像样的工作都没有，依然穷困潦倒，一事无成。他本来是个代课老师，收入微薄，迫于生计，还在一家酒吧做兼职吧员。即便如此，妻子总是嫌他无能，从骨子里瞧不起他，争吵时有发生。

　　文斯落魄而归，推开家门，没看到妻子，地板上却多了一张纸条。捡起来一看，他把纸条揉成一团，狠狠地扔进了垃圾桶，随即瘫在地上，像一块拧干的抹布。妻子已对他彻底绝望，竟然不告而别！雪上加霜，事业家庭的双重打击，让他几近崩溃。

　　晚上，文斯依然要去酒吧上班，这是他唯一的收入来源，否则连房租都付不起。那天，文斯正在酒吧上班，一则电视新闻顿时吸引了他的目光，与橄榄球有关：费城老鹰队的新教练沃梅尔走马上任，宣布面向社会招募新球员，鼓励费城的球迷积极参加选拔。

　　文斯从小酷爱橄榄球运动，也是费城老鹰队的铁杆球迷。然而那时的老鹰队，却和文斯的命运一样，霉运不断，接连11个赛季不胜，一败涂地。沃梅尔教练为了鼓舞士气，给球队带来一点新鲜的刺激，于是破天荒想出了这个主意。酒吧里，从老板到所有职员，都是狂热的橄榄球迷。业余时间，他们经常在停车场组织比赛，文斯是酒吧的头号"球星"，大家都鼓动文斯去参加选拔。可他想也没多想，就连连摇头，经历了一连串的打击后，他对自己已彻底失去了信心。

　　下班回家，文斯打开电视，那条新闻正在重播，仿佛又在嘲笑他懦弱无能。他忽然想起了什么，赶紧找出垃圾桶，一阵狂翻，终于找到了妻子留下的那张纸条。他如获至宝，顿时勇气倍增。

　　七天后，文斯参加了选拔赛。他在高中时曾参加过一年训练，爆发速度惊人，尤其是他骨子里透出的韧劲，征服了教练沃梅尔。在上千名参赛者中，文斯成了唯一的幸运儿，被留在老鹰队试训。

　　其实谁都明白，这次选拔赛与其说是选球员，不如说是集体娱乐，这种方式怎么可能选出真正的职业球员？美式橄榄球是激烈的体能运动，球员从头到脚都要用护具层层包裹，其对抗激烈程度可想而知。而文斯30岁的年龄，显然成了致命弱点，几乎没有人看好这个兼职吧员，有的媒体甚至把他称作"费城南部的傻帽儿"。

文斯从未有过职业比赛经验，刚开始参加训练时，洋相百出。队友们也瞧不起他，时常挖苦讽刺："老家伙，早点回家吧，别做美梦了，这不是你该来的地方。"文斯受尽了白眼和捉弄，独自顶着巨大压力，但他从未放弃，依然拼命训练。

妻子留下的那张纸条，就是他全部的支撑力量。他把纸条带进了更衣室，压在自己的球衣底下。每天训练之前，他总是先把纸条拿出来，认真看一遍，然后换上球衣，飞奔上场。集训结束后，文斯以优异的表现再次征服了沃梅尔教练，出人意料地进入了参赛名单。

1976年9月19日，老鹰队首次主场作战，对阵纽约巨人队。看台上人山人海，战斗即将打响，文斯平静地走进更衣室，又从球衣底下拿出那张纸条，凝视片刻，忽然把它撕得粉碎，然后飞奔上场。文斯爆发了，在最后一分钟力挽狂澜，帮助老鹰队夺取了一场久违的胜利。赛场沸腾了，从那一刻起，那个"傻帽儿"成了费城的英雄。

文斯在老鹰队共效力三个赛季，并成为球队灵魂人物，在他的精神感召下，老鹰队上下团结一心，士气空前高涨，最终杀入了"超级碗"决赛。文斯以30岁"高龄"，书写了橄榄球史上的一个传奇，同时也为全美国树立了一面旗帜。当时，美国社会正处在"水门"丑闻余波之中，加上越战伤痛和能源危机，一度使人们感到消沉迷茫。而文斯以自身经历告诉人们：相信自己，一切都不算晚！

多年以后，当人们旧事重提时，文斯说："我应该感谢那张纸条。"

纸条上写着："你是个窝囊废，永远一事无成！"

世界上最成功的名人访问者

⊙鲁先圣

有时候成功的秘诀十分简单，比如用心、勇敢的尝试。而这一切，往往被我们忽略了。

多年以前，有一个贫困少年跟随父母从荷兰移民到美国。父母都是普通的人，没有什么专业知识，靠出苦力维持简单的生计。他们深知自己没有文化的难处，所以，拼命挣钱把孩子送到学校读书。

孩子十分懂事，小小年纪就体会到了父母的艰辛，每天放学以后都为附近的一家面包店擦窗户和柜台，这让他每个周可以赚到50美分。他在其他的空余时间里，还总是挎上一个篮子，去街上捡拾运煤炭的车子掉落的煤块。

父母尽他们的最大努力，让孩子读到了初中毕业，他们没有能力让孩子再读高中了。孩子不得不离开学校去西联公司做了一名童工，每个周的薪水是6元25美分。具有一定文化知识的孩子开始这样思考，父母这些年一直这样辛苦做事，自己除了读书之外也很辛苦地做事贴补家用，可是家境并没有多少改观，原因是什么呢？他从课堂上了解到，世界上有很多成功的名人，他们成功的经历并不复杂，有些人甚至成功的时间都很短暂，他们成功的秘密是什么呢？自己为什么不学习那些名人成功的经验彻底改变自己家的处境呢？

他决定给那些名人写信。他把自己的想法告诉了父母，尽管父母弄不明白孩子的想法，但是全力支持孩子这样做。那一年，这个孩子13岁。他攒下一个月的薪水买了一部《美国名人大全》，从头至尾认真研究这些人的成功之路。

把这些名人的成功之路熟记于心之后，他这样想，自己要分头给他们写信，请他们谈谈书上没有写出来的秘密，听听他们自己是怎么说的。他开始这样做，恳请他们谈论自己的故事，并请他们邮寄来书上没有的有关自己童年的补充材料。

他给当时正在竞选总统的加菲大将写信，询问他以前是否真的在一条运河上做过纤夫。不久加菲就给他回了一封热情洋溢的信，并盛情邀请他去访问了自己的办公室。他给格莱德将军写信，询问他参加的一次战役的具体细节。格莱德对他的问题非常感兴趣，专门派人邀请这个十几岁的少年共进午餐，同他谈了整整一天自己的光辉履历，并赠送他一张自己使用过的军事地图。他也写信给当时美国最著名的文学家爱默生，请教他对于当时正在进行的美国南北战争的看法。他的问题引起了爱默生的极大关注，爱默生甚至在一次演讲中把这个少年的问题作为例证论述自己的观点。

这位西联公司的童工，不久便同当时美国最著名的几乎所有的名人建立了直接的联系，还包括林肯总统的夫人、副总统先生以及自己所在州的州长先生等名人。

他不仅仅同他们通信，一到了休息日或者节假日，他就分头去拜访他们，他甚至成了很多名人家庭的朋友，成为深受他们欢迎的客人。他们以自己的经验开导他，为他的人生之路出谋划策，希望他走一条与父母完全不同的道路。他们中的很多人甚至直接告诉他，如果他创业的话，他们会不遗余力地帮助他。

但是，这个孩子想的并不是直接的帮助，他从这些人的人生经历中已经慢慢树立起自己的人生信念，也从他们的经历中总结出了自己独到的成功智慧。他立刻着手把自己采访到的那些鲜为人知的名人故事写下来，并把自己的思考用文字记录下来。

4年以后，当这个孩子还不到18岁的时候，美国历史上一部最详尽的名人传记《他们成功的秘密》诞生了。直到现在，这部书依然是美国创业者不可或缺的人生读本。

这个孩子，就是美国著名的传记作家巴克。他后来不仅仅成为一个出色的传记作家，还成功创办了一本杂志。

要现在，还是未来

⊙仲利民

现在与未来，你想要哪一个？一个是看得见摸得着的，一个是有较大风险的需要长久的期待。

在人潮如涌的超市，他一眼就认出她来。虽然8年过去，她在他的眼中依然是那么熟悉。她望着他，也认出他了，嘴角露了一丝惨淡的笑意。他看到她穿着旧的外套，衣领已有些残破，发丝零乱。

他向身边的妻介绍说："这是琳，以前的朋友。今天巧了，在这里遇着了。"其实他省略了一些内容，她不仅是以前的朋友，更是以前曾经倾心相爱的恋人。直至今日，他还经常在梦里遇到她。

年轻的她是骄傲的公主，生在干部家庭，衣食无忧，大学毕业后，由于父亲人脉资源丰富，她进了一家银行，工作轻闲，薪水丰厚。

那时的他，是从农村刚进城的小伙儿，除了一腔热忱外，一无所有。一次机缘巧合，他们相识了，她欣赏他的才华，还有他的机智，他当然也对她的美貌与气质动心。他们偷偷地相爱了，那时，他们对爱情的看法很单纯，以为两个人相爱就可以了。等到她的父亲洞察时，她已沉入爱河不能自拔，她觉得他是那么可爱，才华横溢，仪表非凡。而她的父亲一口回绝，这些都是没用的东西，他有什么可以爱你？他有房子吗？他有职位吗？他有钱财吗？

面对父亲一连串的问话，她答不上来。他真的没有，什么也没有。他的工作普通，他的收入微薄，他在这个城市更没有什么亲友可以提供帮助。

孤零零的一个人，要想成功，比登天还难。父亲教训她。那么，你爱上他就是爱上了难题，你将来的房子，生活，包括未来的一切，都要在困难中度过，争执是必然的，难题是无法解决的，那样的生活还有什么爱情？

不知为什么，本来满腔的爱意，被父亲这一盆冷水浇过，一下子凉掉。她一直生活在父亲的照顾下，她不敢想象以后的生活，如果事事都必须她亲力亲为，如果困难重重，那将是怎么样的生活啊？

当她想明白这些之后，忽然没有了当初"盲目"的爱情。她听从了父亲的建议，重新爱上了父亲一个朋友的儿子，他们家不仅富足，而且有权力。

从此，她与他不再见面。

一晃8年过去。

一切不是她父亲设想的那样。她的生活并没有如意，当她结婚后不久，父亲忽然离世，紧接着，她的公公因贪污锒铛入狱。在父亲光环下生活的丈夫从此萎靡不振，生活逐渐艰难起来。

他却不一样，经过进城最初的艰难之后，他用自己的才华与勤奋，一步步打拼，事业有成，生活逐渐好转。就像演戏一样，仅仅8年时间，他与她就进行了置换。

她当初也曾爱上他的才华，还有他的真诚，但在父亲的指点下，她对他的未来没有了信任，自然不可能执著地许诺爱情。

爱情与幸福，是每个人都渴求的，但是更多的人只看到当时的一切，不敢投入更多的耐心与信心期待一个未来。

现在与未来，你想要哪一个？

一个是看得见摸得着的，一个是有较大风险的需要长久的期待。

第二辑
你的背上有翅膀

　　你有你的浩瀚，我有我的个性；你有你的强大，我有我的弱小。能在诱惑与强大面前，依然不改本色，不肯屈服，也许这就是一脉弱水成为人间绝景的秘密。

——感动《动人的回水》

让心每天开出一朵花

⊙薛　峰

　　每天开一朵花，一日一日，就会开出一片花园。做任何事情，都是从一点一滴开始的。

　　几米本名廖福彬，台湾著名绘本作家，可谓名满天下，其插画遍布各种报纸、杂志。1999年，他出版的《向左走·向右走》，被评为金石堂十大最具影响力的书，并兴起绘本创作的风潮，其作品被翻译成数十种文字，畅销世界。

　　不过在成名之前，几米只是一个普通的年轻人。他虽然从小就喜欢画画，但直到高三才知道大学有美术系，而决定要念美术系时，才发现还得额外考术科。他赶紧临时抱佛脚学了三个月的素描，虽如愿进了文化大学美术系，但入学的素描术科只拿到16分，这让他很自卑。大学毕业后，他加盟到一家广告公司，由于偏爱个性化的艺术创作，使他与别人格格不入，他的创意也在广告制作中无法体现出来，这让他很苦闷。所以在工作之余，他开始画插图，画很多不同的"小人"，男男女女、老老少少、高矮胖瘦不一，小狗小猫、动物怪兽也画，在画画的过程中，他体会到了快乐。

　　可快乐中的几米没料到病魔会突然降临，那是1995年初，才刚过完农历新年，他在睡梦中被左大腿的剧烈抽痛所惊醒。三天后大腿失去知觉，一开始他天真地以为，只是一时不小心的撞伤或者肌肉拉伤，医生找不出疼痛的原因，治疗无效，他也不以为意。一边四处求医，一边画画。疼痛持续加烈，而他日渐衰弱。在一个初夏的午后，他几乎昏倒在求诊的街头。

第二天，主治大夫面色凝重地暗示他得了急性骨髓性白血病，也就是血癌。他就像连续剧中遭逢天人惨剧的主角，放肆地大哭大闹，一直哭到昏昏沉沉地睡着了。再醒来时，病床外的花篮已堆得满满的，甚至有些已经开始枯萎了……在医院住了六个月，他整个人完全变形，浮肿的大脸，光秃秃的头顶，惊恐无神的双眼，永远戴着口罩，连站都站不稳。他精疲力竭地与死神搏斗，日日流下无助的眼泪。

那段时间几米躺在医院与世界隔离，跟生死搏斗。他下不了床，不能会客，哪里都不能去。看到窗外飘动的白云、艳丽的落日，甚至是偶尔停驻窗台的寻常鸽子，都会让他忍不住激动掉泪。几米体会到身不由己的悲哀，他变得特别敏锐，对生命的看法有了很大的转变，开始觉得有很多话要诉说。病痛让他变得感性，许多平凡的小事变得重要，而许多非凡的大事又变得无足轻重。几米的彻悟成为他创作的动力、灵感的源泉。

当身体日渐好转时，他开始为脑海中想象的那些"小人"编写故事，同时也编入他自己的心情。他把自己的全部的感情、全部的爱都倾注给了自己笔下的小人儿，他的小人儿从此也变得活了起来、立体起来。可爱的小猫、巨大的小鸟、鲜艳的花朵以及各种变了形的日常用品构成了几米的绘图世界。他的画能够以最精简的方式说出最丰富的情绪，在色彩最丰富的地方表达最深刻的哀愁。

就这样，忍着病痛，他趴在床上画他的心情，画他的梦想，画他的爱好，在画中，他忘记了病痛……

出院后，几米出版了一系列的绘本作品，《森林里的秘密》《微笑的鱼》《月亮忘记了》《地下铁》《向左走·向右走》《照相本子》《幸运儿》等，这些作品一经面世就受到读者的热烈欢迎，可以说是引起了轰动。

在台湾，几米不仅入选2001年度"台湾十大时尚"，他的图文结合的长篇绘本更开创了一种全新的叙事模式，开启了"几米时代"。从口袋书、笔记本，到手机、T恤，甚至地铁车票，几米的作品无处不在。在内地，几米的八部作品自面市以来，销量一直高居榜首，他的绘本被白领阶层视为经典，被红男绿女们热捧。《向左走·向右走》被翻拍成数不清的电视剧、电影、动画和卡通之类的传媒作品，也让几米的名字和作品成为学界和媒体热烈讨论的"现象"。

一个刚刚战胜白血病的人竟创下如此成就，不能不说是一个奇迹了。这源于什么？在《我的心中每天开出一朵花》中，几米每天画下一朵花，它象征着梦想与期望，更是一种生命力的展现。几米很诗化地说："我站上大树，学像鸟一样飞翔。当然知道有些事情不可能成真，但，我还是想试试！风来了，我努力挥动着双手，临风飞舞，感到无比无比的幸福……"是的，几米无比幸福，在战胜了病魔后，他临风飞舞，用坚韧与毅力，用敏锐与细致，用热情与乐观画出了心中最美的花朵。

信自己，得永生

⊙王国华

真理不是靠人多取胜的，真理有时是一个诸葛亮远胜一百个臭皮匠。

英国某养牛场，随便找了一头牛，请一位养牛专家猜其重量。专家天天与牛耳鬓厮磨，早已成竹在胸。他只是扫了一眼，说出一个数字，见证者一听，跟实际重量没差多少。

大家都啧啧赞叹。

然后，又找来七百个人，他们跟养牛完全无关，有教师、有清洁工、律师、医生、渔夫、园丁、政客等。让他们分别猜牛的重量。每人都说出一个数字，简直是天上一脚地下一脚，完全不靠谱。但是把这七百个人猜出的数字加在一起,除以七百,得出的平均数,却比那个养牛专家更加接近实际重量。

这似乎可以说,单个的人或许背离事实,但群众的智慧总能最接近事实,比精英还强大。三个臭皮匠总能抵上一个诸葛亮。

另外一个故事与此相反。

当年,爱因斯坦创建相对论,科学界褒贬不一,1930年,德国出版了一本批判相对论的书,书名叫做《一百位教授出面证明爱因斯坦错了》,爱因斯坦知道后,禁不住哈哈大笑,他说:"一百位,干吗要这么多人?只要能证明我真的错了,哪怕一个人出面也足够了。"

此事似乎又说明,真理不是靠人多取胜的,真理就是真理,一个诸葛亮远胜一百个臭皮匠。

这是个悖论吧?

不,也许他们都没有错,养牛专家、七百个非养牛专家、爱因斯坦、一百个教授,关键是看你信谁。

你自己能够坚信一辈子的,才是真理。

蜘蛛的哲学

⊙凉月满天

生命越简单,就越有效。心灵不复杂,则一切都单纯了,美好了,没有问题了。

腰病重了,刚起来不几天,又开始卧床休养,心里十分丧气:今年是我的灾年吗?房贷是要还的;老父亲的病更是要治的;孩子还小,两天不管，她就像钻天猴似的；你看我，工作也撂了，家务也照管不着，每天三大碗的中药，不喝也得喝，跟灌兔子似的……生活真是一团糟，糟透了。

先生把我扶下楼，说：走，我带你看一样东西。

跟他来到一个小树丛，里面结着一张大蛛网，他说你看。他从旁边的狗尾巴草上摘一粒草籽撂到网上，一下子就有只蜘蛛跑了出来。我估计它是躲在洞里的时候，一只脚搭在丝上，起雷达的作用，好来个守网待虫。外面一有动静，它就往外冲。结果令它失望——它是食肉动物，不是吃草的山羊。它两只前爪捧起这粒草籽放嘴里咬了咬，断定不是自己想要的东西，举起来往后一扔，就扔到了网外面。我看得有趣，扑哧笑出来。先生又捻下好几粒草籽，往网上一撒，蜘蛛一通紧忙活，一个一个地咬过去。咬一个，不是，一扔；咬一个，又不是，又一扔。一会儿的工夫就把网上的草籽择干净，然后又回到洞里，继续守网待虫。

先生很坏，捋了一大把草籽，往网上"刷！"一扔。蜘蛛闻风而动，一看整张网上都糊满了草籽。自己的家搞得一塌糊涂，有点丧气，待在那里好长时间一动不动。我以为它要转身回洞，把这张网弃之不用，没想到它的举动匪夷所思起来。只见它爬到网的中央，几只脚紧紧扣住网，开始一上一下地振荡，刚开始幅度很小，后来渐大，再后来一颠一颠，如同摇筛，甚或如在海上掀起的狂风巨浪。只见网上密密麻麻的草籽纷纷摇落，大部分都承受不住晃荡的力量，掉下来了，剩下的草籽零星粘在网上，它又开始故技重演，抱起一个一扔，再抱起一个又一扔，一会儿工夫就把自己的家清理得干干净净。

我看着蜘蛛，不说话。惭愧，我不如它。它不仅能够把错综交织的丝线结成一张漂亮的网，而且能够把粘在网上的杂质聪明地清除。而我这张网却收得太紧，不再是生命展开的平台，反而成了束缚生机的绳索。父亲有病，看就是了。我有病，养就是了。房奴当上了，也可以当得很快乐。孩子一日不辅导，她也未必就不晓得上进了。人生于世，一颗心就是一张网，丝丝相连，线线相交，上面难免会粘上各种各样的杂质，所以要学会聪明地拣择。

1965年9月7日,世界台球冠军赛在美国纽约举行,路易斯·福克斯一路领先,稳操胜券。但当他又要去击球时,一只苍蝇似乎要与他作对,在他的球上飞来飞去,引得观众哈哈大笑。这一切使他愤怒至极。他不停地用球杆击打苍蝇,一不小心却使球杆碰球,他失去了一轮机会。更糟的是,他因此而方寸大乱,连连失利,丢掉了冠军。回头他越想越懊恼,干脆投河自杀。

说实话,福克斯不是被苍蝇害死的,而是被他自己心头的那张网给缠死的。过于渴望成功了,就害怕外界的哪怕一点点细微的打扰,才会对这个几乎可以忽略不计的苍蝇斤斤计较;过于害怕失败,才会被失败的感觉紧紧缠绕,除了选择死亡,不知道如何解脱。

我也是的。先是把生活想得太复杂,然后又把一时的挫折想得太糟糕。蜘蛛脑子里就没有这么多的东西缠绕,它生活简单,目标明确,懂得鉴别,懂得选择,这就是它的哲学——生命越简单,就越有效。

坏孩子也一样有着成长的特权

⊙一路开花

> 不要拒绝那些成长中的波折,它可以让人有异于常人的领悟,得到更多的忠告。

问题少年这顶帽子,我一戴便是整整五年。没有哪一位老师不曾对我三令五申。而年少时的自己,不但不因这样的告诫感到羞愧,反而有一丝丝暗自的骄傲。

我想，我总是特立独行的。记得有一次作文课，题目是《我的同桌》，众人无不仰面长叹，叫苦连天。唯独我，独自埋头，写得不亦乐乎。洋洋洒洒数千字，惊得老师目瞪口呆。

结果，我这篇旷世奇作，超乎寻常地破下了"零分作文"的纪录。原因是，写作文的我乐了，被写的同桌哭了。老师在课堂上说："李兴海同学，你所写的文字，完全出于人身攻击，好好的一个姑娘，硬是让你写成了李逵！"

班上同学大惑不解。直到他拿起我的作文，琅琅念出一段，他们才捧腹喷饭，满地找牙。"我亲爱的同桌，人称黑旋风。常自诩武功天下第一，有人赠联，美曰，拳打云贵二省，脚踢京沪两市……"

无可非议，曾与我嬉笑怒骂的那位女同桌，这次作文课后，拼了命地要求调离。我顿时欢呼雀跃，以为将有新的同桌。殊不料，全班45名勇士，竟无一人敢前来同我平分天下。于是，我只好过起了孤家寡人、独孤求败的生活。

有女生断言，我前世一定是一只无恶不作的蟑螂。要不然，这辈子绝对不会惹人生厌。因此，我无缘无故地多了一个小名——小强。开始，我死活不明白，他们为何要叫我小强。直到有一次，无意赏得星爷的《唐伯虎点秋香》，才知其中深意。

怒火中烧。我耗费了三天时间，才查出取名哗众的罪魁祸首。结果可想而知，这位被称为"智多星"的祖国花朵，莫名其妙地请了三天病假。

无数老师对我说，你得浪子回头，有错必改。可惜，这样那样的人生道理，都被我一一忽视了。况且，每次进入昏沉沉的办公室，我都会不由自主地使出我的独门绝学，左耳进，右耳出。任君说得唇间白沫，我自神游无形太空。终于，他们一个个将我放弃，将我抛至角落，绝望，漠视，不再讯问。

我为自己的蛮横感到前所未有的自豪。直到后来，一次体育考试中，我失手从双杠上跌落，才恍然觉察到无处不在的孤独。因为，在场的所有同学，竟无一人愿意前来帮我。我瘫坐在冰凉的地板上，疼痛和懊悔，暴雨狂澜般呼啸而至。最终，是我当初的那个同桌，黑旋风同志，不顾男女之嫌，毅然把我扶到了医务室。

瘦弱的她，一路踉跄。出于愧疚，我几次想要挣脱她的双手，却被她牢牢扣住。豆大的汗珠，如同饭锅上凝结的水蒸气，陆续滴落。到底，那翻涌的热泪，还是从我的心门上扑腾而出。

那是中学的最后一年。我始终无法忘记，那个瘦弱女孩所给予的温暖和感动。她那么不计前嫌地搀着昔日将她羞辱的仇人，心急如火地狂奔在鸟语花香的路上……

当年的那个坏孩子，由于成长的波折，不但拥有了异于常人的领悟，更得到了许多长者的忠告。那些无形的领悟和智慧，终于成为后来时光中的特权，让他无畏荆棘，心似莲花。

无知者无畏

⊙李雪峰

尽管放手去做你的事情，别在完成事情之前去处心积虑地盯着困难。

那时，他刚刚19岁，正在德国哥廷根大学读书学习。他酷爱数学，那些枯燥的数字和变幻莫测的公式、几何图形让他沉迷不已。在他的导师看来，他不仅极具数学天赋，而且刻苦努力，或许能够成为一位出色的数学家，因此，在每天布置完全班同学的数学作业后，对他寄予厚望的导师总会额外给他布置两道难度较大的数学题。

1796年深秋的一天，吃过晚饭后，他照例伏在课桌上完成导师布置给他的两道数学题，那两道习题他在不到两个钟头的时间内顺利做完了。在就要卷起那两道习题纸的时候，一个小纸条从导师交给他的题纸中掉了下来。他捡起纸条一看，纸条上是一道数学题，他没有多想，只是以为那是导师另外给他布置的习题，于是他又坐下来，埋头做了起来。

这是一道特别难做的习题，几年了，导师从没有给他布置过如此高深的习题，他感到前所未有的吃力。他绞尽脑汁，集聚自己所学过的全部数学知识，全力以赴从各个角度去演算这道数学题，但成效不大，直到半夜时仍然毫无进展。既然导师把它布置给了我，那么它肯定有一个解题的方法，只是自己现在还没有找到这种方法而已，我一定要把它做出来！他皱着眉头想。

圆规、直尺、铅笔、纸，他伏在课桌上又写又画，草稿画满了一张又一张，图形推敲了又推敲，但还是找不到答案。他伏在课桌上闭上眼思考了几分钟，他觉得，用常规的数学思维对付这道题显然是不可能找到答案的，要解开它，或许需要跳出常规的数学习惯思维才可能会柳暗花明。于是，他重新调整了思路，又取出厚厚一沓草稿纸，又一头扎进那道高深莫测的数学试题中……

当远处教堂里的晨钟悠悠地响起时，熬红了双眼累得精疲力竭的他忍不住微笑了起来，他庆幸自己终于解答出了这道数学题。他将这道题的答案和另外两道数学题匆匆送给了他的导师，并且愧疚地对导师说："对不起，写在小纸条上的第三道题的确太难了，我十分吃力，整整做了一个通宵，不过还算不错，我终于把它解答出来了。"

"什么小纸条上的第三道题？"导师有些莫名其妙，但当他看过年轻人第三道题的答案后，立刻就惊呆了，他用颤抖的声音问自己的学生说："这真的是你做出来的吗？"看着惊讶不已的导师，他点点头说："是的老师，是我解答出来的，不过，实在有些太不好意思了，这一道题我竟做了整整一夜。"导师兴奋地马上拉他坐下，竭力压抑着自己内心中的激动盼吋他说:"你现在重新给我解答一遍让我看看。"在导师的焦急注视下,他重新解答出了这道题,并规范地在一张草稿纸上画出了一个正17边形。

捧着那张草稿纸,导师欣喜若狂得顿时语无伦次,导师激动万分地告诉他说:"你创造了世界数学史上的一大奇迹,这道题已经悬而未决两千多年了,阿基米德对它束手无策,牛顿也没有解出答案,两千多年了,多少杰出的数学家对它望洋兴叹,但你仅用一个晚上就解出了答案,年轻人,你是一位天才的数学家啊!"

他一听,顿时也愣了,阿基米德、牛顿那都是些高山仰止的数学泰斗啊,他们没有找到答案的数学试题,一个两千年都悬而未决的数学难题,竟被自己在一夜之间攻克了。他高兴万分地对导师说:"幸亏您没提前告诉我有关这道题的历史真相,要不,我很可能不敢贸然去解答它的。"导师说:"我也并非是把它布置给你的,我在其他地方见了这道题,把它抄在纸条上,准备以后慢慢研究的,没想到夹在试题中给了你,更没料到,你用一夜时间就创造出了世界数学史两千年也没能突破的伟大奇迹!"

年轻人兴奋地笑了:"真是无知者无畏啊,如果我知道这道题的历史真相,或许奇迹就难以出现。"这个年轻人便是后来闻名于世界的数学王子高斯。

无知者无畏。在我们不知道困难有多大的时候,我们往往有信心和勇气勇敢地向困难发出挑战,但一旦窥见了困难,我们往往就望而却步被困难吓退了,这就是许多才华横溢的人最终成为庸庸碌碌者的根本原因。

尽管放手去做你的事情,别在完成事情之前去处心积虑地盯着困难,这是奇迹诞生的最好摇篮。

用心灵倾听

⊙崔修建

只要拥有一颗饱含爱意的心灵,就没有什么困难能够拦住精彩人生的演绎。

幼时的她是那样的活泼可爱,像春天枝头绽开的花朵,寒微的家境因她的到来,陡然增添了许多的快乐。望着她那甜甜的笑靥,一辈子都那样普普通通的父母,禁不住在心中为她的未来编织起无数个绚丽无比的梦想。

然而,就在她两岁的那年,因一场突发的疾病,不慎使用了过量的抗生素,等到她病好以后,她却完全失去了听力。

望着失聪的宝贝女儿,父母先是不迭的痛苦、懊悔、自责……继而,他们开始坦然地面对命运的无常,开始让聪颖、美丽的女儿懂得——上帝向她关上了一扇门,还会向她打开一扇窗,她同样可以拥有自己的骄傲。

虽说女孩的求学之路要比同龄人艰难得多,有时老师的一句简单的话,她都要努力地猜上好半天。可她那一贯的认真和执著,让她一天天地优秀起来。很小的时候,她就特别喜欢舞蹈,每每看到电视上那些翩翩的舞者,她都会不由自主地去模仿一下。为了能够"听清楚"音乐,她把音响放到最大的音量,面颊紧紧地贴在音箱上面,在音箱的震动中感知那些跳动的音符。有时,她用手臂贴在音箱上面,一点点地感受那些优美的旋律。

谁都不会想到,耳朵一点儿声音也听不到的女孩,在她13岁那年,就走出了国门,在国际大赛中拿到了舞蹈金牌。

后来,美丽的女孩以优异的成绩考上了美术学院,一边用画笔涂抹自己玫瑰色的青春梦想,一边用漂亮的舞姿书写着年轻的追求。大学快毕业时,她又遭遇了一段绝对浪漫、结局又绝对美丽的爱情。再后来,女孩领舞的舞蹈《千手观音》先后在许多国家地区演出,大获成功,受到了如潮的赞叹,后来又在中央电视台春节晚会上赢得亿万观众的一致赞赏。

这个女孩就是中国残疾人艺术团年轻的舞蹈演员邰丽华。许多人惊讶完全失聪的她和她的同伴怎么听懂了那些美妙的音乐,她带着一脸慈爱的微笑着告诉人们:倾听到世界的美丽与深邃,不单单只是靠耳朵,还要靠眼睛、鼻子、手、脚……最最重要的,是靠心灵,靠热爱生命和生活的心灵。

是的,只要拥有一颗饱含爱意的心灵,就没有什么残障能够拦住一个人的倾听、阅读、感受和表达,就没有什么困难能够拦住精彩人生的演绎。

不　　染

⊙袁炳发

> 环境尽管很重要,但是我们更要守住自己的心灵,如一粒种子那样,不改变开花的天性。

高二生杨直清华、北大任他选。

老师和同学都这么认为。

但杨直家的邻居们不见得这样认为。

杨直的爸爸或妈妈每次开过家长会,回到家里就急不可待地支起麻将桌,还一边不迭声地叫:"开这么长的大尾巴会,耽误穷人半天工。"

被人连坐几庄,又抱怨:"瞧瞧,这个背点,运气都让家长会磨叽没了。"

杨直家住平房,大门永远敞开着,隔着几条路的邻居无聊了也会奔来，图个热闹，在家不被允许抽烟，但在杨直家可以。

在杨直家几乎没什么不可以，包括男人女人不忌口地打情骂俏。

话太不能上台面时，有敦厚些的邻居朝着杨直的小房间努嘴。

杨直家是老少屋，他住一小间。

杨直和父母房间的屋门隔着一个开放的厨房，但是屋内却仅有一道薄墙间壁，上面还有一个玻璃窗，不隔音，甚至烟气和人窝出的臭气都会从玻璃窗缝隙挤到小屋来。

杨直的妈妈咯咯地笑："你们随便'咧'，我儿子听不见，他学习的时候什么也听不见。"

如果正赶上爸爸和了，他一推"砖墙"说："看杨直了吧，那就是未来清华大学生的风采。"

邻居们心里狐疑，这环境能出清华大学生？不瞎扯呢吗？

当然邻居们是看着杨直长大的，公认他是个好孩子，有人甚至气愤不过说，杨直简直就不是这对狗男女生的！

事实上，杨直的父母从来就没有在正道上走过，过去的不说，就说现在，他们等于在家里开着一个最为低级的赌场。除了自己参与赌博，还抽红。小小的屋子炕上一桌，地上两桌，每天二十四小时几乎连轴转。

赌客们弄到深更半夜时，杨直的妈妈就给他们煮面条，现成的挂面，吃一碗十元。半夜赌客们自带的香烟抽没了，所有的小铺又都歇了，杨直的爸爸就拿出五元一包的香烟，按支出售，一支五元。

两口子全下岗，吃着低保，心思都用在麻将上，骗几个昧良心的钱，过着不死不活的日子。

邻居老太太说起杨直就叹息："这孩子，天养活的。"

杨直有时听到了也不说什么，礼貌地笑笑就走过去了。

杨直心里想他吃饭现在还要靠父母养活，但自己的心灵自己一定要"养活"。

杨直高一军训时，由于没有早饭吃，训练强度又大，晕倒了。他知道这样不行，虽然从小到大他几乎没怎么吃过妈妈做的早饭，但他知道高中之后绝对不行，杨直开始自己做早饭。

几天的工夫，杨直能熟练地做饭了，自己吃好，爸爸妈妈起床之后竟然也吃上儿子温在锅里的饭菜了。

惹得邻居老太太又叹息："我这话放在这，将来那两口子必是借上儿子的大光了，等着吧，吃香的喝辣的享福。"

偶尔得闲，杨直会径直奔胡同口吴爷爷摆着的象棋残局，坐在吴爷爷的对面一眼不眨地盯着棋盘。吴爷爷就一眼不眨地盯着杨直黑发浓密的头顶，悠然道来："贵人不顶众发。"

"我的头发很多。"杨直仍低着头。

"哈哈，孩子，这'众'字你道是'多'的意思？非也，说的是不顶着一般俗人的头发，不囿于一般俗人的困难！"

杨直抬起头来，目光炯炯地看着吴爷爷，俩人就那么对望着，在彼此的眼睛里看到了自己。

转眼两年过去，杨直迎来了高考。

高考作文时，根据材料，杨直本打算写一篇议论文，用著名的"天将降大任于是人也，必先劳其筋骨……"做论据，就在要落笔时，突然想起一件事，这件事让他改变主意，写成了一篇感人的散文。就在这个春天，杨直在小河边背单词，他偶然看见一棵芽儿已经破土，但不幸的是，这颗种子天命使然落在一块石头下面。杨直心一凛，下意识伸手要拿开那块对于芽儿来说巨大的石头，但杨直终于把手停在半空中。以后几天杨直每天早晨必去看望那棵芽儿，他忧心忡忡矛盾丛生担心它会夭折。但第四天奇迹出现了，芽儿竟然掀翻了背上巨大的压力，并脱胎换骨，由一棵鹅黄羸弱的芽儿变成一棵翠绿苗壮的苗儿！

杨直的作文得了满分。

杨直实现了自己人生的第一个梦想，考入了清华大学。

当然，杨直考入清华大学并不仅仅依靠他的满分作文。

把球一次次投向篮筐

⊙澜 涛

> 起点低不可怕,努力非常重要,只要坚持不懈,我们同样可以赢得成功。

他是一个黑人孩子,因为肤色以及家境贫寒,他的童年和少年都承担了很多额外的压力。没有小伙伴肯陪伴他的时候,他常常抱着心爱的篮球在球场上一次次地练习带球、上篮……他喜欢和篮球对话,他感觉自己的生命只有在面对篮球的时候才可以释放出所有的激情和能量。

一天,他和一个好朋友路过街旁一家凌志专卖店时,专卖店内一辆银色的凌志陆地巡洋舰吸引了他,尤其是车旁漂亮的售车小姐更是让他心旌摇动。他忍不住对那个漂亮的售车小姐挥了挥手,心里暗想,如果有一天自己能够买一辆银色的凌志陆地巡洋舰,并且娶那位小姐为妻该是多么幸福的事情。可是,他除了所喜爱的篮球,几乎一贫如洗。两个人来到朋友家,他的思绪还停留在那个售车小姐和凌志陆地巡洋舰上。朋友看出了他的异样,开玩笑地问他是不是喜欢上那个漂亮的售车小姐了。他摇摇头,无奈地说道:"我一无所有,他们距离我太遥远了。"一旁的朋友的祖父了解了他们谈论的话题后,对他说道:"我年轻的时候也是一无所有的穷小子,但我拥有我的热爱,我相信只要追逐自己的热爱,就可以创造奇迹。于是,我一直鼓励自己不停地进取努力。你看看我现在……"朋友的祖父是一名热爱服装设计的人,他的名字在服装设计业从30几年前就家喻户晓。他听懂了朋友祖父的话,回到家中,他写了一个字条,贴在自己卧室的墙壁上，每天清晨都要读上一遍，激励自己："只要追逐自己的热爱，就可以创造奇迹。"

虽然他仍旧皮肤黑黝，虽然他仍旧一无所有，但他开始鼓励自己积极地生活，努力地进取。他手里只有篮球，他更多时间地跳跃在篮球场上，一次次地将篮球投向蓝筐。今天，已经拥有了自己的银色的凌志陆地巡洋舰，而那位漂亮的售车小姐也早已经成为了他的妻子。他就是曾效力于休斯敦火箭队、连续两届NBA得分王——麦迪。

春天带给每个人的都不多，一样的春风、种子和土地。没有人天生拥有一切，起点多么低窘都不可怕，哪怕只拥有一个热爱的篮球，拥有一次次将篮球投向篮筐的执著，就可能拥有花香满园、果实满枝的奇迹。

两扇磨盘也能磨亮人生

⊙崔修建

> 人生的成色，源于自己的选择，学会不甘于平凡，才能够拥有不平凡的人生。

尤利乌斯·马吉出生在苏黎世郊区的一个贫困的农家，他童年和少年最深的记忆便是清贫，无法形容的清贫，让一家人似乎永远都看不到希望。异常窘迫的家境，让他没有读完初中，便开始了艰难的打工人生。

然而，多年过去了，他唯一的特长只是像父亲那样磨面粉。父亲曾悲哀地对他说："你这辈子就是磨面粉的命了。"

马吉不甘地回答父亲："不，我不会一辈子迈着沉重的步子，一圈圈地推着两扇磨。"

父亲粗重而无奈地叹息："那你还想怎样？多少人都这样对付着过日子，难道你还能从这两扇石磨上磨出什么希望来？"

"别人是别人，我就是要磨出一份我想要的生活。"马吉的眼里闪射着热切期待的光芒。

他绞尽脑汁地想了许多改变生活状况的门路，结果却遭遇了一次又一次的失败。父亲撒手而去时，留给他唯一的遗产便是那两扇简陋的磨盘。

望着那转了无数圈的磨道，望着那两扇默默无言的磨盘，不服输的马吉又在思索着走出窘境的途径。

苦心人，天不负。20岁那年的一天，马吉偶尔从朋友舒勒医生那里得知——干蔬菜不会损失营养成分。他想：若将干蔬菜和豆类放在一起磨，一定会磨出富有营养的汤料。那样，岂不可以让那些家庭主妇们熬汤更快捷、方便一些？

说干就干，他立刻借钱购置了干燥机和搅拌机等设备，开始磨自己想象的那种汤料。就这样，一个灵感加上果断的行动，马吉很快便赢得了人们难以想象的成功——在很短的时间内，他便磨出了最早的速溶汤料。产品一投放市场，便大受顾客的欢迎。因为用他的汤料，只需五分钟，就可以做出一盆营养丰富的香汤。备受鼓舞的马吉再接再厉，到1886年，他陆续开发出数十种袋装速溶汤料，产品迅速畅销欧洲。

然而，马吉仍不满足，他的眼睛继续紧紧盯着那两扇磨盘，思索着接下来该磨出什么样的新产品。经过反反复复的试验，他终于在1890年，磨出了可以改变寿司、凉菜、鱼肉、汤和配菜味道的万能调味粉。后来，他又研磨出了广为畅销的浓缩肉食品。到1901年，他已是拥有资产超过亿元的大型跨国公司的大老板。

在苏黎世大学举办的一次演讲中，马吉自豪地告诉人们："即使命运只留给我两扇简单的磨盘，我也懂得用信心、智慧和执著，磨出亮丽的人生。"

没错，只要不肯向所谓的命运低头，不甘在原来的生活里转圈子，开动脑筋，努力打拼，即使是平凡的人，也终会像马吉一样磨出精彩的人生。

上帝不敢辜负信念

⊙李雪峰

> 任何时候，都不可放弃信念，信念不灭，就有机会抵达期望的驿站，就有机会梦想成真。

15世纪中叶的一个夏天，航海家哥伦布从海地岛海域向西班牙胜利返航。

怀着又一次航海探险成功的喜悦，哥伦布率着他的船队在风平浪静、一望无际的茫茫大海上像海鸟一样轻松地游弋。经历了惊涛骇浪的许多船员都在甲板上默默祈祷：上帝呀，请让这煦暖的阳光一直陪伴我们返回到西班牙吧！

但船队刚离开海地岛不久，天气就骤然变得十分恶劣了。天空集满了一团一团苍黑的浓云，远方的闪电，不停地驱赶着巨大的风暴，狰狞地从远方的海上向哥伦布的船队迎头击来。

这是一场惊涛裂岸般的特大风暴。恶浪迭起，惊涛咆哮，一道道翻腾的浊浪呼啸着拍向哥伦布船队的一艘艘已经千疮百孔的木船，喷溅的海水跃上了船舷和甲板，几个还没来得及落下的船帆的桅杆在暴风雨里嘎咧咧地折断了，几只海鸥凄叫着被暴风雨卷入汹涌的波涛里。风雨交加，电闪雷鸣，哥伦布的船队瞬间就被冲击得七零八落，就像几枚飘落在海上的树叶。

这是哥伦布航海史上遭遇的最大一次风暴，有几艘船已经被排浪打翻了，只一闪便沉入了大海的深渊。船长悲壮地告诉哥伦布说："我们将永远不能踏上陆地了。"

哥伦布知道，或许就要船毁人亡了，他叹口气对船长说："我们可以消失，但资料却一定要留给人类。"哥伦布钻进船舱，在疯狂颠簸的船舱里，迅速地把最为珍贵的资料缩写在几页纸上，卷好，塞进一个玻璃瓶里并加以密封后，将玻璃瓶抛进了波涛汹涌的茫茫大海。

"有一天，这些资料一定会被冲到西班牙的海滩上！"哥伦布肯定地说。

"绝不可能！"船长坚定地说，"它可能会葬身鱼腹，也可能被海浪击碎，或许会深埋沙底，但它绝不可能被冲到西班牙的海滩上去！"

哥伦布自信地说："或许是一年两年，也许是几个世纪，但它一定会漂到西班牙去，这是我的信念。而上帝可以辜负生命，却绝不会辜负生命坚持的信念的！"

幸运的是，哥伦布和他的大部分船只都在这次空前的海上风暴里死里逃生了。回到西班牙后，哥伦布和船长都不停地派人在海滩上寻找那个漂流瓶，但直到哥伦布离开这个世界时，那个漂流瓶也没有找到。

在哥伦布生命的最后时刻，他拉着船长的手，依旧充满着自信地说："那个漂流瓶终有一天会被冲上西班牙的海滩的，这是我的信念。上帝可以辜负生命，但他绝不会辜负人的信念！"哥伦布去世了，船长还一直派人不停地在海边寻找着那个漂流瓶，但直到船长也离开这个世界时，哥伦布的那个漂流瓶依旧杳无音讯。船长把哥伦布自信的话和寻找漂流瓶的使命告诉并嘱托了自己的儿子，他们一代一代人坚持在西班牙的海滩上寻找着。同时，他们也寻找着"上帝会不会辜负人的信念"的确切答案。

1856年，大海终于把那个漂流瓶冲到了西班牙的比斯开湾，而此时，距哥伦布遭遇的那场海上风暴，已经过去了三个多世纪。上帝不会辜负生命的信念，上帝没有辜负哥伦布的信念。

是的，上帝是不会辜负生命的信念的，在飘飘摇摇、起起落落的命运里，只要你信念的灯闪烁着，只要你信念的灯燃亮着，你就一定能够抵达你期望的驿站，你就一定能够梦想成真！

每一朵鲜花都装着果实一样的梦

⊙李丹崖

耐力，常常是各种能力和对手不相上下时，赢得最后胜利的关键。

请看下面这道算术题：如若徒步穿越一片1公里的草地需要500卡的热量的话，那么，穿越一片10公里的草地就需要500卡×10=5000卡的热量。

这个命题对吗？单从数学的角度来计算，没有丝毫的问题，然而，如果真要放在现实的情境中，那这道题就要大错特错了，答案是至少在8000卡热量以上。

为什么？

首先，人不是机器，不可能消耗的热量都均等，随着距离的逐渐增加，人消耗的热量也会翻倍；其次，草地不是平坦的陆地，其间遍布着泥潭、荆棘、蛇蝎……要想逃脱这些羁绊，远远要比履平地消耗的热量要多得多。

这道题使我想起了唐太宗李世民曾经告诫世人的一句箴言："夫取法于上，仅得其中；取法于中，不免为下。"可见，若想收获100%的成功，我们必须要付出150%的努力才可以，甚至更多。

一位诗人曾经在他的诗作中写下如下诗句：蝗虫若想翻身成为麻雀，必须在心中装着鹰一样的翅膀；狗尾草若想成为谷穗，必须在根部积攒杨树一样的冲劲；蒲公英若想成为向日葵，必须要在晴天和黑夜晒满两轮太阳……

永远没有可以预计的成功，永远没有可以等待的收获。命运从不给人打包票，它总是给人一张白纸，所有的一切都需要我们从当下开始，用饱蘸梦想的激情来书写。

生活的成功法则告诉我们：要想成为花朵，必须迈着果实的步子；要想成为蜂蜜，必须心里酝酿着白砂糖一样的赤诚。我们永远都不要忘记，把成功的目标定得远一些，再远一些。

梦想有多远，心灵的疆域就越宽广；热爱有多深，成就就有多深。

在枝繁叶茂的春天，我们把心灵的土壤刨得再深一些，深埋梦想的种子，这样成功的根基才能更牢靠。同时，我们还别忘记把心灵的路基再铺得厚一些，让成功的车辆平稳地抵达辉煌。春天，是风筝高飞的季节，在这样一个季节里，我们别忘记放飞心灵的风筝，让心的视角站得更高一些；把梦想的愿景向前延伸一步，这样成功的隧道才能更加明亮。

位于日本东京的浅草雷门观音庙拥有1200多年的历史，是许多朝圣者做梦都很向往的胜境。然而，通往观音山的路对于每一个苦行的朝圣者来说，却十分坎坷，隔着环绕的群山不说，路况也不怎么好，许多苦行的朝圣者都半途而返，但是，一个叫佐木的朝圣者却推着板车远赴1000余里到达了观音庙。很多人都想知道：是何种力量支持他远隔重山来到观音庙呢？佐木的回答是这样的：因为我心中装着富士山，富士山比观音庙要远一些，心中装着更远的目标，那么，距离近的目标就会越来越近了。

这话听起来有些拗口，但是，却道出了一位朝圣者的智慧。其实，在生命的旅程里，我们哪个人又不是一个梦想的朝圣者呢？

赴一条山环水绕的路，我们不光要有蜗牛的执著，慢慢地，每向前一步，就能离目标更近一些；我们还要有猎豹一样的激情，迈开步子，一路飞奔，把平庸的路标踩在脚下。生命是一条激情涌动的电流，我们能做的就是要多"一度"热爱，多一份成竹在握的自信；多"一度"付出，多一些游刃有余的洒脱！

如果把生命看做是一条跑道，我们要在预赛的时候把冲刺线挪得更远一些，为成功多训练一份耐力；如果把青春看做是一场演出，我们要在彩排的时候抱着现场直播的心态来尽力呈现自己，为成功多练就一些尽善尽美的精彩。

心灵如满树繁花，每一朵鲜花在盛开之前都要装着果实的梦，这样的花瓣才能更甜美；生命是一场幸福的丈量，我们要把成功的尺子拉得再远一些，把我们心灵的腹地开拓得更加深远，更加意趣深长！

在漏雨的屋檐下唱歌
⊙崔修建

感恩而富足的心灵，可以让我们在清苦里品味到甘润，寂寞里欣赏到缤纷。

那场惨烈的大地震刚刚过去不久，许多地方还是瓦砾遍地，满目狼藉。在海地首都太子港郊外，那一间极为简易的木板房，低矮，狭窄，破旧。正值雨季，外面的雨绵绵地下着，木板房棚顶的油毡纸早就被风刮烂了，渗进来的雨水滴滴答答地落着，屋内摆了许多瓦罐、石坛和木盆，已很难找到一块干爽的地方了。

戴一顶破旧的斗笠，母亲领着四个孩子在往屋外淘水，父亲裸着脊背，在饶有兴致地制作一把木琴。忽然，他停下手里的工作，将手指竖到嘴边，像突然发现新大陆似的，示意妻子和孩子们安静下来，与他一道倾听雨滴敲打那些坛坛罐罐的声音。

一家人望着断珠一样的雨滴，叮叮当当地敲打着地上那些器皿，居然听出了某些旋律，像好几种乐器的合奏。惊喜先是从母亲的脸上浮现，随即四个孩子也都面露欢喜，父亲更是兴奋得手舞足蹈。

于是，原本枯燥乏味的雨滴声，陡然变成了美妙无比的音乐。一家人围着那些坛坛罐罐欢快地载歌载舞，小女儿不小心踢翻了一个瓦罐，逗得全家人一阵哈哈大笑，小儿子则故意往肚皮上撩了一些雨水，拍得更响亮了。

父亲唱得兴起，拿过一只木盆当手鼓，摇头晃脑地敲打起来。母亲则蹲在地上，用一根木棍轻轻地敲击着瓦罐，配合着父亲一高一低地合奏。四个儿女都赤着脚，呱唧呱唧地踏着湿漉漉的木板，跳得快乐无比。

一位来自中国的志愿者，偶然从木板房前经过，不禁惊讶地问那位干瘦的父亲："你们这是在苦中寻乐吧？"

"上天赐予我们雨水，赐予我们音乐和热情，我们只有快乐，哪里有苦啊？"父亲擦着额头分不清的雨水和汗水。

"我是说你们的生活那么苦，刚刚经历了一场灾难，各地运来的救援物资还十分有限。"志愿者很想说，他们准确的身份是灾民。

"灾难过去了，伤痛也该过去了，现在我们得感激上帝保佑，让我们一家人平平安安，还能尽情地唱歌、跳舞。"那位父亲显然对自己目前的生活相当满足。

"说得有道理！"那位年轻的志愿者闻言，颇有感悟，敬佩地举起了相机。这时，那位母亲连忙摆手阻拦志愿者的拍摄，几个孩子也躲进屋内的角落。

那位父亲冲着一脸困惑的记者解释道："你先等一等，他们这是第一次照相，想换上新鲜的衣服，让你看见他们的美丽。"

"其实，刚才他们唱歌、跳舞的样子，就很美丽啊。"志愿者有些遗憾刚才错过了一些极好的镜头。

"我也感觉挺美的，可是，我们还是应该把新衣服穿出来，告诉世界，我们的日子还是很好的。"父亲古铜色的皮肤，被雨水冲刷得锃亮。

一会儿，母亲带着四个儿女走到木板房前。志愿者望着他们那一身打扮，不禁乐了——他们周身上下所穿的，显然都是分发到的来自世界各地的救援衣物，有夏衣，有秋衣，甚至还有棉衣，那么不协调地穿在身上，显得颇有些滑稽。那个小女儿，还故意掐了腰，走了一个模特步，惹得小儿子笑得眼泪都出来了。

这时，雨也停了。志愿者不停地按动快门，给他们拍了合影，又给每个人拍了好几张。

拍照完了，一家人像过节似的，嘻嘻哈哈地跑进屋里，换了破旧的衣服，他们开始往外倾倒坛坛罐罐里的雨水，每个人的脸上依旧是一览无余的兴奋。

后来，志愿者又在一个明月皎洁的夜晚，目睹到他们一家人端着木碗，围拢在一起，吃着最简单的饭菜，很惬意地说说笑笑。后来，他们干脆敲着木碗，在月光下翩翩起舞，仿佛一群沉浸在幸福中的无忧无虑的儿童。

这是我的一位朋友向我讲述的他的亲身见闻，他说："在海地，我看到许许多多的穷人，他们缺衣少食，营养不良，住的地方也破烂不堪，他们也感受到了生活的艰辛和困顿，但从他们的脸上，却很少看到愁苦，更多的是他们灿烂的笑容。他们说，只要活着，就不能忘记歌唱和舞蹈，只要相信太阳明天还会升起，就没有什么是值得忧虑的。"

在翻阅朋友拍摄的那些照片时，我看到了一张张不加修饰的笑脸，自然而淳朴，一如那些随遇而安的野花，什么样的风雨都无法阻挡它们恣意地绽开。由此，我知道了，在那些随处可见的清苦里面，顽强生长的那些美丽，都源自于一颗颗感恩而富足的心灵。

生命的劣势

⊙李雪峰

幸运与否，不在表象，而要看风暴和鲜花后面的行程。

一个年轻的僧人，在路上遇上一个跛腿的老头。老头的腿跛得十分厉害，走起路来一跳一跳的，但老头很快乐，走着唱着，那条吃力的腿走起来噼啪作响，像给自己打着节拍似的。

僧人很不明白，像这样腿跛得如此厉害的，自己云游四海见过的不计其数，他们要么是苦愁着脸，嘴角挂满忧伤的叹息，要么就是拄着拐杖挎着一只破烂的竹篮，走乡串户沿街乞讨，向谁说话，开口就苦苦凄凄，一副落魄失魂让人怜悯又同情的样子。僧人十分费解，自己面前的这个跛老头，比许多残废人更残废了十倍，但他为什么竟还如此快乐呢？

僧人不解地问老头，老头儿一听就笑了说："我有什么值得不快乐的呢？只不过腿比别人短了一截而已，而比别人短这截儿，恰恰是我最快乐的原因呀。"

因为自己残废而快乐？僧人更不解了。

老头儿笑呵呵地说："我天生因为腿跛，所以很小的时候，父母邻居不停要求我的哥哥弟弟干这干那，而对我百般呵护，使我享受到了哥哥弟弟们分享不到的父母溺爱。及至长大成人了，我的哥哥弟弟们被生活逼得东奔西跑，终日为生计所困所累，而我呢，因为腿跛，就没人对我期望来期望去，没有什么太大的压力。"老头儿顿顿又说："别人建了一座房屋没什么，而我建起一座房，人们就常常指着我的房子说，'瞧瞧吧，那房子是一个跛子建起来的'。我们庄上的许多人在荒滩野岭上开垦了许多地，有的开垦了五六亩，有的开垦了三四亩，可没人能知道他们，而我仅仅开垦了一亩多地，就常常有人指着我开垦的地训诫他们的儿孙说，'瞧瞧吧，那是一个跛子开垦的，他跛得那么厉害，竟然还开垦出了那一块儿地'。"老头儿得意地笑着说："有人建了屋舍百座，却没有人能知道他，有人开垦了良田千亩，却没有人会记住他，而我呢，盖起了一座瓦屋，人们却知道了我，开垦了一亩薄田，人们却牢牢记住了我，不都是因为我一条腿跛，仅仅比别人短了那么一点点吗？腿跛腿短，使我轻易就得到了许多人苦苦奋斗却始终望尘莫及的赞美，腿跛，是我身体的一个劣势，却是我生命的一个优势啊。"

老头儿指着湿漉漉的山路问僧人说:"这条路经常有许多人鱼贯而过,他们曾经在这路上留下许许多多的脚印,可现在,你能找到他们的一个脚印吗?"僧人低头看了看,湿漉漉的山路上光滑如砥,根本就找不出其他一个清晰的脚印来,只有半边脚印深深地烙印在山路上。

老头儿得意地说:"许多人在这路上走,但因为他们双脚有力平衡,所以他们连一个深的脚印都没能留下,而我呢,因为腿跛,双脚用力不平衡,所以就留下半边深深的脚印,能在自己走过的路上留下半边自己深深的脚印,也比留不下自己的一行脚印好啊,那么多人辛辛苦苦什么也没留下,而我轻而易举就印下了自己的半边脚印,你说,我不是比他们更幸运吗?"

僧人顿时明白了,这世界上,生命的幸运不一定就是人生的幸运,而生命的不幸却可能是人生的幸运,生命的劣势,恰恰是我们自己人生的优势!

生活中时刻都存在着机会

⊙鲁先圣

生活中时刻都存在着机会,而懂得应变的人,才会捕捉住每一个机会。

两个人是好朋友,李姓男子性情木讷不善言辞,另一个头脑灵活总是充满奇思妙想的男子姓陈。他们一起去深山挖中草药已经很多年。依靠挖中草药虽然可以养家糊口,却难以发财。两人一直在争论:怎么才能挣更多的钱改变家庭状况呢?李姓男子说,只要我们每天多付出一些劳累,晚回家一些,就能够多挣一些啊。但陈姓男子另有打算:这个工作不可能发大财，要改变命运必须寻找新的机会。

一天，两个人在回家的路上遇到了一群陌生的人。他们很纳闷，这条小路平时很少有人走的，如果没有当地人领路，外人是摸不出去的。他们看这些人都带着一些探测仪器，像是搞勘探的，就充满好奇地停下来在一旁看。

后来两个人搞明白了，这个山是个金矿。这些人是来探测金矿的。李姓男子说，这跟我们没有关系，回家吧。陈姓男子却兴致不减，他说，我们也许要发财了，我们想想自己可以围绕金矿做些什么。两个人又争论起来。一个说，我们挖中草药这么多年了，知道哪里有名贵的药材，每天出来绝对不会空手而归。另一个则有自己的主意，金矿开采，自己熟悉当地的各种情况，一定会有很多机会的。

他动员同伴一起去找勘探队的人，同伴不同意，挖中草药做得好好的，为什么做自己不熟悉的事情呢？他生气地自己独自回家了。陈姓男子决心抓住这个机会，他自己主动去找勘探队的负责人，希望自己能够为他们做些什么。

勘探队正需要一个当地人做向导，寻找水源，购买物品，与当地人联系，都需要一个这样的人。很简单，勘探队给出的报酬让这个常年靠挖中草药为生的人喜出望外，他难以相信：自己是可以挣工资的人了，而且工资数额是自己挖中草药的数倍！

从次日起他就丢掉挖中草药的工具，正式上班了。他的同伴提醒他说，人家不久就会离开这里的，到时候你还得回来挖中草药，然后自己一个人去了深山。

勘探队不久真的要走了，但是，几个开采队伍进来了，而且来的人很多。他一下子成了宝贝，都争着聘请他，大家都需要一个这样的当地人。大家要他帮助在当地招聘工人，帮助找房子，帮助购买物品等，他一个人竟然忙不过来了。他找来几个当地的亲戚帮助他，把大家都细致分工，各人负责不同的工作。

不久，一个专门为矿山服务的公司成立了，毫无疑问，他是这个公司的老板，他已经是远近闻名的知名人物了。

他那个不肯改变自己的同伴还是一个依靠挖中草药吃饭的人。而他却因为自己努力的改变成功了。其实道理很简单，他原来每天背回家的是一筐中草药，现在每天背回家的却是黄金啊。

我们正在做的事情不一定是最适合自己的，我们必须学会不断调整和改变自己，也许，一个并不经意的改变，会为自己打开一片广阔的天空。抱残守缺、一成不变，与守株待兔没有什么本质的区别。生活中时刻都存在着机会，关键的是我们把握机会的能力。

你的背上有翅膀

⊙澜　涛

有时候，我们之所以认为我们做不到，只是因为我们没有全力尝试。

被朋友拉着去观看《正大综艺》节目的现场录制。

坦诚地讲，自从杨澜离开这个节目之后，我就不再看这个节目了。再与这个节目相遇，发现这个节目变化很大。那期有一个挑战吉尼斯世界纪录的节目，挑战者是一个看上去年龄大约三四十岁的壮硕汉子，舞动着一条绳标登场，让人一眼就能看出是一个习武之人。我以为，他挑战的内容一定和绳标有关，但是，他要挑战的是用木头筷子刺穿金属盆。

我对吉尼斯世界纪录并没有多大兴趣，因为吉尼斯世界纪录里的一些内容太离谱，诸如什么打嗝时间最长的人、什么被关在电梯里时间最长的人、什么被闪电击中次数最多存活的人……我一直认为，吉尼斯世界纪录是一个秀场，只适合欢娱和取乐，对现实生活并没有太多的作用和意义。但是，用木质的筷子穿透金属盆，这明显悖逆常规常识的挑战一下吸引了我的关注。

很快，50个家庭生活中常见的铁盆被一字排开，固定在一个长木架上，挑战者需要在距离铁盆两米以外，用木头筷子做飞镖，在一分钟之内至少刺穿30个以上的铁盆。铁盆和木头筷子经过主持人和现场观众验明正身后，挑战者开始运气做准备。随着开始的倒计时口令声，现场一片寂静。挑战开始了，挑战者将一根根普通的家用筷子抛射向铁盆，铁盆的盆底或盆壁随即被筷子穿出一个个洞……现场的观众齐声惊嘘着，我也一样被这不可思议的一幕震惊着。一分钟内，挑战者用木筷刺穿了32个铁盆，而那些木筷都安好无恙。

神奇，让现场爆发出雷鸣般的掌声。

随后，现场的吉尼斯世界纪录监证官宣布，又一项吉尼斯世界纪录诞生。我突然想起飞将军李广，面前的挑战者所完成的不就是李广铁箭穿石的"不可能"吗？他究竟是怎样做到的呢？主持人似乎和我有同样的困惑，问挑战者，木筷穿透铁盆有什么奥秘或诀窍？挑战者轻描淡写地说，只要勤学苦练，很多人都具备这个能力。

一个词随即跳进我的脑海：潜能。

或许，每个人都拥有比自己想象还强的潜能，因为常识的掩盖而被忽视着。如果我们在感觉山穷水尽时，再咬牙坚持一下，或许就能够赢得向往的收获；如果我们已经收获丰硕，再尝试努力一些，或许就能够创造意想不到的奇迹。

我开始相信，每个人背上都有一双翅膀，那双翅膀可以带我们飞向神奇。

上帝不会少给你一种色彩

⊙孙道荣

残缺转身是绝美，不要害怕缺憾，它有时或许是一种能力，一种发现与众不同机遇的能力。

十字星。他屏住呼吸，瞄准，扣动扳机。一团绿色，应声倒地，悄无声息地淹没在周遭绿色的海浪中。

这是一场狙击战，热带草原，因为战争，处处暗藏杀机。为了争夺这块战略要地，双方展开了持久的攻坚战，都伤亡惨重。攻坚战转为拉锯战。茂密的、绿油油的热带草原，成为天然的掩蔽所。双方都将自己的狙击手，布置在阵地前沿，伺机歼灭敌人的有生力量。

他是一名狙击手。虽然入伍才一个多月，在他的枪口下，已经有12名侵略者被击中。在热带草原绿色的波涛中，他能一眼就分辨出钢盔和迷彩服的绿色与草地的区别，那是两种截然不同的绿色：一个稍深，一个稍浅；一个稍亮，一个稍暗；一个是鲜活的，一个是死寂的。他清楚地看出它们之间的区别，因而，他总能够轻易地将埋伏在草丛中的敌人给甄别出来，然后，一枪毙命。

一团团潜伏的绿色，被他识别、看穿、歼灭。他就像一个老练的农民，果断地从庄稼地中揪出稗子，将它们拔除。这些侵略者，烧毁了他的家园，屠杀了他的亲人，他们就是人类的稗子，他想。

在所有狙击手中，他不是枪法最准的狙击手，也不是埋伏在离敌人最近地方的狙击手，但他却是最成功的狙击手，他成功的秘诀就是，能从绿色的草丛中，找到埋伏着的伪装得与草地一模一样的敌人。而他之所以拥有这个独特的能力，是因为，他是个色盲。

没错，他是个色盲患者，一个绿色盲。也就是说，他完全不能分辨淡绿色与深红色、紫色与青蓝色、紫红色与灰色的区别。

色盲让他痛苦不堪。

因为不能辨别一些颜色，从小，他就为此吃够苦头。

过马路的时候，他无法识别红绿灯。当走到有信号灯的路口时，他只能根据来往的车辆判断是不是绿灯，或者小心翼翼地跟在其他人的后面，穿过马路。有一次，他看见一个大人飞快地跑了过去，自己也跟着向马路对面跑去，突然，一声急刹车，一辆侧向行驶的小车，在离他不到一米的地方停了下来，司机怒骂他为什么闯红灯，他吓出一身冷汗，原来刚才那个大人是闯红灯的。

有一天，早上起床的时候，因为感觉有点冷，他随手从衣柜里翻出了一件灰色的外套穿上，上学的路上，路人都以怪样的眼光看着他，到了学校，同学们见到他的穿着哄堂大笑，一个要好的朋友将他拉到一边，问他：怎么穿了一件紫色的女孩的外套？他这才明白，是自己慌乱之中，没有辨别出衣服的颜色，他羞得无地自容。

最让他难堪的，是一次绘画课上，老师让孩子们画一幅春天的图案。他画了草地、大树、房屋和太阳。老师让每个人展示并说明自己的作品。他向大家介绍，自己画的是绿色的草地、青色的树冠、黄色的屋顶、红色的太阳。片刻的停顿之后，教室里突然爆发出惊天动地的笑声，原来他把颜色涂成了，棕色的草地、浅棕色的树冠、黄色的屋顶、灰色的太阳。美术老师给了他80分，并告诉他，你虽然不能分辨一些色彩，但你要坚信，上帝不会少给你一种色彩的。

因为色盲，很多专业被限制，他不得不放弃了继续求学，中学一毕业，就跟着父亲做了一个农民。战争爆发后，他像其他热血青年一样，报名参军，但是，体检时，因为色盲，他被淘汰了。同龄人光荣地为国而战时,他却只能默默地耕田劳作。他恨死了自己的眼睛。

正当他心灰意懒时,部队特招一批狙击手,其中竟然也包括色盲患者。他被选中,经过培训后,被派往了前线。因为绿色盲,他意外地获得了一个特殊的能力,就是从绿色的草丛中,分辨出伪装色和绿草的些微区别,因而准确地判断出敌人的方位。

战争结束后,他被授予了英雄勋章,作为狙击手,他一共成功地击毙了38个敌人。他的名字叫宾得,"二战"时盟军一名优秀的狙击手。

动人的回水

⊙感 动

能在诱惑与强大面前,依然不改本色,不肯屈服,或许便是成功的秘诀。

印度南部喀拉拉邦的印度洋西海岸一带,有一片由无数条小河、运河和湖泊组成的水路网。这些河流最宽处未足百尺,狭窄的地方甚至可以跨步而过。

河水大多湛清碧绿,波澜不兴,蜿蜒舒缓。而河水两侧密布的椰林和参天古木犹如绿色翠屏,使得小河清秀恬静,自成一格。但是,对于这些小河小溪,当地人却不肯称其为河,而是叫它们回水。

就是这条小小的回水,却吸引了全世界的游人,人们称其为世界上最动人之水,并能以在回水上泛舟为荣。回水的动人之处究竟在哪里呢?

原来,距回水不远处就是波涛汹涌的印度洋,回水与海水相距最近处不过十几米。而横亘在小河与大海之间的,并不是高山陡崖,只不过区区一两米高的沙丘。由于河与海处于同一平面，站在高处的沙丘放眼望远，便可看到一种河海平行，绿蓝分明，磅礴与柔媚并存不消，律动与宁静共入眼帘的人间奇景。

令人震撼的是，虽然浩瀚的大海近在咫尺，回水偏偏对它"毫无眷恋之情"，丝毫不理会江河汇入大海的自然规律，而是执意地与海岸线平行流淌，绵延数百公里却始终若即若离，不投入大海的怀抱。

但是每年印度洋季风到来时，这种情况就会发生改观。狂躁不安的印度洋开始向弱小的回水发起攻击。在季风的驱动下，大海卷起排山倒海般的巨浪，强行越过不堪一击的河海分界线，沿着数百公里的海岸向回水铺天盖地倾泻而来。

但是，面对强邻的入侵，柔弱的回水也不退缩，它在季风的配合下，以不屈和抗击回敬大海的狂傲。季风带来的集中降雨在短短一两天内就能造就回水的气势，暴雨过后，回水会马上泛滥，以至标高迅速超过海平面，于是让人惊心动魄的情景出现了：大水漫坡，如万马奔腾，毫不留情地灌注大海。

谁也无法知晓，时光的漫无际涯中，这种弱小与强大的交锋进行了多少次，但人们现在看到的是：大海虽然汹涌澎湃，回水却依然是回水的风格，它以自己独特的美丽与自由之态，与大海平等存在，静静地流向远方。此时，大海望着这脉弱小却桀骜的细流，唯有一次次惊涛拍岸，听起来，犹如一声声无可奈何的叹息。

你有你的浩瀚，我有我的个性；你有你的强大，我有我的弱小。能在诱惑与强大面前，依然不改本色，不肯屈服，也许这就是一脉弱水成为人间绝景的秘密。

每条路都有自己的方向

⊙孙道荣

每条路或弯曲，或坎坷，有自己的方向，但是，它们最终都可以通向罗马。

一辆越野车，缓缓地停在了他的身旁。

这不是昨天那辆车吗？黑色的兰德酷路泽。自从干上这行之后，他对各种各样的汽车，也有了不少了解。他一眼就看出，这辆看似一般的车，其实价值不菲。

后座的车窗慢慢降落下来。这让他很奇怪，一般问路的，都是打开副驾驶的车窗，昨天，它也是打开副驾驶车窗，由司机向他问路的。今天这是怎么了？他微微弯下腰，后座上的中年男人，戴着墨镜，指指副驾驶的位置，对他说，请上车，麻烦你再给我们带个路，我们去中山路上的天拓公司。你认得路吗？

他点点头。那是一家很大的公司，专做机床的，他当然认识。在倒闭之前，他们那个国有的机床厂才是机床业的龙头老大，只是后来因为经营不善而倒闭，他也因此失业了。那时候，好像还没这家公司呢，真是各领风骚三五年啊。

他将手上拿的纸牌子，揣进了裤兜里。纸牌上"带路"那两个字，是他自己写的，已经有点模糊了。他不想换个新的牌子，虽然那是一个极其简单的事情。他觉得自己做这行已经做得太久了。因为一时找不到工作，他才出此下策，像那些走投无路的人一样，来到城市的入口，举着个纸牌子，为那些外地来的车辆带个路，挣点辛苦钱。他原打算一边做，一边找工作，没想到，他这个年龄，人家根本不要。工作一时找不到，他只能继续每天举着牌子，帮人带路。孩子读书，父母身体不好，靠老婆做钟点工挣的那点钱，哪里对付得了。

他拉开门，坐进了副驾驶的位子上，侧身对坐在后座的墨镜男说，路有点远，你看15元可以吗？墨镜男点点头。他转回身，为司机指路。这个墨镜男，一脸严肃，昨天也坐在车上，一声未吭，他用眼睛的余光，偷偷瞥了眼坐在后座上的墨镜男。他想，这一定又是个死板而无趣的老板。有钱人大都一个样。

"前面路口，左拐。"他对司机说。司机笑笑。这个司机，还真蛮灵光的，还没跟他说，他就已经将车开到左转车道上了。

他在这个城市生活了快50年，从小他就熟悉它的每一条道路，每一个街巷，每一个弄堂，他没有想到，有一天，自己会靠给别人带路来挣钱养家糊口。而曾经，作为工厂的质检组长，他也有过多么自豪的岁月啊。工厂倒闭之后，无事可做，还是车间的一个老职工，帮他支了"带路"这条道。

"这条大路一直开到底，然后右拐。"他告诉司机。司机又笑笑，胸有成竹的样子。

他看看司机，有点纳闷。

昨天，也是这个司机师傅，将车停在他面前，用一口外地话，向他问路。黑色的兰德酷路泽，一看就是有钱人，带路的人都喜欢这样的外地好车，有钱，又不认得路，可以好好宰一刀。他们要去的地方，就在前面，拐个弯就到了。他想起同行教给他的"技术"，明明要去的地方就在附近，偏带他左拐右绕，转几个大圈子，再把他带到目的地，这样才好多收一点带路钱。他需要钱，儿子正在读大学，父亲的脑血栓又犯了，这都需要钱。他犹豫了一下，用手指指前面："第二个红绿灯左转，然后右转进一个弄堂，就到了。"一般带路的人，是不给人指路的，这不是自己砸自己的饭碗吗？司机笑眯眯央求他，还是麻烦你带下路，我们付你钱。最后，他帮他们带到了要去的地方，司机给他一张20元纸钞，他坚决地找了司机15元，他觉得就算打个的，也只要5元钱就到了，而他是白赚的，足够了。下车的时候，他瞥了一眼后座的墨镜男，墨镜男也看着他，一言未发。

在他的指引下，天拓公司到了。大门开了，兰德酷路泽直接开了进去，停在了办公楼前。门口的两个保安毕恭毕敬地打开了车门。

墨镜男走到他面前，摘下墨镜，弯下腰："师傅！"

他惊愕地看着墨镜男，好熟悉的眼神。

墨镜男说，我是小绿豆啊。二十年前，因为我的产品老是被您打为不合格，一气之下，辞职不干的小绿豆啊。

他想起来了。是小绿豆，招人喜欢的小绿豆。那时候，小绿豆是厂里的开心豆，他也很喜欢他，可是，他却无法容忍，小绿豆生产出来的产品，总是混杂了不少的次品。他一次次坚决地处罚了小绿豆。最终，小绿豆一赌气，辞职不干了。那件事，他至今耿耿于怀，他没想到因为自己坚持原则，却断送了一个年轻人的前途。

站在一边的司机对他说，虽然我平时在另一个城市为公司开车，但这边的路我也都认识。昨天从高速下来，我们董事长突然看见站在路边举着"带路"牌子的你，让我故意去向你问路的。

已经人到中年的小绿豆紧紧地握住他的手，"师傅，原谅我昨天也测试了一下您，您还是那个严厉、认真、负责任的师傅啊。所以，今天，我想请您加入我的公司，做我们的质量总监。您愿意吗？"

他也紧紧握住了小绿豆的手。

穿旧皮鞋的孩子

⊙感 动

　　　　对待贫穷的不同心态，导致了一些人永远贫穷，而另一些人走上了生命之巅。

　　他出生于英格兰西部威格敦的一个贫苦家庭，因为家庭经济条件常年拮据，父母靠节衣缩食才让他勉强念完小学和中学，他从来不讲究穿戴，不和同学攀比，因为他深知自己每一分学费里都渗透着父母的汗水，他对父母唯一的回报就是刻苦认真地学习。

　　由于成绩优秀，中学毕业后，他被学校保送进了威廉国王学院。这所学校里的学生，大多数是有钱人家的子女，所以，衣衫褴褛的他就成了另类。那些不知贫穷艰辛的富家子弟，见他穿着寒酸，不但没有伸出同情和友谊之手，反而还经常讥笑、讽刺、奚落他，把他当做开心的点心。他在校园里行走时，习惯了低头的姿势。

　　一天早晨，他穿着一双旧皮鞋走进了教室。那一瞬间，所有同学的目光都聚集到了他的脚上。这是怎样的一双皮鞋呀！又旧、又大，与他的脚一点也不相称。于是，大家根据鞋不合脚进行了一番推理。结论是，这个穷小子穿的破皮鞋一定是偷来的。有几个同学们还起哄说要把他从学校赶出去。一时间，整个校园里都流传着他是一个小偷的传闻。一些学生还到校长那里告了他的状。

　　他很生气，他真想去揍那些造谣的家伙，教训他们一顿，但他更明白，这里是富家子弟的天下，自己是穷人的儿子，如果真打起架来，触犯了校规，倒霉的肯定是自己。他咬紧牙关，把眼泪咽到肚子里，尽量克制自己。他没有想到，谣言重复多次就会变成真的。一天晚自习，在没有任何征兆的情况下，校长突然带两个校警走进教室，校长把他叫到前面，双眼死死地盯着他的双脚，然后让校警去搜他的书包。整个班级里鸦雀无声，那几个造谣的同学幸灾乐祸地期待着书包里的发现。

"校长先生，除了书本和一封信，什么也没有。"两个校警说。"把那封信拿给我看。"校长要过那封折得发皱、磨得起毛的信，撕开信封，展开信纸，在学生们的注视下，他开始读起来。

"孩子，刚提起笔，我就要流下眼泪，因为想到了你穿着那双又大又破的皮鞋走在校园里的情形，我的脚是40码的，而你的脚才35码，那双鞋你穿着一定不合脚，我总是梦到别的孩子拿那双鞋取笑你，孩子，希望你不要自卑，记住，穷人也一样会有出息的。最后，请原谅你贫穷的父亲吧，连为你买一双皮鞋的钱都没有……"

读着读着，校长的嘴唇竟颤抖起来。而他，再也忍不住了，"哇"的一声扑到校长的怀里痛哭起来。这哭声，诉尽了他经受过的所有不公。那一刻，整个教室里沉寂之极，紧接着，一片啜泣的声音慢慢响起。

从此以后，他不再低着头走路，他决心要为贫穷的父亲争口气。就这样，他竟从贫穷里获得了无穷的动力，他的学习成绩从此一直都是最优秀的。而原来的那些同学、老师、校长也开始对他刮目相看。

后来，这个穷人的儿子在人生的事业上硕果累累，从1907年起他一直是英国皇家学会会员，1935年，他又被选为皇家学会主席。他曾担任全世界16所大学的名誉博士，而且是世界上一些主要学会的会员。他获得过的奖章和奖金不计其数，其中最引人注目的是他和他儿子共同获得了1915年度诺贝尔物理学奖。

他的名字叫威廉·亨利·布拉格。

换个角度来看，贫穷往往会是一种无穷的动力源泉，对待贫穷的不同心态，导致了一些人永远贫穷，而使另一些人走上了别人难以企及的生命之巅。

一个人的奔跑

⊙澜 涛

有时并没有意识到自己在向成功靠近,只是,一直在竭尽所能。

那是一个经典的夜晚,喧嚣的墨西哥城终于渐渐安静下来,奥运会田径比赛的主体育场笼罩在漆黑的夜色中。享誉国际的纪录片制作人格林斯潘因为忙于制作节目,并没有注意到体育场已经几乎空无一人,当他将当天马拉松比赛优胜者们领取奖杯、庆祝胜利的典礼镜头制作完毕,才意识到自己该回宾馆休息了。他刚要离开体育场,突然看到一个右腿沾满血污,绑着绷带,运动员模样的人跑进体育场,这个人一瘸一拐地跑着,步伐踉跄、气喘吁吁,但却没有停下来,他围绕体育场跑了一周,抵达终点后,一下瘫倒在地……格林斯潘意识到,这是一名马拉松运动员。在好奇心的驱使下,他走了过去,询问这名运动员为什么要这么吃力地跑至终点。这位来自坦桑尼亚,名叫艾克瓦里的年轻人轻声地回答说:"我的国家从两万多公里外送我来这里,不是叫我在这场比赛中起跑,而是派我来完成这场比赛的。"

"我要跑向终点,尽管我已经落在奔跑队伍中的最后面,但我有着和他们一样神圣的目标;我要跑到终点,尽管已经不再有观众为我加油,但我的身后有着祖国的凝望……"

风骨凛然、傲气铿锵,格林斯潘双眼盈盈,很快,他就用镜头将奥运史上这最动人的一幕传递到世界上的每个角落。

人生，应该拥有绝临峰顶的梦想，但更应该懂得不是每个人都有攀抵峰顶的能力。最重要的不是能否到达峰顶，而是是否尽到了最大努力。不要逼迫自己一定要一骑绝尘，不要强制自己一定要登临绝顶，只要用尽了所有的能力，只要抵达了自己最能企及的目标，就已经是一种成功。

峰顶，可以神采飞扬地一览众山小；山腰，可以花香满怀地领赏红艳绿娇。

细润成珠

⊙澜 涛

> 春天的丰盈，是因为那些微不足道的花香；珍珠的形成，是因为蚌对沙的日夜磨砺与浸润。

珍珠的形成，是因为蚌对沙的日夜磨砺与浸润。

刚从农村来到城市的第一年，因为找不到工作，经朋友介绍，我担负起一个小区的楼道清洁工作。所谓的楼道清洁，主要是将楼道内各家各户放在门外的垃圾清运到小区的垃圾箱内。清运垃圾的工作虽然又累又脏，但总可以从一袋袋垃圾中翻找出一些可以卖到废品站的废品，增加一份额外的收入，我还是很珍惜这份工作。大约一周后的一天，一家一直没有放过垃圾的住户家门外放了三袋垃圾，我心里边抱怨着"没有就一袋也没有，有了就这么多"，边动手想同以往一样将几袋垃圾集中装进一个大袋子中，以方便清拿。这时，我发现三个垃圾袋中的垃圾各不相同，一个垃圾袋中是纯粹的生活垃圾，一个垃圾袋中是几个矿泉水瓶子，另一个垃圾袋中则装着一些旧报纸……我终于明白，这家主人为了清运垃圾的我方便分拣有价值废品,而有意分装着垃圾。

白天,为了增加收入,我为一家个体百货批发商店送货。一天正午,我骑着满满一车货物的三轮车爬一处长坡时,因为货物过重,根本就骑不上去,我只好下车,一步步往坡上拉着车子走。最初,步幅还较大,但上到长坡一半的时候,汗水顺着脸颊开始往下滴落,胸口仿佛有火要喷出,太阳也变得越来越炙热。我咬牙坚持着,速度慢得不能再慢,每一步都变得异常艰难。突然,我感觉车似乎轻了很多,我诧异地回头,看到一对衣着鲜丽的青年男女正在帮我推车,见我看他们,他们对我笑了笑,示意我继续拉车。车终于到达坡顶,我刚要对那一对青年男女说声感谢,两个人已经悄然走开了。

有段时间,每天回到和他人合租的出租屋时,常常已经夜幕四合。因为租住的出租屋在一条胡同深处,胡同内没有路灯,晴天还好,可以摸索着一路无恙地走回去,可一旦下雨,穿行那条黑森森的胡同回到住处,总难免满鞋满裤子的泥水。这天,我回到胡同口时,已临近子夜,天空的雨仍旧下个不停。我皱着眉头努力看着脚下的路,往胡同深处探行着,刚走了几步,突然有明亮的光束从胡同口照射过来,我下意识地回头去看,是一辆停在胡同口的轿车发出的光亮。我暗想一定是车的主人要发动汽车离开才亮的车灯,我借着车灯光,加快脚步,很快就"干净"地回到租住出租屋门前,就在我推开出租屋门的一瞬间,身后的车灯熄灭了,而轿车仍旧停在那里。我明白了,车内的主人是为我而亮起的车灯。

多年之后的今天,人生经历中的许多大爱、重情,甚至荣辱,都已经在我的记忆中浅淡,但这几个细微的枝节却一直清晰地浸润温暖着我,让我在一些清冷的夜晚向往曙光,在一些凄伤的流光中信任明媚。

没有人能够看到花香,但花香却生动出丰盈的春天。

细润,也许没有铺天盖地的恢弘,没有排山倒海的气势,细润或许只是一缕缕花香,纤微而无形,但却因日夜的不舍、枝节的珍惜,而恢弘出姹紫嫣红、生机无限的春天。更有一个鲜活的例子,因为蚌的日夜磨砺与浸润，沙神奇成珍珠。

排山倒海的恢弘并非人人可为，但用心就可做到细润成珠。

上帝咬过的苹果

⊙ 感 动

那些完美的苹果，充其量只是满足了人们果腹的欲望，哪个人会记住自己吃过的苹果呢？而这枚丑陋的苹果，其形神将在画家的笔下永远流传。

路边生长着一棵苹果树。春天，果树花开。风吹花谢后，指甲大小的幼果崭露头角。所有的苹果，都贪婪地都吮吸着母树的汁液，以让自己快快长大。

最幸运的是那些生在枝头的苹果，因为每天都能晒到太阳，所以，他们又大又红，从众多的同伴中脱颖而出，成为大家羡慕的明星。另一些苹果，虽不能成为明星，但也过着快乐滋润的生活。有一天，众苹果忽听树下传来一声叹息。这是谁呢？大家几经寻找，终于发现在果树的最下面，那个阳光永远照射不到的地方，竟然有自己的一个同类。这是怎样一个苹果呀！她又绿、又小、又丑，根本不配称为一个苹果。于是，满树的苹果都不理她，而每当她再叹息时，大家就讥笑她、挖苦她。

正当树下那枚苹果叹息自己命运不济时，不幸却再一次降临到她头上。一天夜里，一条饥饿的蛀虫悄悄从树根爬到树上，结果长在最下面的她首当其冲。蛀虫在她身上疯狂噬啃，她在痛苦中煎熬了一整夜，直到清晨，一只觅食的小鸟经过这里，啄走了那条蛀虫，她才保住了生命。但是，她已经只剩下四分之三的残躯了，远远看去，她犹如被咬过一口。

满身的伤痕，让她生不如死，但是，高高在上的同伴们对她没有一点同情，反而叫她丑八怪。她在树下，每日用泪水舔着自己的伤口。

在阳光雨露的滋润下，苹果们茁壮成长着。有时，她会仰头向上看，她看到满树的同伴越长越美丽，而自己越长大，身上的缺陷就越明显。她叹息着造物主的不公，为何让自己生在树下，又让自己落下伤残。

几经风雨，秋天终于来了。人们提着篮子，来收获苹果了。所有的苹果都盼望着自己会被选中。

先是枝头那些最大最红的苹果被最摘走了。剩下的苹果开始焦急起来。而她在树下，一直不动声色，其实，她比谁都渴望，她每天夜里都梦见自己被一只胖乎乎的小男孩的手摘走了。但醒来时，她发现自己还在树下垂着。渐渐的，树上的苹果越来越少了，几天后。除了她以外，其他同伴都被人摘走了。

对一枚苹果来说，最大的悲哀是没有被人类选中，所以，她的心情别提有多难过了。人类不要她，她开始期待有鸟儿来把自己叼走。但是，很多饿着肚子觅食的乌鸦和喜鹊落在树上，却从没有理睬过她，他们好像没有看出她是一枚苹果，这让她伤心欲绝。

过了些日子，苹果树上的叶子也都落光了。但她还是那样孤零零地挂在树上。有时，她想挣脱树枝，掉在地上摔个粉身碎骨，了此残生。但是她发现，以自己的重量，连这一点也无法做到了。她觉得，自己是这世界上最可怜、最失败的苹果了。

深秋的某一天。一个人偶然从这棵果树边经过，这个人是个大画家，画家竟然一下子发现了树上这枚唯一的苹果。这是怎样的一枚苹果呢，画家惊讶而又痴迷地看了半天，也没有找到恰当的词来形容她。接下来，画家拿出画板和画笔，把果树和那枚苹果画了下来。最后，画家在那幅画上落款时深情地说：这枚苹果太美妙了，我想一定是上帝太偏爱她了，就咬了她一口。

这天夜里，风刮得很大，她在树上尽情地跳舞，她从来没有这样高兴过。跳着跳着，她终于挣脱了树干的束缚，她在自由与快乐中走完了最后的生命。

那些完美的苹果，充其量只是满足了人们果腹的欲望，哪个人会记住自己吃过的苹果呢？而这枚丑陋的苹果，其形神将在画家的笔下永远流传。

梦想不容蔑视

⊙薛　峰

每个人都有自己的梦想，生命因梦想而伟大，只有在梦想的指引下，人生才多姿多彩。你无权指责别人的梦想，而别人也不能蔑视你的梦想，因为它只属于自己。

英格丽·褒曼从小就是一个很害羞的女孩子，她有足够害羞的理由，个子不高，面庞普通，说话发音也不清晰，并且不善与人交际。在学校里，她默默无闻，学习不拔尖，各方面表现也不突出。不过，像许多女孩子一样，她喜欢看费雯·丽的电影——那圆润而俊俏的下颌、清晰而优雅的唇线、闪动出夺人心魄的双眸，费雯·丽的一举一动都令她着迷。于是，在一次老师布置的作文"我的梦想"中，她写下这样的文字："我主演了一部电影，每个遇见我的人都微笑，他们会说你真棒，我们都为你叫好。"可是，作文发下来后，老师在她的作文纸上批了一个"叉"，这令她十分失落，犹如冷水泼头。

英格丽·褒曼不满老师的评注，她去办公室询问老师："难道我的梦想有什么不对吗？"

老师平静地注视了她许久，说："有梦想确实不错，但梦想要根据实际情况而定。依你目前的情况，这样的梦想只能说是天方夜谭，你的家境很穷，根本没有钱资助你拍戏，你本身的条件也不好，没有明星应有的气质。"老师停了一下，说，"我建议你还是老老实实地学习吧。"

英格丽·褒曼哭了，她一路哭着跑回了家，无论如何她都接受不了老师说的话。

和蔼的祖母正在修剪花园，她见英格丽·褒曼哭得如此伤心，便把她叫到面前，问："孩子，到底是怎么了？"

英格丽·褒曼就把在学校的遭遇向祖母倾诉了一番，最后她问："婆婆，难道我真的不应该有这样的梦吗？"

祖母听了英格丽·褒曼的哭诉，疼爱地抚摩了一下她的头，说："孩子，这不是你的错，每个人都应该有自己的梦想，别人是无权蔑视的。你的梦很美好，婆婆也希望你能够实现，希望你多多努力。而不让别人蔑视你的梦想，最好的办法就是争取实现它，让它变为现实才能证明你是对的。"

英格丽·褒曼听了祖母的话，重重地点了点头，她说："婆婆，我一定要把梦想实现……"

世事就是这样，谁也无法预测别人的梦想，更无权蔑视。

12年后，英格丽·褒曼因拍摄《插曲》而名声大振，后主演的影片《卡萨布兰卡》荣获奥斯卡金像奖，成为经典之作。在她的表演生涯中，曾两次获得奥斯卡最佳女主角奖、一次奥斯卡最佳女配角奖，被评为"有声影片时代"最佳演员，是好莱坞著名的十大影后之一。

25年后，英格丽·褒曼在一次新片发布会上，她见到了当初的那位老师，他已是白发苍苍，并且流下了忏悔的热泪。

每个人都有自己的梦想，生命因梦想而伟大，只有在梦想的指引下，人生才多姿多彩。你无权指责别人的梦想，而别人也不能蔑视你的梦想，因为它只属于自己。坚持梦想，努力奋斗，拿出你的勇气和毅力来，让事实为你的梦想聚拢光辉。

成功需要积累

⊙朱　砂

　　人世间没有一蹴而就的成功，任何人都只有通过不断的努力才能积聚起改变自身命运的爆发力。成功需要积累，这是一条最原始也最简单的真理。

　　在上个世纪最初的几十年里，在太平洋两岸的美国和日本，有两个年轻人都在为自己的人生努力着。

　　日本人每月雷打不动地把工资和奖金的三分之一存入银行，尽管许多时他这样会让自己手头拮据，但他仍咬牙照存不误。有时甚至借钱维持生计也从来不动银行的存款。

　　相比之下，那个美国人的情况就比较糟糕了。他整天躲在狭小的地下室里，将数以百万根的K线一根根地画到纸上，贴到墙上，接下来便对着这些K线静静地思考，有时他甚至能对着一张K线图发几个小时的呆。后来他干脆把美国证券市场有史以来的记录搜集到一起，在那些杂乱无章的数据中寻找着规律性的东西。由于没有客户挣不到薪金，许多时候这个美国人不得不靠朋友的接济勉强度日。

　　这样的情况在两个年轻人的世界里各自延续了六年。

　　六年的时光里，日本人靠自己的勤俭积蓄了五万美金的存款；美国人集中研究了美国证券市场的走势与古老数学、几何和星象学的关系。

　　六年后，日本人用自己在艰苦的岁月里仍坚持节衣缩食积累的经历打动了一名银行家。从银行家那儿获得了创业所需的100万美金的贷款，创立了麦当劳在日本的第一家分公司，从而成为日本麦当劳连锁公司的掌门人。他叫藤田田。

同样是在六年后，美国人成立了自己的经纪公司，并发现了最重要的有关证券市场发展趋势的预测方法，他把这一方法命名为"控制时间因素"。他在投资生涯中赚取了五亿美金的财富，成为华尔街上靠研究理论而白手起家的神话人物。他叫威廉·江恩，世界证券行业尽人皆知的最重要的"波浪理论"创始人。如今，他的理论被译为十几种文字，成为世界各地金融领域的从业人员必备的知识。

藤田田靠节衣缩食攒钱起家、江恩靠研究K线理论致富，这两个看似风马牛不相及的故事中蕴涵着一个相同的道理，那就是许多成就大事业的人，他们同样是从一点一滴的努力中创造和积累着成功所需的条件。

在现实世界里，每个年轻人都有梦想，都渴望成功，然而他们看到的只是成功人士功成名就时的辉煌，却往往忽略了他们在此之前所进行的艰苦卓绝的努力。而事实上，人世间没有一蹴而就的成功，任何人都只有通过不断的努力才能积聚起改变自身命运的爆发力。成功需要积累，这是一条最原始也最简单的真理。

起点不重要

⊙刘述涛

人的起点如何并不重要，重要的是你的方向和最后的终点。

有谁能够想到，莉顿·梅斯特的出生，竟是因为母亲贩卖毒品，想通过怀上梅斯特达到逃避司法打击的目的。可惜却事与愿违，因为所犯的罪过大，就算怀孕也必须在监狱服刑。

当梅斯特的母亲肚子越来越大、就要生产的时候，梅斯特的母亲才发现找不到可以把梅斯特托付的人，因为梅斯特的父亲同样因为贩卖毒品进了监狱。最后没有办法，梅斯特出生之后，只能够先放在社会福利署里。

十六个月之后，梅斯特的母亲获得假释，才重新和梅斯特生活在一起，这个时候梅斯特才知道站在自己面前那个一脸憔悴、瘦得皮包骨头的女人就是自己的母亲。母亲决定带着梅斯特离开自己的家乡，来到纽约，并且希望梅斯特能够把过去都忘记。

日子慢慢地流淌，梅斯特的母亲却发现自己的努力没有获得成功，因为梅斯特在自己的成长过程中不止一次问到母亲过去的生活，以及自己家族当中为什么那么多的人进了监狱。

开始，梅斯特的母亲还想通过沉默或是隐瞒来面对梅斯特，可是梅斯特却并不因此而有所改变。一天，梅斯特的母亲遇到了一位儿童心理专家，这位儿童心理专家建议梅斯特的母亲还是让梅斯特了解一切，这样才真正有利于梅斯特的成长。于是，梅斯特的母亲，从自己曾经贩毒进监狱，到梅斯特的父亲和她的姨妈、舅舅、外公被通缉、进监狱的事情都给梅斯特讲了，并且让梅斯特明白，一个人出生于什么样的家庭，自己人生的起点并不重要，最重要的是自己知道自己的人生方向和自己最终要达到的目标。

也许正是这样对梅斯特的教育，使梅斯特在11岁的时候，就对自己的母亲说，她要演戏，要成为一名明星。母亲同意了梅斯特的想法，并且把梅斯特带到了镜头面前，但却在每次试镜的时候都对梅斯特说："如果你不喜欢，我们马上就可以离开。"梅斯特却十分享受站在镜头前表演的过程。

看到梅斯特如此喜欢表演，梅斯特的母亲决定把梅斯特带到加利福尼亚，送她进比弗利高中学习。这家学校出过许多大明星，像安吉丽娜·朱莉这样的大明星都是从这家学校出来的。可是送到这家学校上学的孩子都是一些有钱的家庭，像梅斯特这样依靠母亲打工度日的孩子，自然成了同学们嘲笑的对象。梅斯特不止一次受到同学对自己衣服、包、鞋子发出讥笑，但梅斯特却每一次都对自己说，这不重要，重要的是我明白自己的目标在哪里。

也许正是这份不同于同龄人的成熟，13岁的梅斯特在出演《法律与秩序》时，获得了导演的肯定，并且把她推荐给别的导演。接下来，梅斯特又拍了《七重天》《浮出水面》等许多影片。

等到在《绯闻女孩》里的出演，梅斯特已经成为了大红大紫的年轻女明星，虽然她才22岁。

这时候，许多媒体、杂志都开始瞄准了梅斯特父母的过去做文章，并且不断用"绯闻女孩的绯闻故事"来做大标题，每每看到这样的新闻，梅斯特都坦然面对，因为她的母亲在她很小的时候，就已经告诉她，人的起点如何并不重要，重要的是你的方向和最后的终点，所以这样的娱乐新闻对梅斯特来说真的不算什么。

第三辑
每一棵草都会开花

　　每棵草都有每棵草的花期,哪怕是最不起眼的牛耳朵,也会把黄的花藏在叶间,开得细小而执著。

——丁立梅《每一棵草都会开花》

做最贵的配角

⊙薛　峰

红花最艳丽的时刻，是当它处于绿叶之间时。主角当然重要，但缺了配角的围绕，也会黯然失色。

凡是看过香港喜剧电影的人，想必对他都不会陌生。当然，他长得不帅，更不能用风流倜傥来形容他，而他演的角色一般也都是配角，比如一个赌棍，一个弱智者，一个乞丐，一个落魄的教师，一个不务正业的老爸，一个颓废的警察……踏入影坛二十多年，他从未主演过一部真正意义上的电影，全以陪衬身份出现，几乎演遍市井小人物的悲欢离合。可是，他以其丝丝入扣、不留痕迹的表演方式把这些小人物的酸甜苦辣演绎得淋漓尽致，让观众记忆深刻。

他叫吴孟达，一个甘当绿叶的人，一直为周润发、刘德华、梁朝伟、周星驰等大牌明星做绿叶，全以陪衬身份出现，成为为数不多靠演配角而红遍港台和内地的明星。

作为无线电视台第三期艺员训练班毕业的演员，吴孟达与周润发、任达华同届同班，但他由于长相老气，身材发福，很难成为导演眼中的主角。毕业后的吴孟达拍戏从来不认真，也不守时，私生活更是不羁，花天酒地，豪赌狂输，债台高筑，最后在1981年因为欠银行30多万港币而想过自杀。后来他痛定思痛，决定从跌下的地方爬起，人像变了一样，成熟而稳重，用三年把债务还清，并花四年读遍各表演大师的书。那段日子是吴孟达人生的一个转折点，也开启了他演艺生涯的黄金时代。

吴孟达参加的第一部实习剧作为《阵阵疑云》，后又出演《楚留香》《射雕英雄传》《瀛台泣血》《杀手蝴蝶梦》《新扎师兄》等，1990年凭《天若有情》获第十届香港电影金像奖最佳男配角奖。吴孟达和周星驰的合作可以称得上黄金搭档，他们最初合演过《盖世豪侠》和《他来自江湖》，后来导演吴思远发现他们两个天衣无缝的合作，专门为他们制作了《赌圣》。1990年，《赌圣》横空出世，以最低的成本打败成龙与许冠文的同档电影，创下最高票房。这部电影成了周星驰的成名作，也成为他的经典影片。

一次采访，记者问吴孟达："一部电影观众很容易记住主角，配角往往都是一晃而过，而你却成了香港电影的头号男配角，几乎跟每个大牌演员都配过戏，你是怎样当好配角的呢？"

吴孟达回答："一部电影90分钟，给配角的戏不会超过20分钟，我的角色主要作用就是配料。比如主演是条鱼，而我就要想着加什么材料能把鱼做得最美味。我就是那锅底的配料。"

"那怎么做配料呢？"

吴孟达说："我会根据不同的鱼下不同的料。比方说刘德华，他演戏比较保守，形象也很正面，我跟他配戏，就要收敛一些。周星驰则不同，他的戏需要观众笑起来，我就会在一旁夸张地烘托气氛，让观众情不自禁地大笑。看这样的喜剧，观众的身体应该是慢慢向前倾的……"

最后，记者又问："你是怎么看待自己的配角身份呢？"

吴孟达爽朗地大笑，他说："我觉得这很好啊，配角有什么不好，我现在是香港最贵的男配角。"

近年来，吴孟达参演的影视有《食神》《喜剧之王》《少林足球》《少年大钦差》《功夫状元》《大灌篮》等，每一次出场都让人忍俊不禁，给观众留下一个个难忘的银幕形象。

这就是吴孟达，一个映衬主演的"配料"，却获得了璀璨的光环。主角当然重要，但缺了配角的围绕，也会黯然失色。能够做配角是一种气度，而做好配角则是一种智慧，一种做人的智慧。做人当然比演戏更重要，戏的成败由做人的好坏而定，一个懂得做人的人，亦会把戏演得逼真。正视配角而钻研深入配角，能够把配角当做一项事业来做，做到令人喜欢和尊重，这样的人生，将是怎样的充实、精彩和美丽啊！

那些年华那些花

⊙清风徐

成长总是温润的，有时候恰如一朵花，无心的人，花谢了都难闻到花香。

我的居所后面有一株栀子树。那是在皖西的大别山里。其实大别山里最著名的是漫山红杜鹃，但在我看来过于俗艳和张扬。我还是喜欢栀子花的清雅。

我的书桌对着后窗。因为房屋处在坡地的下方，栀子树在高处，所以，即便它长得并不高大，我从窗子望出去，也是需要仰视的。

栀子开花的时候大约在春末夏初，已进入梅雨日子。梅雨季虽然有这样好听的名字，却实在是难挨的。栀子花香馥郁而大气。纠缠不休的雨中，飘散着阵阵香气，日子，便有些醉人了。

栀子花在无雨的日子里，也是香，却不及遇到雨以后更有韵味。世间万物，相互作用，便会升华。有人问过我，诗意是什么。我说，茶与水的相遇，我与茶的相遇，你与我的相遇。这就是诗意。

那么，栀子花与雨的相遇，无疑也是诗意。

有一位农家大嫂，她住在与我仅隔一条马路的对面。我常常在远处打量她家的祥和。她家老板（安徽人对老公的称呼）是个沉默的汉子，每天进进出出，做着体力活。她的六七岁的女儿在不远处放一群白鹅。有人路过时，能听到白鹅"嘎嘎"的叫声。大嫂的儿子牵一头水牛，他把它赶进附近的池塘洗澡，他就悠闲地坐下来捉地上的小虫子。大嫂有时候会挑着水桶来我的院子打水，我们就有一句没一句地叙叙话。

有一天我看她走进来，没有担水。围裙卷在小腹处，两手掖着，奔我来了。走到近前，打开围裙给我看。嚯，兜了满满一下子栀子花。那些肥美的肉嘟嘟的叶片，像婴儿嫩嫩的皮肤，使人怜爱。我问哪来这么多。大嫂说，走亲戚，看到人家的花开得好，就摘了些带给我，还说，你们文化人一定喜欢。

我在大嫂眼里属于文化人，这让我多少有些汗颜。她的质朴，倒让我觉得像这大山里不染纤尘的一朵素洁的花。虽然她不识一个字。

那个春夏之交，我坐在大别山可以面朝栀子花的房子里，在稿纸上一遍遍地写些心情故事。那时候，前途未卜，生活无着，就知道不停地写，装上信封，贴上邮票，让它飞出大山。现在想来，那时的境遇该是清苦的，迷茫的，困顿的。痛过，怨过，悔过。可是为什么如今留下的都是美好？

宽宏的不是我，是岁月。它包容我的幼稚，让我一点点懂得，一点点长大。它允许我错，也允许我改。它总是让我看到希望，还有远方。

此刻，雨打窗棂。想起了那些年华那些花。

提起笔来，两袖清香。

祷告的手

⊙澜 涛

　　成功的历程比成功本身更值得珍视。要知道，每一个成功者的背后，都有着值得铭记的一双无私奉献的手。

　　《祷告的手》这是一幅画的名字，更是真爱的名字。

　　丢勒和奈斯丁是一对好朋友，都是在奋斗中的画家。由于贫穷，他们必须半工半读才能够继续学业。可因为工作占去他们许多时间，两人的画艺进步很慢。梦想的遥遥难及撕扯着两个人。困惑了良久，两个人想出一个办法，决定以抽签的方式决定，一个人工作来支持彼此的生活费，另一个人则全心学习艺术。

　　丢勒赢了，得以继续学习。而奈斯丁则辛勤工作，供应两个人的生活所需。不久，丢勒前往欧洲各城市学习，奈斯丁继续无怨无悔、任劳任怨地工作着，赚取着两个人的生活及丢勒的学习费用，守卫着自己的承诺。几年后，丢勒成功后，便按照两个人当初的约定找到奈斯丁，履行支持奈斯丁学习的协议。可他发现，由于为了支持自己而辛勤工作，奈斯丁那双原本优美敏感的双手的手指已经僵硬扭曲，遭到终生的损坏，已经不能灵敏地操作画笔了。丢勒心痛如绞。奈斯丁却宽厚自然地笑着，他竟丝毫没有因为自己无法完成自己艺术家的梦想而难过，心中却尽是为朋友成功的兴奋。

　　这天，丢勒去拜访奈斯丁，发现奈斯丁正合着双手，跪在地上，安静而诚挚地为他做成功祷告。天才艺术家双眼潮湿，将朋友那双祷告的手画了下来。这幅画成为举世闻名的《祷告的手》。

我不是艺术家，不是画家，我无法评判那幅《祷告的手》的艺术造诣和价值。但我相信，一件作品能够穿越半个世纪的风尘和纷争，日久弥贵，这其中绝非其本身所具备的魅力。

那是一双怎样的手，我无幸看到。但我相信，那双布满斑驳皱纹、僵硬的手的后面一定是一颗盛满真挚、无私、爱的心灵。

每一个成就者的背后，其实都有着一双或者更多双这样的手，值得那些有成就的人们铭记，也值得那些没有成就的人铭记。比如：慈母渐渐霜白的头发，父亲渐渐佝偻的躯干，爱人日渐皱纹的面颊……珍惜我们的成功，包括通往目标路上的机会，因为我们的踏梦而行不只蕴聚着我们的汗水，还凝聚着很多身旁的人们的心血。

手心永远不要向上

⊙刘述涛

> 手心永远不要向上，而应该凭着自己的努力，有尊严地活着！

同一届上山下乡的同学都走了，只留下巍子一人，还在黄河边上的杨家寨中过着面朝黄土背朝天的生活。多少人都劝巍子走走关系求求人，也早日离开这个地方回城，可是巍子就是不肯求人。

终于迎来一次改变命运的机会，巍子成为宁夏话剧团的一名演员，但却只能够跑跑龙套，别人跑龙套还可以露张全脸，巍子跑龙套只能够露半张脸。到后来巍子化妆都懒得化全脸，都只化要露的那半张脸。

当时看过巍子演戏的好友，都劝巍子，就算为了能够露张全脸，也应该求一求团长，让他给一些机会，但巍子却笑着说，露半张脸挺好的，化妆都省了。其实，这时候在巍子的内心却有更远大的目标，他想要离开宁夏话剧团，他想到北京去。正好中央戏剧学院要招一个班，巍子抓住了这次机会，可是，这个班却是个委培班，哪里来的回哪里去。巍子就问自己的老师，能有什么办法留在北京，老师说，除非你获得国家级大奖，让北京的所有剧团都看中了你。

从此，在中央戏剧学院，要找巍子，不是在排练厅，就是在图书馆。他的生活除了吃饭，就把所有的精力都花在演戏这一件事情上。有付出就会有收获，在中戏的第一届小品大赛中，巍子收获了三个一等奖。紧接着又是排毕业大戏《桑树坪纪事》，在《桑树坪纪事》中，巍子扮演的是一位农民疯子，巍子却把这位农民疯子发挥到极致。后来正是凭借《桑树坪纪事》中"疯子"一角，巍子获得了第六届"梅花奖"。成了中戏历史上在校生获得"梅花奖"的第一人，以至于当时的文化部副部长英若诚在看完戏之后，直接问巍子愿不愿意到北京人艺去。

到了北京人艺，巍子却感觉很不开心，因为自己适应不了北京人艺不紧不慢的节奏。虽然北京人艺给了巍子百分之百的关照，不但解决了他老婆的工作，而且分了房子给他，但巍子还是决定辞职。可惜辞完职没几天，家庭又发生矛盾，巍子和前妻的缘分也走到头了。

离了婚，走出家门，巍子掏尽自己四个口袋，才发现只剩下不到600块钱。这600块钱不要说租房子，就是吃饭都成了问题。巍子茫然四顾，这个时候，他才发现是自己把自己逼到了走投无路的境地。为了在接到戏之前，有地方吃饭，有地方睡，巍子只能给自己中戏的同学打电话，问同学可不可以借他家的沙发渡过难关。

看到巍子走到这样的境地，许多好友和同学都看不下去，他们劝巍子放下身段，回到人艺或者回到前妻的身边，但性格执拗的巍子却不同意！好在过不了多久，就有导演请巍子去拍戏。

那段时间，巍子什么戏都拍，什么角色都演，目的就是为了多赚钱，给自己，给自己儿子一个稳定的生活。只可惜当时的儿子却不理解巍子，不但没有按照巍子的想法生活，还累累惹巍子生气。因为在儿子的心里，有个会赚钱的老爸，老爸是他一生的依靠。

所以在巍子的心里，他最放不下的就是自己的儿子，最觉得亏欠的也就是自己的儿子。当巍子在《超级访问》的节目中，听到自己儿子说出已经理解他，也愿意像他一样，靠自己的努力去拥有一切的时候，巍子落泪了，他对儿子说：一个人的手心永远不要向上，你可以侧着友好地跟别人握手，你可以施舍，你可以去给予，但永远不要手心向上去要东西。

这句话看起来是巍子在说给他儿子听的，其实也在说给我们大家听，因为巍子能够从一个不懂得一点演技的农民，到今天塑造大量角色，并且成为国家最年轻的一级演员，中国戏剧梅花奖的得主，这一切，都是因为他的心里始终明白，自己的手心永远不要向上，而应该凭着自己的努力，有尊严地活着！

成为亿万富翁的支点

⊙澜 涛

　　成就的要素我们都不缺少，缺少的常常是用心遵循着去做，一直坚持去做的人，离成功也就不会太远了。

这是一个崇尚财富的时代。相信，如果可能，没有几个人会拒绝自己成为亿万富翁。那么，成为亿万富翁到底有没有捷径呢？有这样一些亿万富翁的故事似乎可以给出答案。

华谊兄弟董事长王中军在中国影视界可谓大名鼎鼎，随着创业板上市，王中军在一夜之间跻身亿万富翁的豪强之列。与现在的风光无限相比，20年前，王中军到美国留学时，可以用潦倒不堪形容。

1989年，王中军到美国留学，自我感觉就是一个"废物"的他在学习之余拼命打工，工作主要是送外卖。为了多赚一些钱，他每天几乎都要工作16个小时，每天回到家中后，常常需要先休息大约半个小时，才有气力去洗澡。由于勤奋，王中军最多一天能挣到100美元。这100美元，除了必要的生活开销外，他悉数存了起来。五年下来，他怀揣打工积攒下的10万美元回国创业，一步一步拥有今天的亿万财富一定还有许多必不可少的"要素"，但是，王中军却一直对在美国打工的经历记忆深刻，他时常说，那段时间让他养成了勤奋的习惯，这个习惯是想要成功必不可少的要素。

检索亿万富翁们的发家史，对勤奋的诠释，无一例外都可以和王中军PK一番。

"我很少再去洗一次性塑料杯了。"

使用过的一次性塑料杯，你会洗净后再用吗？估计你会面露诧异地张大嘴巴表示：我可没神经病！但是，的确有人这样做着。比如，说上面这句话的人就曾长期将使用过的一次性塑料杯洗干净后再次使用。不要以为这个人穷困潦倒，他在重复使用一次性塑料杯时，他的财富就已经被人们怀疑超过比尔·盖茨。这个人叫英瓦尔·坎普拉德，宜家（IKEA）创始人。坎普拉德的节俭从他17岁创建宜家时就开始了，创业之初，为了尽量节省开销，他用自己村里拉牛奶的车送货，一送就是多年，直到后来销售量增加得太大，才不得不增加了新的转送送货车。

在瑞典，坎普拉德的节俭几乎妇孺皆知：乘飞机时坐经济舱、搭地铁上班、一辆沃尔沃开了十年……瑞典人一直流传这样的说法：要是坎普拉德失去了自律，在酒店客房的小酒吧里喝了一罐高价的可乐，那么他就会到杂货店去另买一罐代偿这罐可乐。

坎普拉德的财富究竟有多少呢？瑞典最大的商业周刊《Veckans

Affarer》曾报道说坎普拉德拥有525亿美元的身家,高于比尔·盖茨当年的466亿美元,只是坎普拉德予以否认。坎普拉德还否认的一件事情就是,当有人说他过于节俭时,他为自己辩解着:"我很少再去洗一次性塑料杯了。"

"我很少再去洗一次性塑料杯了",很像一面镜子,每个人都应该摆一面这样的镜子在面前,成为不了亿万富翁,至少能够节约能源,毕竟,地球不只是我们的,我们没有权力将子孙后代的资源也耗费殆尽。

1997年,何恩培与四个志同道合者凑了15万元钱,组建了铭泰公司,并于第二年开发出第一个产品《东方快车》。《东方快车》出来之前,南京月亮公司在汉化翻译软件市场中独占鳌头,该公司的《即时汉化专家》在这方面堪称老大,没人能与之叫板。何恩培苦苦思索,怎样才能让《东方快车》一炮打响?经过慎重考虑,他决定与《即时汉化专家》叫板,经过一系列的营销手段,《东方快车》很快就冲到了销售排行榜第一。方寸大乱的南京月亮公司想在技术上升级,却为时已晚。南京月亮公司无奈退市,选择的撤退方式是突然消失。何恩培决定去找这对夫妻创业者,帮帮他们。通过各种复杂的关系,何恩培终于和对方联系上。何恩培表示,对方的突然消失是对用户不负责任,希望自己能替对方做所有客户的售后服务。对方半天没有说话,随后便将电话挂了。后来,对方选了一个地方,约何恩培见面。公司的同人们都有疑虑,担心对方设计圈套报复何恩培,不让他去赴约,何恩培却坚持去了。三天后,《即时汉化专家》在报纸上刊登广告,申明所有用户的售后服务都由何恩培负责。由此,何恩培不仅为对方解了围,还扩大了用户群和《东方快车》的声誉,使得《东方快车》成为同类产品的首选品牌。

回首这段往事,何恩培解释他这样做的原因,是出于包容心,他说,胸怀宽阔的人才可能装得下更多的财富。不过,我却理解成,是他的责任心为他和他的公司赢得了美誉度,美誉度的支点,让他赢得了亿万财富。

还有一个人,成为亿万富翁的起点十分传奇。

还是在70年代初,这个亿万富翁还很年轻,他因为不得已的原因辞掉了在上海一所中学当教师的工作，怀揣着50元钱到了香港，几经波折终于找到了一份作地盘工的工作。因为工作忙碌，他常常需要加班苦干。这天，终于可以休息一天了，他来到了维多利亚公园，无所事事的他漫无目的地四处观望着。这时，他注意到，在秋千架前，一个瘦小的妇女由于体弱无力，几次尝试着将孩子抱上秋千都失败了。他走了过去，帮妇女把孩子抱上了秋千架，并加力荡起了孩子，刚才还愁眉不展的孩子，脸上立刻绽开了笑容，妇女连连对他说着感谢。在交谈中，他得知这位妇女是印尼华裔，丈夫在印尼驻香港领事馆工作。三天后，他遇见了另一位印尼华侨朋友，在和朋友的叙谈中，他得知这位朋友因为领事馆的商务签证遇到麻烦，一批准备运往印尼的货物迟迟不能起运，每耽误一天，损失就加重许多。他立刻想到了自己在公园遇到的那位妇女，便毛遂自荐地表示走一趟，看能不能帮助解决问题。他带着文件和礼物敲开了那位妇女的家门，那位妇女热情地将他引荐给了自己的丈夫，这位领事馆官员在了解了个中原委后，帮助补办了一些手续，批下了商业签证。他的朋友兴奋异常，送给年轻人五万元钱表示谢意。这五万元钱相当于他当时工资的10年之和，凭借这五万元钱做资金，他涉足商海，并一步一步踏上亿万富翁的财富之塔。

他叫陈玉书，世界景泰蓝大王。

陈玉书太幸运了。不过，他推秋千前一定不会想到会有如此的幸运，他那样做应该只是他的一个习惯而已。但是，这习惯却凝聚着一个人的修养和助爱的心怀。

……

勤奋、节俭、包容、责任心……想一想，这些成为亿万富翁的支点我们每个人都具备。不同的是，我们是在不断挖掘并遵循着，还是埋葬并摈弃着。如果，我们挖掘并遵循着，却仍旧没能成为亿万富翁，我想，至少在心灵上已经是无比富有了。

心到，脚才能到
⊙薛　峰

双脚，只能把我们带到某个地方，而只有心怀信念和目标的人，才能够领略美妙的风景。

著名成功学大师卡耐基曾说过：一个知道自己目标的人，就不会因为挫折和失败而泄气了。美国著名探险家约翰·戈达德就是这样的一个人。

约翰·戈达德出生在美国西部的一个乡村，家庭清贫，小时候无任何玩具，唯一给他快乐的，是在他八岁生日那年，祖父送给他的一幅世界地图。闲暇时，他喜欢钻研地图，目光一遍遍地漫过那上面标注的一个个文明的城市、一处处美丽的山水风景，思绪也长了翅膀随之上下纵横驰骋。

于是，15岁时，他在一张破旧的纸上写下《一生的志愿》：

"要到尼罗河、亚马孙河和刚果河探险；要登上珠穆朗玛峰、乞力马扎罗山和麦特荷恩山；驾驭大象、骆驼、鸵鸟和野马；探访马可·波罗和亚历山大一世走过的道路；主演一部《人猿泰山》那样的电影；驾驶飞行器起飞降落；读完沙士比亚、柏拉图和亚里士多德的著作；谱一部乐曲；写一本书；拥有一项发明专利；给非洲的孩子筹集一笔100万美元捐款；参观月球……"

他一口气写下两页目标，并且为每一个编号，共有127个人生的宏伟志愿。

很多人看过他的这些愿望后，都忍不住笑了，更多人说他是做白日梦，根本不可能实现。只有他那个身材矮小的父亲支持他，鼓励他去实现自己的人生目标。

16岁那年，约翰·戈达德和父亲到了佐治亚州的奥克费诺基大沼泽和佛罗里达州的埃弗格莱兹去探险，这是他首次完成了表上的一个项目。20岁时，约翰·戈达德已去加勒比海、爱琴海和红海潜过水。他还成了一名空军飞行员，到欧洲上空执行了33次作战任务。很快到了21岁，他已经在21个国家做过旅行。刚满22岁时，他在危地马拉的丛林深处发现了一座玛雅古墓。同年，他成为洛杉矶探险者俱乐部最年轻的成员，这时他开始计划最渴求的一次探险，也是他早年制定的第1号目标：探索尼罗河。

　　但艰难与风险不言而喻。在考察尼罗河全程的旅程中，约翰·戈达德和伙伴遭受了河马的攻击，遭遇疟疾，同狂暴沙漠展开搏斗，驶过了许多危险的湍流险滩，还遇到一个携枪歹徒的追击。但是10个月之后，这三个"尼罗河人"（戈达德们自称）胜利地划出了尼罗河口，进入了碧波荡漾的地中海。

　　戈达德说："在这次旅途中，我领略了许多东西，关于自身，关于成功的喜悦，关于紧张充实的生活，它给了我去追求另外目标的动力。如果能事先预料所有危险，也许我们根本就不会走出帐篷。但是经过了一天天的努力，我们终于达到了目标，我想那正是接近生活的方法——把尽可能多的活动、知识、爱和友谊一点一滴地填进生活。"

　　约翰·戈达德按计划逐个地实现自己的目标，59岁时，他完成了127个目标中的106个。约翰·戈达德一生中获得了一个探险家所能享有的荣誉，其中包括成为英国皇家地理协会会员和纽约探险家俱乐部成员。

　　在追求目标的过程中，戈达德本人有18次死里逃生的经历。"这些经历使我更深切地热爱生活，欣赏一切可能欣赏的东西，"他说，"人们往往在不知道怎样表达巨大的勇气、力量和坚韧性之前就结束了生活。但我发现，当你清醒知道自己必死无疑的那个时刻，你突然发现一个尚未发掘的力量之源，当你把它释放出来，就好比升华了一次灵魂。"

　　当有人惊讶地追问约翰·戈达德是凭借怎样的力量，把那许多注定的"不可能"都变成了现实，他微笑着回答："我只是让心灵先到那个地方,随后浑身就有了一股神奇的力量,接下来,就只需沿着心灵的召唤前进罢了,很简单。"

约翰·戈达德说,"之所以要开出那张清单,是因为15岁时,我很明白自己的局限性。我只是一个拥有潜能的孩子(而这种禀性人人都具有),我确实想在自己的一生中做这些事情。我对什么都极感兴趣——旅行、医学、音乐、文学、自然,所有这些事情我都真想做。我制定了欲达目标的一份蓝图,以使自己永远有所追求。"

戈达德和所有人一样有目标和梦想,但并不是每个人都会去实现它们。戈达德说:"我在少年时开列的生命清单,反映了一个少年人的兴趣。尽管有些事情我是永远也无法做到的——例如登上珠穆朗玛峰和饰演健壮灵活的男子。然而,确定目标往往是这样的,有些事情可能超出了你的能力,但那并不意味着你得放弃整个梦想。"

戈达德未来的计划仍很多,包括参观中国的万里长城(第49号目标)和登上麦金利山(第23号目标)。他对所有的目标都不放松。

他说:"怀有127个目标,当机会摆到面前时,我的脚步就可以立即出发,因为,我的心已经提前到达了。"

是的,心已经提前到达了,脚步只要跟随心灵指引的方向前进,梦想就能照亮现实。在人生的旅途上,能够最终领略美妙风景的,必然是那些强烈渴望登临并为之不懈跋涉的追寻者。是心灵的渴望,开阔了求索的视野;是心灵的飞翔,催动了奋进的脚步;是心灵的富有,孕育了生命的奇迹。心到,脚才能到。

龙涎香的秘密

⊙ 感 动

> 有时，正是与痛苦对抗的过程，才让我们的人生修炼到了龙涎香的境界。

龙涎香，是留香最持久的香料，世界上任何一种香料都不能与之相媲美，曾有"龙涎之香与日月共存"的说法。由于稀有难觅，龙涎香又被称为"灰色的金子"。龙涎香也是最神秘的香料，人们只是偶尔在海边拾到它，关于它的来源，有过无数的猜测和传说。后来，一位海洋学家经过调查研究后解开了龙涎香的秘密。

海洋中有一种形体巨大的生物，叫做抹香鲸，它可以下潜到千米深海之下，吞食体型巨大的乌贼、章鱼等动物。但是，这些动物体被吞食后，它们身体中坚硬、锐利的角质喙和软骨却很难被抹香鲸消化，胃肠饱受割磨，却不能将之排出体外，这令抹香鲸痛苦异常。在痛苦的刺激下，抹香鲸只好通过消化道产生一些特殊的分泌物，来包裹住那些尖锐之物，以缓解伤口的疼痛。

每隔一段时期，难耐痛苦的抹香鲸都要把这些分泌物包块排出体外。而这些包块漂浮在海面上，经过风吹日晒、海水浸泡后，就成为名贵的龙涎香。

谁也没有想到，贵于黄金的龙涎香，竟是抹香鲸与痛苦对抗的产物。

不要拒绝痛苦和磨难，有时，往往正是与痛苦对抗的过程，才让我们的人生修炼到了龙涎香的境界。

一无所知

⊙鲁先圣

> 你有你的骄傲,但,我有我的快乐。有思想的生活,才会有尊严,有乐趣。

法国哲学家帕斯卡尔有句话传遍全世界:"人是一枝有思想的芦苇。"他这话的意思很明确,人在世间是很脆弱的,任何一点小小的坎坷和外力都可以轻易地将人致死。但是,人却比自然界任何一种动物都高贵,无论是凶顽的怪兽还是猛烈的飞禽,因为人是有思想的动物。

如果没有思想,人就与其他的动物没有任何区别,不过是一个个行尸走肉罢了。

因而,区分人的高低贵贱,思想就成为重要的,或者是唯一的标准尺度。有人权力很大,职位也很高,但是却未必令人尊敬。有人身居荒野,悠然物外,却万世流芳。没有别的,是思想的尺度丈量了他们。

对于一个人来说,谦逊和自知十分重要。杰斐逊是第三任美国总统,同时也是美国共和党的创始人。晚年,杰斐逊总结自己的一生时说,自己一辈子只做了三件有意义的事:弗吉尼亚州的宗教自由法案、《独立宣言》和创建了弗吉尼亚大学,对于创立共和党以及担任美国总统只字未提。他这样告诫人们:"不要因为别人相信或者否定了什么东西,你也就去相信或者否定它。上帝赠与你一个用来判断真理和谬误的头脑,那你就去运用它吧。"但是,他的谦逊却丝毫也没有降低他在美国人民心中的重量,林肯这样评价他:"美国的每一个政党,都遵杰斐逊为它的导师。"

在我们这个世界上，成就之大如杰斐逊者并不多。面对这样一个谦逊而有思想的人，相信会让很多不遗余力地为自己树碑立传的人汗颜。

有一个两千多年前的对话至今在人类的历史上熠熠生辉：刚刚率领数万铁骑征服了欧亚大陆的亚历山大大帝视察希腊的一座城市，遇到正躺在木桶里晒太阳的哲学家第欧根尼。亚历山大大帝问他："我已经征服了世界，请问你想让我为你做些什么？"第欧根尼翻了翻白眼，对不可一世的亚历山大大帝说："请不要遮挡住我的阳光！"

对话结束了，刚刚建立了不世之功的亚历山大大帝黯然若失。他对自己的随从说："我的不朽功勋算得了什么呢？"

是的，在思想的光芒面前，一切都算得了什么呢？

还有一生潦倒的老子，一生率领门徒流浪推销自己的思想的孔子。在他们活着的当世，他们到处碰壁，他们不为人理解。但是，随着岁月之河的延长，他们的分量越来越沉重，他们的思想渐渐成为社会和民族以至世界的圭臬。他们的名字，也越过所有的帝王将相，在历史的天空里闪耀不衰。

还有那个被希腊的当权者处以死刑，慷慨饮鸩而死的苏格拉底。当年要处死他的，不仅仅是当权者，还有几乎所有的希腊人。因为他们认为这个自称为青年导师的人，用自己的异端邪说，教坏了他们的孩子。

苏格拉底死了。但是，他那"我只知道一件事，那就是我一无所知"和"认识你自己"却成为人类的千古名训。苏格拉底的名字，也像太阳一样，在人类的天空光芒万丈。

像蚂蚁一样满足

⊙刘述涛

把不切实际的梦想抛弃，原来自己也能够活得挺好。脚踏实地，对生活之乐会有更切肤的体会。

新丝路模特大赛湖南赛区第一名的奖品是一台笔记本电脑，刘雯就是冲着这台笔记本电脑而报名的，谁也没有想到，刘雯竟然梦想成真，真的成了第一名，拥有了这台笔记本电脑。

也正是这个第一名，让本来没有什么模特基础的刘雯豪情万丈，认为自己一定能够过五关、斩六将，最后笑到新丝路模特大赛海南三亚总冠军的冠军台上。可惜现实却没有让刘雯笑到最后，不但一个奖项没有拿到，还被评委当场评说，像刘雯这样的女孩子，一没有做模特的潜力，二没有做模特的脸蛋，最好远离模特群体，早早寻找自己的人生出路。可是17岁的刘雯偏偏不信邪，她心高气傲地对所有认识自己的人说：等着，我到北京闯成名模，再让那些轻视我的人看看，我是不是真的做名模的材料。

生活从来都不会因为人的一相情愿而产生改变。到北京刚开始的这段日子，刘雯根本就找不到自己展示的舞台。名气大挣钱多的活动人家看不上她，名气小挣钱少的活动刘雯自己又不愿意去。就这样几个月过去，刘雯还没有赚到一分钱。可是生存这只恶狗却在刘雯的身后虎视眈眈地盯着她。刘雯这时候才明白，闯荡之路并不是自己想象的那么容易。

房主又来催租金了，并对刘雯下达最后的通牒，三天后再不交房租，就请带着行李离开。没有办法，刘雯想到借钱，当她张嘴向一位和自己一起参加过新丝路模特大赛的姐妹借钱的时候，这位姐妹有点不相信地看着刘雯，然后问："怎么回事？怎么混得这么惨？"刘雯一下子不知怎么回答，这位姐妹却不管刘雯的回答，马上说："今天晚上跟我去商场走秀，走三个晚上你的房租就出来了。"

"走秀？"刘雯有一点犹豫，这位姐妹一见刘雯的脸色，马上就明白了刘雯的心事，她说，走不走，你自己看着办吧。你以为你自己是谁？我也曾像你一样，以为自己可以拥有整个的世界，后来我才发现，我就是一只蚂蚁，有一粒米一片菜叶，都是一分收获，都是一种幸福。

把不切实际的梦想抛弃，原来自己也能够活得挺好。刘雯开始出现在北京的许多走秀T型台上。

当法国的艺术顾问来指导中国版的《嘉人》拍一组服装大片的时候，找到刘雯问她愿不愿意给大牌模特试装，刘雯很爽快地答应了，她知道这样的试装，只不过是为大牌模特做前期准备，说穿了就是给大牌模特试穿嫁衣，真正最后在T型台上展示的还是大牌模特，现在只不过她们时间有限，只能找像刘雯这样又没名气又缺钱的模特先试。

当然，这样的试装对于别的试装模特也许只是一次过程，但刘雯却把它当成一次展示自己的机会。因为自从刘雯把自己当成一只蚂蚁一样生活，她就明白，收获一粒米对蚂蚁来说是一件最幸福的事情，但蚂蚁却会因为这粒米而付出自己所有的力量，所以自己也要为所做的每一件事付出汗水。正是在这次试装中，法国的艺术顾问看中了刘雯，决定让刘雯担当他另一组服装大片的职业模特。

从此，刘雯的命运开始发生改变，她那一直被人认为不够鲜亮、青涩的面孔，脸上夸张的雀斑霎时间放大在媒体的封面，刘雯的模特排名也霎时间飞升到24位，而且与米兰的模特公司签约，成为第一个加入"维多利亚的秘密"一年一度的奢华内衣秀里的首位亚洲模特。

面对这一切，刘雯心里明白，这是自己把人生的愿望放低，珍惜每一次机会的结果，所以现在更要做的还是像蚂蚁一样，用更多的努力去收获更多的幸福。

你就是第一

⊙冯有才

> 你和第一名是一样的,都是拥有着非常高的竞争实力和优势的!

父亲是一个退休老师,在那个人才奇缺的时代,只有初中文凭的他于是便很顺理成章地成了村小学的一名数学老师。从他17岁教书开始算起,他这一教整整就是44年了。

2001年的夏天,在全国高校普遍扩招的形势下,只有大专文凭且毫无工作经验的我,在办完离校手续后,我的脸上便写满了对自己未来生活的沮丧和失意,甚至在那段时间里,我宁愿一个人躲在家里吃饭看电视睡觉,也不愿意在外面抛头露面,更不必说在外面拼命地找工作了。看着我的这个境况,父亲在私下里总是一阵阵地摇头。

后来的某次偶然机会,父亲在报纸上看到了一则招聘启事,是中国联通驻我省的一家分公司要招聘一名文字秘书,待遇很丰厚,甚至可以毫不夸张地说,在那里面工作一个月的工资几乎能抵得上父亲教上大半年书。于是,一个夕阳才落山的周末,在父亲的怒气下,我才不得不整理好了自己的就业材料,打算第二天到那家公司去试试。

等我去了那家公司后,我才发现,这次来应聘的人实在是大大出乎了我的意料,那家公司仅仅只招聘一名文字秘书。可来应聘的却至少有200人,这其中不乏本科甚至是名牌高校的毕业生,在那些优秀的人才面前,我感觉十分的渺小和不安。

回到家后，父亲什么话都没有说，只轻描淡写了一句：我就不信，我的娃子就会比别人差劲！你去尽力试试，别给我丢了这张老脸！听了父亲的这番话，我无语。甚至我知道：作为人子，父亲能在我这么失意和对我这么绝望的时刻，能够说出这样的话来，实在是一件呕心沥血而让我感动不已的事情了。

在第一轮的材料筛选中，我意外地入围了，然后便成了那50名有资格进入笔试的人员名单之中。在第二轮的笔试中，我竟然又意外地入围了，名列那10名进入面试的人员名单之中，将接受市公司副总经理的面试，在这一轮的面试中，连我自己都不相信，自己竟然能取得第二名的好成绩，很幸运地名列最后一轮的人员名单中，接受省公司人力资源部经理的面试。

在要进行最后一轮面试的前一天晚上，父亲仍然没有说什么。只用他那张充满浊泪的眼睛看着我，然后对我说了六个字：儿子，好好努力！看着父亲的那张辛酸和枯涸的脸，我就暗下决心，这次，我一定要好好努力。

可是，第二天的面试，我却让自己失望了。因为从跨出面试办公室的那一刻起，我就已经知道了，这次的面试，我失败极了。果然，几天后的录用公布名单中，没有我的名字。那一刻，我伤心到了极点。

晚上的时候，父亲很意外地打了三块钱的散酒，和我喝了起来。在喝到兴处的时候，父亲用很激扬的语调对我说：儿子，我来给你算笔账。这次参加应聘的人有200多，你很幸运的成了1/200，在而后材料筛选中，你又成了1/50。在接着继续的笔试中，你又成了当中的1/10，在最后的面试中，你又成了1/3。你知道自己的竞争实力数吗？那就是 $1/200 \times 1/50 \times 1/10 \times 1/3 = 1/300000$。你再看看那名面试第一名的本科生，他不也是 $1/200 \times 1/50 \times 1/10 \times 1/3 = 1/300000$ 吗？也就是说，你和第一名的本科生是一样的，在这300000次机会中，都是有着300000份人次的竞争实力的！所以，你也应该具有他们的优势和自信心。

听到父亲这番计算的那一刻，我的双眼一片模糊。我不知道父亲的这一算法是不是科学的，可是我知道，父亲的这一番亲情教育我的方法，却是极科学而极先进的！心底里，我一直感动着。

四年后的我成了一家拥有三亿资产的公司的人力资源部经理。在每次的招聘会结束后，我都会用父亲那晚的激情对落选的应聘者说：用这种方法，你计算看看吧！其实，你也是和第一名的人是一样的，都是拥有着非常高的竞争实力和优势的！

每一棵草都会开花

⊙丁立梅

> 同样是生命，同样有权利与尊严。每棵草都有自己花期，哪怕是最不起眼的牛耳朵。

去乡下，跟母亲一起到地里去，惊奇地发现，一种叫牛耳朵的草，开了细小的黄花。那些小小的花，羞涩地藏在叶间，不细看，还真看不出。我说："怎么草也开花？"母亲笑着扫过一眼来，淡淡说："每一棵草，都会开花的。"愣住，细想，还真是这样。蒲公英开花是众所周知的，开成白白的绒球球，轻轻一吹，满天飞花。狗尾巴草开的花，就像一条狗尾巴，若成片，是再美不过的风景。蒿子开花，是大团大团的……就没见过不开花的草。

曾教过一个学生，很不出众的一个孩子，皮肤黑黑的，还有些耳聋。因不怎么听见声音，他总是竭力张着他的耳朵，微向前伸了头，作出努力倾听的样子。这样的孩子，成绩自然好不了，所有的学科竞赛，譬如物理竞赛、化学竞赛，他都是被忽略的一个。甚至，学期大考时，他的分数也不被计入班级总分。所有人都把他当残疾，可有，可无。

他的父亲，一个皮肤同样黝黑的中年人，常到学校来看他，站在教室外。他回头看看窗外的父亲，也不出去，只送出一个笑容。那笑容真是灿烂，盛开的野菊花般的，有大把阳光息在里头。我很好奇他绽放出那样的笑，问他："为什么不出去跟爸爸说话？"他回我："爸爸知道我很努力的。"我轻轻叹一口气，在心里。有些感动，又有些感伤。并不认为他可以改变自己什么。

学期要结束的时候，学校组织学生手工竞赛，是要到省里夺奖的，这关系到学校的声誉。平素的劳技课，都被充公上了语文、数学，学生们的手工水平，实在有限，收上去的作品，很令人失望。这时，却爆出冷门，有孩子送去手工泥娃娃一组，十个。每个泥娃娃，都各具情态，或嬉笑，或遐想。活泼、纯真、美好，让人惊叹。作品报上省里去，顺利夺得特等奖。全省的特等奖，只设了一名，其轰动效应，可想而知。

学校开大会表彰这个做出泥娃娃的孩子。热烈的掌声中，走上台的，竟是黑黑的他——那个耳聋的孩子。或许是第一次站到这样的台上，他神情很是局促不安，只是低了头，羞涩地笑。让他谈获奖体会，他嗫嚅半天，说："我想，只要我努力，我总会做成一件事的。"刹那间，台下一片静，静得阳光掉落的声音都能听得见。

从此面对学生，我再不敢轻易看轻他们中任何一个。他们就如同乡间的那些草们，每棵草都有每棵草的花期，哪怕是最不起眼的牛耳朵，也会把黄的花藏在叶间，开得细小而执著。

为你提前五分钟下课

⊙一路开花

>　　争分夺秒的爱，微小，却壮阔。为别人付出的情怀，一点一滴也浩荡。

他是班里最怪的学生。任课老师不止一次跟我说，每到临近放学前的那几分钟，他总是坐立不安，忙着收拾东西。铃声一响，老师还未走下讲台，他便一溜烟消失在了花园背后的小路上。

我不曾将这件事放在心上。因为就成绩而言，他一直都保持名列前茅。于是，我就没有必要为一点鸡毛蒜皮的小事，去无故打扰到他学习的积极性。我承认，对于成绩优异的学生来说，我时时都怀有庇护心理。可谁又能说，这不是人之常情？

那天上午，因为备课不够充分的缘故，直到下课五分钟，我的内容已然还不曾讲完。为了不将最后的一个要点拖到下节课上，我打算继续拖堂几分钟。

"老师，好像已经下课了。"他怯生生地坐在那儿，指着教室前面的大钟对我说道。

"我知道已经下课了，我都不急，你那么着急做什么？"从我的角度来说，拖堂，学生应该高兴才对。因为，那是一位老师极负责任的表现。他的不知深意，让我有些不悦。

"老师，下节课再说吧。"他低着头，一面捣鼓着手里的文具盒，一面在人群中喃喃地催促。

"我偏不下课，偏要把最后一个例题讲完，你能怎么样？"他一直是我心中的骄傲。不论作文比赛，还是奥林匹克，只要他参加，定能帮我夺回一个名次。可此刻，他却这般不懂礼貌。他的鲁莽和放肆，让我禁不住怒火中烧。

令我意想不到的是，他竟然立起身子，夺门跑掉了。我站在高高的讲台上，险些把杯子给扔出去。他弯来拐去地穿行在人群中，片刻间没了身影。

午后，他如常归来。我气急败坏地用宽硬的直尺在他背上猛抽了两下，他头也不回，双肩却猛烈地颤抖。我把他叫进了办公室，盘问他为何要无视纪律，任意妄为。

"老师，我没有逃跑！已经下课了！"他死不认错，理直气壮地与我狡辩。

那是我第一次批评他，也是第一次责打他。我把他那双古铜厚实的小手摊开，用冰凉的铁尺在上面咬出一道道深痕。我一面故作狠心地打，一面声色俱厉地问："你以后还跑不跑了？还敢不敢无视课堂纪律？"

后来，他哭了，跟我道歉，认错，并写下了泪渍斑斑的保证书。我不忍再责罚他，此事也就此过去。但遗憾的是，没过两天，他又故病重犯了。

我惊觉自己的言行开导已经失效。无奈，只好对他进行家访。因为那时我似乎早就断定，他有了隐约的厌学情绪。要不，成绩如此优异的学生，怎会在课堂上三番五次地逃离？

傍晚，我跟着他，在风起的山路上霍霍地走着。他三步一回头地看我，面露羞赧。我以为他又要逃跑，于是愤恨地说："总是要面对错误的！"

他开始逆风急行。漫漫的山路上，他走得那么倔犟而又坚定。可最后，他还是朝着贫瘠的山上逃跑了。我跟着那个倔犟的背影追了半天，最终无奈而又愤然地呼呼喘气。

过了片刻，他背着个大箩筐从山上缓缓下来了。我正想痛骂，却见他身后隐约跟随着一个步履艰难的身影。那是一位面色憔悴的妇人，顶着头巾，拄着粗糙的木棍，在他的搀扶和带领下，赶着无限夕阳回家。

那天的家访，我做得泪流满面。教了整整两年，直到那夜，我才知道面前这位瘦小黝黑的男孩，早年丧父，生母脚残。他的母亲，就这样背着箩筐拄着拐杖颠簸在村与小镇的几里山路上，靠卖一点粮食和青菜，维持家用，供他念书。

他争分夺秒的真正意义，是在于用自己的奔跑早早迎上赶集归来的苦难母亲，好让她少走一些山坡上的弯道，少受一段风尘路途的磨难。

之后，我和所有任课老师都打了招呼，将最后一节课的下课时间提前五分钟。那五分钟，我相信他会跑得很快，会跑过碧草如茵的河岸，会跑过黄沙漫漫的丘陵，也会跑过他母亲赶集时必经的那条小路。

他的每一次奔跑，都能让我在冰寒雪天里找寻到一股愈渐汹涌的热潮。

没有一件事是不幸运的

⊙凉月满天

不必问结果，用心去做好每一件事情，幸运就会惊喜而至。

他原本是个播音员，然后在20世纪60年代被派去任美国南部一个城市的一家广播电台的制作经理。可是他却没想到，那里的加油站连各个加油台都将"白人专用"和"有色人种专用"分得清清楚楚，饭店、酒吧、旅馆、戏院、公车站，无不如此。

他应邀去当地一家人家里赴宴，冒冒失失地对有良好教养的男主人提出了自己的人权主义观点，结果这家男主人怒气上脸，勉强维持彬彬有礼的笑容，说："我们待我们的黑老弟们真的很友善。"然后问旁边的黑人老仆："老汤，你说是不是？"黑人男仆也只好维持着良好的、训练有素的教养，悄声地说："那是个事实，老板，那是个事实。"然后悄然离开了房间。

他对这样的现状如坐针毡，在心里大喊："请把我带离这里吧！"

可是他的领域如此专业,离开这儿能上哪儿呢?

幸运的是,很快他接到一个陌生人的来电,说他们的广播电台在找一位节目部主任,别人把他推荐过来,说他很能干,最后那个人犹豫地补充了一点:"在我们这里,工作的全部都是黑人。"

他不在乎,他大喜过望。就好像从河的一岸游到了另一岸,两个世界形成鲜明的分界线,他在这里学到了别处无法学到的知见。

他很满意,希望一直干下去,可是好景不长,电台负责人不再让他当节目部的主任,而让他去做一个推销广告时间的推销员。真烦!处处吃白眼!工作不再是享受,成了沉重的负担。他再一次想离开,可是再一次被现状绊住了腿。他结婚了,第一个孩子也快出生,他需要钱。

他如此恼恨,以至于把自己关在车里猛摇方向盘,这次不是默默祈求,而是大声狂叫了:"把我解救出来吧!"吓得一个过路人拍他的车门,问他是不是把自己锁在里边了。他只好狼狈地硬挤出一个笑容给人家看。

第二天,闹钟响起,他愤怒地翻身要按停,一刹那后背剧痛,好像刀锋插入骨缝。医生上门送诊,说他的椎间盘压伤,要花两三个月的时间卧床。

这下他几乎要大笑了,虽然公司毫不留情地把他解雇,他仍觉得如释重负。

当然,事实上,一个多月后,他有所好转,就必须得找一点事做来养家糊口。

他到一家日报社求见总编,说他需要工作,哪怕是洗地板、做工友都行。总编以前也听过他的大名,如今一言不发,安静聆听,过了一会儿,才问:"你会写文章吗?"

"我会的,先生。"他回答。

总编说:"好吧,你到新闻编辑室负责撰写讣闻、教堂新闻和俱乐部公告——给你两周时间。"

于是,他又有了一份始料不及的新工作,每天忙于写讣闻和教会新闻,修改由不同的社团、剧团、俱乐部等传来的新闻通讯。再没有什么工作比这更能把他锻炼成一个通才了。一天早晨,他的桌子上出现一张便条纸,上写:请接受每周50元的加薪——他终于成了正式编辑中的一员。

五个月后,他有了第一个真正的"任务"——采访郡政府,这表示不久他就可以第一次地在某篇文章的题目下署上自己的大名了。真令人兴奋!

从那时到现在,他的人生就这样像波浪一样在波峰和波谷间来回晃荡,有的时候看上去很倒霉,有的时候看上去很幸运,有的时候明明很幸运,却又很倒霉;有的时候明明很倒霉,却又很幸运,就像一个了不起的辩证法在他的身上具体显现,或者说,他的生命本身就是一个不断转化的、辩证的具象。现在,这个人已经成了著名作家,他的书曾雄踞《纽约时报》畅销书排行榜两年半,迄今已经卖出1200万本,被翻译成37种语言。他的大名印在扉页上,还有他单手托腮,戴着细框眼镜,双目炯炯,长一脸大胡子的照片。这套书叫《与神对话》,它像风暴一样席卷了世界,给全世界的人都擦亮了一双双慧眼——他叫尼尔·唐纳·沃许。

你看,每一件事都是有用的。没有一件事不是幸运,它们打造成一个一个的链环,然后联结起来,形成每个人的生命之链,凭靠着它们,你可以一步一步,凌峰越谷,走到自己一直想到的地方,那是灵魂的天堂。

只要开始

⊙李雪峰

人生没有"早"和"晚",只要你开始做,处处是起点,什么时候都不算晚。

马维尔是美国20世纪最著名的记者,1864年,美国南北战争结束时,在去帕特森的途中，他意外地遇到了林肯总统，并匆匆采访了林肯总统。

从那时起，马维尔就决心要采访到每一位与他同时代的世界名人，并且，不需任何翻译，他要亲自和世界上的每一位名人自由对话。为实现自己的这个艰巨人生愿望，马维尔自学了法语、德语、俄语等，并且亲自和许多国家的名人做了面对面的直接交谈和采访，发表了一大批举世瞩目的新闻作品。

1918年，马维尔已经72岁了，但他决定要远渡重洋，到中国来采访当时的中国领袖孙中山先生。从做出了这个决定的那一天起，马维尔就开始学习他一点都不懂的汉语。许多亲戚和朋友劝他说："汉语很难学，许多年轻人都不容易学会，何况你这个已经70多岁的老头儿呢？"但马维尔说："尽管我72岁了，但现在开始学汉语，也还不算晚，我相信有一天，我会用汉语同中国的孙中山先生直接交谈的！"谁也劝阻不住这个又瘦又高的固执老头儿，都叹息着对他摇摇头耸耸肩走了。要用汉语采访中国的孙中山，这或许将是这位固执的72岁老翁一个永远不能实现的人生梦想吧？当时，许多美国人都这样想。

为了实现自己的这一个人生愿望，马维尔开始拄着拐杖频频出入于纽约的唐人街上，他向做生意的华人学，缠着中国驻纽约的大使馆领事学，甚至同一些街头流浪的底层华人学，从简单的礼仪用语，到高深莫测的美妙中国诗词，历时三年多，这个原本对汉语一窍不通的美国七旬老翁，已经可以用流利的汉语同唐人街上的华人讨价还价自由交谈了。

1922年，已经76岁的老翁马维尔搭乘远洋轮船终于向中国进发了，在广州，他见到了孙中山，孙中山征询他说："马维尔先生，我们用英语交谈可以吗？"但马维尔却说："不，我们用贵国的汉语直接交谈！"那天，马维尔一句英文也没有说，他用准确流利的地道汉语采访了孙中山，并和孙中山先生亲切地做了促膝长谈。

有记者问马维尔说："你72岁了才开始学汉语，你感觉是不是有些晚？"老态龙钟的马维尔朗声回答说："晚？只要你开始做，什么时候都不算晚!"

人生没有"晚",只要你开始做,什么时候都不算晚。

用信念断臂自救

⊙马国福

> 死神也怕你拿起信念的小刀,抛出意志的绳索,向他身上开刀。

拉尔斯顿是美国的一位青年登山爱好者。一个星期六的早晨,拉尔斯顿把盐湖城东南200公里的布鲁约翰峡谷作为攀登目标。拉尔斯顿出发时没有带很多的登山装备,只是带了一辆山地自行车、带了一个急救包、一根登山索、一把八厘米长的袖珍小折刀和一天的干粮和饮用水。临行前他没有带任何人,也没带手机,他只是随意告诉一位朋友自己登山去了,估计当天可以结束并返回。

到达目的地后拉尔斯顿从一道3米宽的岩缝开始攀登。当他登到25米左右的时候,一块巨石,在他的头顶挡住了去路,要想继续攀登必须搬掉这块挡路石。就在他使出浑身力气撬动那块几百公斤的巨石时,发生了意外:巨石摇晃了一下,正好将他的右臂压住,一阵剧痛几乎让他昏迷过去。等他清醒过来时他发现右手臂一边是巨石另一边是石壁,二者夹得他动弹不得。他试了一次又一次拉出自己的右臂,除了钻心的疼痛外,他不能有丝毫动弹。没有任何通信工具,他只有等待救援人员的到来。幸运的是登山包就在身边,他整整在悬崖上吊了三天,他用左手掏包里的东西节省地吃,也不大动弹以保持体力。三天后,他喝干了最后一滴水。第四天清晨，他从昏睡中醒来。耗尽食物后他已两天没吃到一口食物一滴水。在这偏僻的山谷没有人会来，他很清楚再这样下去只有死路一条。

唯一的希望是只能自救。拉尔斯顿想到了自己包里的袖珍小刀。没有任何麻醉药剂和药片，他咬紧牙关肢解自己的右臂。鲜血顺手臂汩汩流下，在肉体的巨大疼痛中他昏了过去，不一会儿山风吹醒了他，他神志清醒将肘部以下的右臂割断后用绷带将自己的手包扎后企图把断臂从巨石下取出来，他失败了，手臂上血流不止。无奈之下他舍弃断臂用左手拉住登山索缓缓滑下山谷。

他不能骑自行车，只好护着手臂向谷外走去。巨大的疼痛和极度的虚弱使他感到天旋地转，他很清醒如果停下来没有人会发现他。他咬着牙沿着河谷走了很长的一段路。最后两名登山者发现了他，拨打了急救直升机的电话。

其实，就在他自救的几天时间里他的朋友动用直升机搜索他，无奈他太隐蔽了，都没有被发现。值得一提的是他被送进医院时，他居然谢绝了别人的帮助自己走向急救室。

现在拉尔斯顿这个名字像长了翅膀一样飞遍美国各地，他已成为英雄的象征。

这个新闻故事使我的心久久不能平静。在绝境中拉尔斯顿与死神较量了整整五天，他没有坐以待毙，更没有悲观失望怨天尤人，他只是忍着肉体的巨大痛苦与厄运较劲、与死神掰手腕。绝境中他肉体的力量一天天少了，而信念的力量却随着痛苦不断增加。大难临头除了本能的求生欲望，是什么支撑拉尔斯顿赢得了生命？

你高昂信念的头颅，死神会收敛狰狞的面目；你举起意志的旗帜，厄运会放下企图打败你的道具。原来，死神也怕你拿起信念的小刀，抛出意志的绳索，向他身上开刀。

黏合想象的碎片

⊙胥加山

在孩子想象的世界里，不缺少天才。缺的，是大人对"天才"们的宽容和鼓励。

妻和儿子在家打扫卫生，儿子不慎把我的一件获奖水晶工艺品打碎了。随着一声"啊"的惊叫，我匆忙丢下手中的活儿，赶到现场。只见五周岁的儿子慌张地拾起地上的残碎片，又急急地找来胶带纸、胶水，试图把一片片碎片黏合成原样。我一时气极败坏，冲妻和儿子发了一通火——你们别在这儿添乱了！见儿子还在傻傻地拾起地上的碎片，我一把拉开他，气愤地说，小心碎片再伤了手！或许儿子仍在恐慌中，他没有被我的话语吓醒，一边继续收拾地上残余的碎片，一边喃喃自语——我一定要把它粘成原样。见儿子如此固执，我愤怒地朝他小屁股两巴掌。

或许妻看不过我的过激行为，她怯生生地劝我，反正碎了，即使打哭了孩子也复原不了，就让儿子自己黏合碎片聊以自慰吧，说不定，对他将来的人生也有点启迪。我根本听不进妻的劝言，随手推倒儿子刚黏合的几片大碎片，儿子吓得往后一退，"啊"的一声哭开了。

妻见我有点过分，她强硬地把我拉于一旁，说要给我讲一个外国小孩打破瓶子的故事，我没好气地回她一句，你尽信书，则不如无书，看儿子被你教育成啥样子！妻没有和我理论，她平静地讲起了故事——

一个美国小男孩，家中十分窘迫，但小孩十分聪明。一天，小男孩在家帮母亲搞卫生，突然，一没留神把家中唯一的传家宝——一件古瓷花瓶,打碎了!他的母亲见之,只是一愣,而后帮孩子收拾残片。小男孩的心,也痛苦极了,他向母亲保证,决定想尽办法要把古瓷瓶"复原"。

母亲以为小男孩一时因害怕而脱口说出一句搪塞话,可当她把碎片准备拿到市场作低价处理时,小男孩却拽住母亲说是碎片给他留下,他一定要使它"复原"。

母亲依了小男孩。在以后的日子里,小男孩时常倒出一袋的碎片,独自关在房间里,试着用树胶、角胶、蛋清黏合碎片。在他上大学前,他先后试了几十种胶,也未达到理想的效果。

大学毕业,他又用了两年的时间,最后终于造出了他想要的黏合剂。

经他精心研制的黏合剂,不仅将他儿时打碎的瓷瓶粘成原样,就连他的母亲看到复原的瓷瓶也不相信这是真的,简直是个奇迹。后来,他将这种黏合剂申请了专利,从中发现这种黏合剂在市场上具有巨大的商机。后来,他注册了公司,专门从事黏合剂的研制生产。

公司成立后没几年,他又推出新发明的黏合剂,用这种黏合剂黏合瓷片,黏合处的强度大大超过了瓷片本身,而黏合的痕迹几乎无法用肉眼看出来。这种黏合剂被用来修复各种破损的古瓷品文物起到极佳的效果,仅此种黏合剂就为公司赢得了最可观的利润。

这位曾经打破瓷瓶的小男孩,就是芝加哥最具影响力的大公司之一的BBK公司的创始人之一——巴比克。

听完妻讲的故事,我一下子怔住了,巴比克因为瓷瓶被打碎了而成为巨富,若是巴比克儿时没有曾经打碎瓷瓶的经历,他肯定难以成就今天的财富。

而眼前的儿子也喃喃自语着和巴比克当初打碎瓷瓶同样的誓言——我一定要把它恢复原样。虽说,我乍一听儿子的想法有些天真,但巴比克的成功又使我蓦然发觉——儿子具有天才的素质。

在孩子想象的世界里,不缺少天才。只是我们成人的思维,一次次无情地扼杀了孩子黏合理想碎片的念头。

每个孩子都是天才，试着呵护你的孩子，让他生长在一个黏合想象碎片的空间里，古瓷器、水晶品碎了不要紧，要紧的是我们千万别击碎孩子心灵中的想象力，因为孩子的每一份想象力，若干年后，都能黏合出一种奇迹。

别怕，黑暗一捅就破
⊙朱成玉

困难和阴霾，往往在人为的想象里强大，如果我们稍微动一下手，那些黑暗，就会被捅破。

那时，我正在经历人生的低谷。坐在我对面的命运，像一个高深的弈者，总能识破我的一招一式，令我节节败退，四面楚歌。

由于决策上的失误，公司面临重大的危机。我召集公司所有的智囊商量对策，但没有一个人，能走出一步好棋。

我吩咐秘书推掉所有的电话，我把自己关在一个漆黑的屋子里。为了防止自己的崩溃，我放着比较轻松的一首曲子。尽管如此，我依然感到了一种大难临头的恐惧。

老父亲知道了我的困境，把自己辛辛苦苦积攒的养老钱全部拿了出来，让我解解燃眉之急。那点钱对于我的公司来说，无异于杯水车薪。

父亲在外面敲门，敲了足足有个把钟头，我依旧无动于衷。父亲急了，用拳头一下子砸碎了玻璃，光亮一下子就照了进来。

我给父亲包扎手上的伤口，父亲说，黑暗不可怕，你看，我一拳头就把它砸跑了吧。我知道父亲话中隐含的意思，我们同时想到了很多年前的一件往事。

那时候我还很小,好像只有八岁。由于在政治上和苏联交恶,战争似乎一触即发。全国上下都在忙着备战。我们家里买了一大口袋饼干,以应不时之需。有一天,广播里通知说,敌机很有可能在夜里飞过我们城市上空,为了防止被敌人的飞机看到可以袭击的目标,各家各户都不准点灯,窗户上要糊满纸,不能有一点光亮。

那个夜晚,所有的房子里都黑着,到处都是黑黢黢的,阴森而恐怖。

大人们聚到院子里,忧虑地望着天空,甚至连烟卷都不敢抽,空气紧张到极点。我们则躲到了屋子里,大气不敢出,更是紧张得要命。父亲说,别怕,黑暗马上就过去了。为了缓解我们的紧张情绪,他给我们讲一个个轻松的故事。渐渐的,我们不再那么害怕了。警报解除的时候,院子里的人们点起了篝火庆祝。父亲用手指捅破了窗户纸,火焰一下子照亮了我们。父亲说,看,黑暗并不可怕,它一捅就破。

父亲并未给我带来智慧的"金点子",帮我力挽狂澜,渡过难关,但父亲为我带来了一根乐观思想的拐杖,使我不至于摔倒,使我在如潮的黑暗中看到了那召唤人心的丝丝曙光,使我坚定了信心,和公司的所有员工一起,节衣缩食,艰苦奋斗,终于度过了最为艰难的一段时期,使公司又重新走上了光明之路。

每个人的人生都会或多或少地经历一些黑暗,面对那些黑暗,亚瑟王悲观地说:"我不相信有天堂,因为我被困在这个地狱的时间太长了。"泰戈尔却乐观地说:"如果黑暗中你看不清方向,就请拆下你的肋骨,点亮作火把,照亮你前行的路。"

这些话,都是后来在书本上看到的,都是名言。而比这些名言更让我记忆深刻的,永远是父亲那句朴实的话:别怕!黑暗一捅就破。

第一百零一次

⊙李雪峰

　　成功其实很简单，被别人击倒了一百次，只要你能第一百零一次地站起来！

　　阿里刚刚走上拳坛时，年轻气盛，自恃臂力过人，骄傲地纷纷给十几位拳坛老将下书挑战，发誓自己要秋风扫落叶般地一一把他们从拳台上击落下来，一举实现自己梦寐以求的重量级拳王梦。

　　但令他始料未及的是，那些曾经纵横拳坛的老将们并没有像阿里想象的那样个个不堪一击，他们步法矫健、机敏沉着，防守稳固，出拳又奇又猛，往往几个回合，就用暴雨般的重拳，把阿里击打得晕头转向、头破血流，倒在拳坛上奄奄一息，再没有爬起来的力量和勇气。阿里十分气馁，他沮丧地对教练和朋友说："没想到这些对手是这样的凶猛和剽悍，我没有信心再同他们交锋了。"

　　教练看着垂头丧气的阿里说："小伙子，你绝对有同他们一决高下的能力，但你缺乏的是坚韧和勇气。"

　　阿里不解地说："我还能有什么勇气呢？他们三几个回合就把我打得骨头跟断了似的，连爬起来的力气都没有，我还有什么勇气和他们再战下去？我还有什么勇气取胜呢？"

　　教练拍拍阿里的肩胛说："你这里有的是用不尽的力量，但你缺乏的是倒下去后，再用它把自己有力地重新撑起来！"又一次走上拳坛时，阿里很快又被对手重重地击倒了，裁判蹲在阿里的耳边倒数"十、九、八、七……"裁判想，这个小伙子肯定还和以前一样，被击倒就再也不能爬起来了。但当裁判就要数到"一"时，吃惊地发现阿里竟用双臂一撑，摇摇晃晃地站起来了，他用拳套轻轻拭掉嘴角的血，深深地吸了一口气，定了一下神，抬起双臂，又和对手擂击起来。但几个回合后，他又被击倒了。这次，他没等裁判倒数到五，就又轰然站起来了。

不到一年，阿里这个默默无闻的小伙子，就纷纷击败了各路拳坛名将，独步拳坛，成为享誉世界的一代拳坛泰斗。

阿里功成名就后，许多初涉拳坛遭遇挫败的年轻拳击选手纷纷登门向阿里讨教取胜的秘诀。阿里微笑着向他们传授说："成功其实很简单。"许多选手都很不解。

阿里问他们说："如果你被击倒了一百次，你怎么才能成功？"很多人都摇摇头。

阿里说："就看你们自己能不能第一百零一次地站起来，如果你不能再站起来，那你肯定无缘于胜利和成功；如果你能站起来，那么最后的胜利和成功都肯定会属于你！"

是的，成功其实很简单，被别人击倒了一百次，只要你能第一百零一次地站起来！

没有一种冰不被自信的阳光融化

⊙马国福

我们度过了最寒冷的时候，幸福的阳光每天都慷慨地洒在我们身上，我知道，没有一种冰不被自信的阳光融化。

多年前，那时高考很不容易，在我的故乡一个城市里的学校有50多个学生的班上能考上10个就很不简单了。一个落后的村庄更就说了，一年考大学的十几个人中间只有一两个人如愿以偿。

我上高三的第一年名落孙山，从此一蹶不振，整天浑浑噩噩，像一棵蔫了的草。一张没有带给我荣耀的成绩单将我隔离在理想世界之外。当时我一气之下想撕碎课本，认命与庄稼为伍，从此不再读书。但父亲一直是乐观的，他没有责怪我，默默地拉住我的手，说："孩子别这样，东方不亮西方亮，人活一世三十年河东三十年河西，没有过不去的坎，再复读一年吧，哪里的麦地不长庄稼？"

那段时间我每天陪着父亲下地挖蒜、割麦、翻地。休息的时候，父亲总是以他的农村哲学给我灌输诸如"车到山前必有路""留着青山在，不怕没柴烧"，但他从不提及落榜之类的字眼，我知道他在忍受着内心的疼痛强装笑颜小心地呵护着儿子可怜的自尊。我在内心深处用消极生活的态度筑起的壁垒被父亲的安慰一点点瓦解、崩溃。我可怜的父亲就像一头永不知疲倦的黄牛，一边在生活的阡陌上耕耘着那几亩并不肥沃的土地，一边在生命的田野上守望着我们这些因一时的风雨而倦怠、叹息的庄稼。

暑假过去了，新学期我卷起书本又重新加入到千军万马挤独木桥的行列之中。送我上路的那天，他特意刮了胡子，将脸洗得干干净净，穿了一身平时不怎么愿意穿的新衣服。我知道他是想以这种新的面貌暗示他的儿子，希望他以新的成绩来回报他全新的期待。我上车了，他只说了一句："你肯定能行的！"车开动了，车窗外九月的阳光将父亲结实的身影照耀得格外高大，我鼻子一酸，几乎掉泪，但强忍着没有让脆弱的泪水掉下来。父亲如此相信他的儿子，我还有什么理由不自信呢？

高三的学习是很紧张的，每当想偷懒时我总是不由得父亲的那句话"我相信你肯定能行的"！于是奋起、埋头、苦学。那年寒假期末考试我考得并不怎么理想，回到家里我如实相告自己的成绩，父亲说没事的。我尽可能多地帮父亲多干一些农活，以洗刷因学习的失误带给父亲的痛苦。

有一次在河边干活，累了，我和父亲坐在河边的一块大石头上，父亲抽烟，我埋头，一脸的心事。看着河面上结得厚厚实实的冰，父亲突然问我："你知道冰什么时候会开始融化？"我不知他为什么要问这么简单的问题，脱口而出："天气变暖，气温升高的时候。"父亲笑了，一脸的执著："不，孩子，你错了。冰看似在一夜之间融化，但实际上是在很早以前，从最寒冷的那一天开始，冰已经融化，只是没有人注意到。你的失败不就是暂时的寒冷吗？没有一种冰不被自信的阳光融化，其实只要你自信，这失败的冰早就融化了。"夕阳的余晖洒在父子身上，脚下看似坚硬厚实的冰在水的起起伏伏中一点点融化。真的，仔细观察确实如此。父亲的意思我懂。

那年七月我被西安的一所重点大学录取，印证了父亲说的那句话"冰实际上是从最冷的那一天开始融化的"。现在，我们度过了最寒冷的时候，幸福的阳光每天都慷慨地洒在我们身上，我知道，没有一种冰不被自信的阳光融化。

我不想拆掉你的翅膀

⊙朱成玉

有时，拒绝会拯救一颗即将失去尊严的心，让他重新插上自尊、自强、自立的翅膀。

他是个不到20岁的年轻人，一个文学爱好者，带了厚厚的一大本他自己写的文章，赶了很远的路，就为了来拜访我，希望能够得到我的一些指点。

他和我说，他是攒了好多天才攒够了来看我的路费，路上都不敢吃什么东西，怕把回去的路费吃掉了。说到这，他羞怯地低下了头。

我为这个虔诚于文学的小伙子感动着,拿毛巾给他,他一边擦汗一边羡慕着:"您的工作可真好,多么宽敞漂亮的办公室啊!"

我说,好好写你的文章,你也会有这样的办公室的。

我带他去食堂吃过饭后,他一再地掏出他口袋里的一些零钱,对我说:"囊中羞涩,不好意思,第一次来什么也没给您带,您不会见怪吧?"

我见过富人显富,却没见过穷人显穷。

怎么会呢。我拍着他的肩膀,劝他不要想那么多。

我看了他写的那些文章,华丽有余而力量不足,但总体的文字基础还是不错的,如果坚持下去,定会有不小的收获。我的褒奖显然增添了他的自信,他说他一定会加倍努力,一定要写出个名堂来。我给他留了电话号码,告诉他有什么事情可以随时来找我。他接过我的名片,手有些抖,满怀感激的样子。

天有些晚了,我不停地看着手表,示意他应该走了,不然会赶不上回去的车了。他大概也看出了我的担心,说没事,回去的车有的是,就是黑天了也有。然后,他就有些不好意思地说:"能不能再到食堂里吃顿饭啊,那样,在回去的路上我就可以不吃东西了。"

当然可以啊。我爽快地领他去食堂,让他吃了个饱。然后又替他打了满满的一盒饭,让他带着在路上吃。在办公室里,他看到地上堆了很多纸张,向我索要,说反正您这里这么多,我也可以用它们多练笔写东西。我就找了个袋子,帮他装了些洁白的纸张。心里却忽然有了一种说不清楚的感觉,令我的热情骤减。

他再一次感激涕零,发誓一定要写出好作品。

临走的时候,他又一次掏出他的那些零钱,不厌其烦地说最近手头拮据,什么都没给我带,让我不要怪他。我知道,他这是在暗示我替他买一张回程车票。

钱就在我的口袋里,但这次,我没有掏出来。

他和我说,有一次在车站,他没钱买车票,就向别人开口要,没想到有一个好心的人很慷慨地给了他50元呢。

他一再地暗示我,就差没有开口向我要钱了。可我依然装聋作哑,无动于衷。

口袋里的钱被我握成了一个纸团。我知道,我不能把它交到他的手上,那样,它真的就成了一团废纸,没有尊严的废纸。

他用一种很奇怪的眼神看我,或许他觉得我是个吝啬的人,但我必须那样做,我只是不想让他养成一种过分依赖别人施舍的习惯。

对于一个羽翼未丰的年轻人来说,别人每施舍一次,就等于拔掉了他的一根羽毛。所以我不能施舍他,哪怕是小恩小惠,也等于是在慢慢拆掉他的翅膀。

"我也有过贫困潦倒的时候,"我想有必要和他讲讲我自己的故事,"那一次也是在车站,自己口袋里的钱不够买车票。但我没有向别人讨要,而是去杂货店买了一管鞋油和一个鞋刷,在车站帮别人擦鞋,擦一双鞋一元钱,一共擦了五双鞋,可是还不够买全程的车票。我就买了短途的票,然后在车厢里继续给别人擦鞋,一站又一站,如此反复。就这样,我擦了一路的鞋,也买了一路的票,终于到了家。"

他低着头,又一次羞红了脸。我感觉到了,这一次,是他灵魂里的羞愧。

有时候,拒绝也是一种帮助。因为我不想,拆掉你的翅膀。

在这之后的几年里,我们互相通信,保持联系,我常常在信中鼓励他坚持下去。现在,他在当地已经小有名气,而且被当地文联破格录用,他也有了和我一样宽敞漂亮的办公室。他在给我的来信中真诚地表达了他的感激之情,他说:"我之所以能有今天,都是因为您的那一次'拒绝',拯救了一颗即将跌落山谷的尊严的心。感谢您,让我拥有了一双自尊、自强、自立的翅膀。"

第四辑
感谢那些看不起我的人

更多的时候,人生的失败实际上就是观念的失败,人的悲剧本质上就是不能超越自我的悲剧。

——马德《亲自叩响机遇之门》

黑暗里的珍珠

⊙朱成玉

> 学会借力打力，借着黑暗的力量打败黑暗，从而在黑暗中把自己提炼成一颗珍珠。

台湾之旅，认识了一种叫莲雾的水果。它们原来生长于印度和马来半岛，后来被荷兰人移植到台湾。莲雾，莲瓣上的雾露，且不论它的味道怎么样，单单这诗意的名字，便足够让人垂涎三尺了。它如同莲蓬，但通体的颜色是粉红色的，就如同粉红的荷花儿瓣，外形像是一个挂着的铃铛，再仔细看，又如同婴儿的紧握的小手，所以我的同行们有几个居然不敢吃，大概就像唐僧不敢吃人参果一样吧。

莲雾也分好几种，近来出现了一种叫"黑珍珠"的莲雾。它比一般的莲雾更甜、更脆，在任何地方都卖得很贵。为什么会有黑珍珠莲雾呢？那个种莲雾的人告诉我们，有一个人把莲雾种在离海岸不远的地方，有一次刮台风的时候，海啸冲上来，冲到他的莲雾田里面。那一天他心里又沮丧又难过，想到他的莲雾一定都死掉了，因为海水涨上来，地都变成咸的，理论上莲雾一定会死的。结果，莲雾不但没有死，那一年生产的莲雾反而特别的甜。奇怪，原因在哪里？他就想，可能是因为海水的关系，是不是可以把莲雾田再往前推向更靠近海的地方？

他动了这样的意念，便把莲雾田移向更可以感受到海水和海风的地方，结果没想到莲雾真的都变得很甜，而且硬度也比一般的高，附着力也很够，就是因为它要对抗海风的缘故。

这件事给了我们一个很好的启示：一个人如果可以对抗不好的、黑暗的、恶劣的环境，说不定就可以在心里也长出如黑珍珠莲雾一般，更坚强、更甜美、更能够抗拒任何困厄的力量。

此外，我们还认识了一种"港口茶"，这种茶也是种在海岸上，它的茶叶比平常的乌龙茶叶大一倍，而且也厚一倍，摘下来时好像仙人掌一样。这种茶叶很特别，因为它生长的土地充满了盐分，它要与这种盐分抗争，所以就长得像仙人掌一样；而它为了要忍受海风的侵蚀，所以味道也非常强悍。恶劣的环境可以考验一棵植物，恶劣的环境当然也可以考验一个人！当我第一次喝到港口茶的时候，心里就非常震动，这么好的茶居然都没有人知道。

这就是苦难的力量，能摧毁人也能锻造人。当我们的人生不得不面临一些黑暗的时候，我们不能一味地躲避，蜷缩进气馁的墙角，苟延残喘。我们要学会借力打力，借着黑暗的力量打败黑暗，从而在黑暗中把自己提炼成一颗珍珠。

再等一天

⊙周海亮

> 有些时候，等待不是软弱，而是对信念的相信。善于等待者，会有一个美丽的未来。

他下了决心，要在那个周末，结束自己年轻的生命。他知道自己是那样脆弱，可是没有办法，一切，都那么无奈和伤心。

高考落榜，女友离去，职位被炒，应聘失败，生活不断跟他开着恶意的玩笑，摧毁着他可怜的信心。他一点点地变得穷困潦倒，颓废不堪。一个月前，他去应聘一家大公司。他把那当成最后的希望。假如应聘成功，他想，生活还可以继续；假如失败，那么，他将选择自杀。

并不是他把那个职位看得多么重要，而是他害怕再一次失败的感觉。清晰的、刻骨铭心的、世界变得灰暗寒冷的感觉。那种感觉，他太过熟悉。

他脆弱的神经，已经不能承受任何最轻微的打击。

可是直到两天前，他也没有收到那家公司寄来的录取通知。那是最后的期限，显然他已经被淘汰了。这是致命的失败。

母亲周末才能回来，他写好了遗书，放在茶几上。想了想，又放进写字台的抽屉。他不想让母亲过早发现他的遗书。他去意已决。

他把生命的终点，选择在一个遥远的风景区。他坐上火车，咣咣当当，直奔那里而去。一路上他什么也没有做，只是蒙头大睡。也有睡不着的时候，他就把打开的手机关掉，再打开，再关掉，再打开。他不知道自己还在等待什么。是啊，一个临死的人，还有什么可以等待的呢？

他在清晨接到母亲的电话，那时他刚刚醒来，正倚着列车的窗口发呆。他看到熟悉的电话号码，眼泪一下子涌出来。他想还是接吧，听听母亲的声音，也让母亲听听自己的声音。可是他想，不管如何，不管母亲如何劝他，他也不会回去。

他不想面对失败。但他可以面对死亡。

母亲说你在哪里，怎么不回家？他说有事吗？母亲说那个公司的录取通知刚刚寄来，她刚刚帮他签好了名字。他说真的吗？母亲说这还有假？他说你去过我的房间吗？母亲说去过。他说你在我的房间里发现到什么吗？比如一张字条。母亲说什么字条？你怎么了？他说没什么。我马上回来。

他相信，母亲没有骗他。或者，即使母亲在骗他，当他发现事情的真相，也会坚持自己的选择——结束生命。只不过，将会把时间推后几天而已。

他在下一个小站下车，然后直接登上返程的列车。两天后，他真的从母亲手里，接过那张录取通知。于是他去那家公司上班，涨薪，升职，心情变得越来越好，跳槽，开办自己的公司，一路走下来，事业越做越成功。

他一直保存着那张遗书。直到某一天，他把它拿给自己的母亲看，他说，我是死过一次的人了……如果，没有那张及时的录取通知……

母亲笑笑，看过了。她说。

他愣住。

母亲说，那天在你的抽屉里，看到的。其实那天，并没有录取通知，可是，我仍然打电话给你……

可是那张录取通知，却是真的啊！他说。

当然是真的，母亲说，只不过，通知是在我打完电话后的第二天中午才寄到的。那时候，我正在考虑，你回来后，我如何开导你，才能打消你轻生的念头……

母亲的话，让他后怕不已。他想，假如母亲不用一张虚构的录取通知骗他回家，假如在他回家时，那张录取通知仍然没有寄来，那么，他将肯定选择结束自己的生命。他知道年轻时的自己，冲动并且脆弱。

可是他仍然活下来，只因为，他多等了几天。这几天里，因为一张录取通知，一切峰回路转。

其实一切都没有改变，包括路途中的录取通知。改变的，不过是他的生活，以及心情。

所以，有时候，当你面临绝境，接近崩溃，当你心灰意冷，打算舍弃一切，这时候，不妨再等几天，哪怕仅仅一天。说不定，一切都会好起来。

亲自叩响机遇之门

⊙马 德

每个人的观念与自己的成败有很大关系,很多时候,人生的失败实际上就是观念的失败。

卡罗·道恩斯原本是一家小银行的职员,但他后来放弃了在别人看来安逸其实并不适合自己的职业,接受了杜兰特提供给他的职务。当时,杜兰特开了一家汽车公司,这家汽车公司就是后来声名显赫的通用汽车公司。

任职六个月后,道恩斯觉得自己可以试试能否升迁,于是就向杜兰特提交了一份问卷,他想了解杜兰特对自己工作优缺点的评价。这份问卷的最后一个问题是:

我可否在更重要的职位从事更重要的工作?

杜兰特对前面几个问题没有作答,只就最后一个问题作了如下批示:

现在任命你负责监督新厂机器设备的安装工作,但不保证升迁或加薪。

杜兰特同时给了道恩斯一套施工的蓝图,说明了机器安装的位置,并要求"你要依图施工,看你做得如何"。

这时的道恩斯对于蓝图一无所知,实际上他未接受过任何这方面的训练,但他明白,这是个绝好的时机,不能轻易放弃。

道恩斯没有丝毫慌乱,找到相关的人员后,做了认真的分析和仔细的研究。他很快就弄明白了这项工作,后来又自掏腰包安装好了机器,并提前了一个星期完成了公司交给他的任务。

当他向杜兰特汇报工作时,在杜兰特屋子的旁边突然发现一间办公室，上面写着：卡罗·道恩斯总经理。

杜兰特告诉他，他已经是公司的总经理，而且年薪在原来的基础上后面添了几个零。

"给你这些蓝图时，我知道你看不懂。但是我要看看你如何处理，结果我发现，你是个领导人才。你敢于直接向我要求更高的薪水和职位，这是很不容易的。我尤其欣赏你这一点，因为机会总是垂青主动出击的人。"杜兰特后来对卡罗·道恩斯说。

平庸的人只会等着机遇来敲门；聪明的人懂得为自己造许多扇门，等待机遇去敲；智慧的人所做的又完全不同于前两者，他敢于亲自登临机遇的府第，坚定地叩响机遇之门。

现实生活中，我们太想在谦恭的等待中被"伯乐"发现，而不愿意"毛遂自荐"，走出一片崭新的天地，有时尽管才华横溢，也只能在无谓的等待中消耗殆尽。所以更多的时候，人生的失败实际上就是观念的失败，人的悲剧本质上就是不能超越自我的悲剧。

舍不得喝矿泉水的巨富

⊙崔修建

辉煌的人生不仅要创造巨大的物质财富，还要给社会留下丰厚的精神财富。

他是香港巨富，几十年来，他为教育、医疗和交通等公益事业捐资十亿多港元，捐建了近300所大中小学校，捐建了1150多间乡村学校图书室。他把自己名下80%以上的资产都捐了出来，成为中国捐资比例最高的富豪。他甚至低价卖掉了自己的别墅，只为早日在贫困地区再建几十所学校。

15岁，他的父亲去世；16岁，他辍学担起振兴家业的重任。18岁，他乘货船由汕头经香港，前往越南西贡建立公司，从事瓷土生意；后来又转至印度尼西亚，投资橡胶工业；1958年，他到香港开始新的创业：生产人造皮革。经过半个世纪的不懈打拼，田氏家族成为东南亚最大的人造皮革生产商。

谁都不会想到，他这位富豪每次外出，随身携带的竟是一个"洪福堂"牌夏枯草饮料的塑料瓶，里面装着最普通的白开水。无论是接待重要的客人，还是参加商务活动，他都坦然地喝着这种自备的"简易饮品"。

一次，在北京机场的候机大厅里，一位记者看到他手里拎着半瓶矿泉水，迎上前去问他："是什么品牌的矿泉水让您那么喜欢，下了飞机还舍不得扔掉？"

他笑着回答："我可舍不得喝矿泉水，这是我从香港家里带来的白开水。"

细心的记者发现，他那个矿泉水瓶走到哪里带到哪里，而那里面装的只是白开水。

他说自己是"孤寒鬼"（吝啬鬼），对自己特别刻薄，舍不得花钱。他出门自己带香皂，不轻易用一张纸，出门搭公车……他坦然地向人们说："我看到一个瓶子，就好像看到这个瓶子后面有十个、二十个人在为这个瓶子劳动的身影，所以不忍随意地消费。"

年老后，他到各地捐资助学时，每到一地，必带上他从事实业的某个儿子，而且，这个儿子还要完成一个重要任务——在父亲吃不完东西的时候，替父亲吃掉剩下的饭菜。

帮助了成千上万的人，晚年却住在不大的公寓楼里的他，不无自豪地说："八十多岁了，连房子也没有，私家车也没有，每天坐公车，像我这样厚脸皮的人基本找不到了。"

当有人赞叹他是伟大的慈善家时，他谦逊地笑笑："我只是做了我觉得应该做的事情，做慈善当然需要钱，但更需要有一颗慈善的心。"

他是茫茫人海中的一员,一个舍不得喝矿泉水却为慈善事业捐资数亿港元的巨富,他的名字叫田家炳。浩瀚的星空中,有一颗很多人不知道的小行星被命名为"田家炳星"。

田家炳以自己传奇而朴实的人生故事,向我们诠释了一种辉煌的人生——不仅要创造巨大的物质财富,还要给社会留下丰厚的精神财富。

成功需要多长时间

⊙李雪峰

> 成功其实不需要太长的时间,用上你发呆或喝咖啡的时间已经足够了。

两个年轻人酷爱画画,一个很有绘画的天赋,一个资质则明显差一些。20岁的时候,那个很有天赋的年轻人开始沉醉于灯红酒绿之中,整天美酒笙歌醉眼迷离,丢掉了自己的画笔。

而那个资质较差的年轻人则没有。他生活虽然极为贫困,每天需要打柴、下田劳作,但他始终没有丢掉自己钟爱的画笔。每天回来得再晚、再累,他都要点亮油灯,伏案在破桌上全神贯注地画上一个钟头。即使在他做木匠走村串户为别人打制桌椅床柜的时候,他的工具箱里也时刻装着笔墨纸砚,休歇的短暂间隙、行路时的路边稍坐,他都会铺上白纸,甚至以草棍代笔,在泥地上画上一通。

40年后,他成功了,从湖南湘潭一个名不见经传小镇上的一介凡凡木匠,成了声蜚世界的画坛大师,这个人就是齐白石。

齐白石成功后,曾和他一起酷爱过绘画的那个年轻人到北京来拜访过齐白石，不过，他同自称"白石老人"的齐白石一样，已经是个年过六旬老头了，俩人促膝交谈，齐白石听他慨叹美术创作的艰辛和不易，听他述说对自己从事绘画半途而废的深深惋惜，齐白石听完莞尔一笑说："其实成功远不如你想的那么艰辛和遥远，从木艺雕刻匠到绘画大师，仅仅只需要四年多的时间。"

"只需要四年多一点？"那个人一听就愣了。

齐白石拿来一支笔、一张纸伏在桌上给他计算说：我从20岁开始真正练习绘画，35岁前一天只能有一个小时绘画的时间，一天一小时，一年365天，只有365小时，365小时除以24，每年绘画的时间是15天。20岁到35岁是15年，15年乘以每年的15天，这15年间绘画的全部时间是225天；35岁到55岁的时候，我每天练习绘画的时间是2小时，一年共用730小时，除以每天24小时，总折合是31天，每年31天乘以20年合计是620天；从55岁至60岁，我每天用于绘画的时间是10小时，每天10小时，一年是3650小时，折合152天，5年共用760天。20岁到35岁之间的225天，加上35岁到55岁之间的620天，再加上55岁到60岁时的760天，我绘画共用1605天，总折合4年零4个月。

4年零4个月，这是齐白石从一个乡村懵懂青年成为一代画坛巨匠的成功时间，很多人对齐白石仅用了4年零4个月的成功时间很惊愕，但何须惊愕呢？其实成功离我们每个人并不远，成功也不需要太长的时间，只要你坚持，只要你勤奋，成功的阳光便很快会照射到你忙碌的身上。

不要畏惧成功的遥遥无期，成功其实不需要太长的时间，用上你发呆或喝咖啡的时间已经足够了。

微不足道的人生目标

⊙孙道荣

人生只要有目标，尽管有时微不足道，但是有了它，我们就不会失去方向，就会有无穷的动力。

52岁那年，她被查出得了急性淋巴性白血病，生命霎时进入了倒计时。

躺在病床上，面临随时可能骤然而至的死神，她梳理了一下自己的人生，突然发现，自己还有很多事情没来得及做。可是，没有时间了，已经没有时间了。曾经的理想、梦想、幻想，都变得异常缥缈。看着守候在病榻前的儿子，她在自己心中许下了一个心愿：坚持活到儿子结婚那一天。儿子和女朋友的感情很好，原本商量好国庆节时结婚。离国庆还有五个多月，她希望自己能够坚持到那一天。

化疗，呕吐，大把大把的头发掉落下来。她咬着牙，坚持。医生说，只要能坚持两个疗程下来，就有希望。一个疗程两个月，两个疗程就是四个月，那时，离儿子的婚期就很近很近了。

国庆节前，在医院整整治疗了五个月后，她出院了。虽然刚刚经过两个疗程化疗的身体，非常虚弱，她还是坚持参加了儿子的婚礼。儿子的婚礼朴素而热闹。当司仪让幸福的小夫妻俩向父母鞠躬致谢时，她的眼睛湿润了。那一刻，她的心中，又埋下了一颗希望的种子：熬到孙子出世那一天，要是能够看一眼自己的孙子，那就死而无憾了。

三个月后，她再次住院，接受巩固化疗。更严重的反应，翻江倒海的呕吐，化学药水将她整个口腔都烧烂了。但她坚持让老公给她熬稀饭，喝下去，吐出来，再喝。她知道，要想战胜病魔，就必须吃进去食物。儿媳妇的肚子，一天天大起来。她不让她到医院来，怕对腹中的胎儿不好。虽然有时会长时间见不到儿媳妇，但从儿子的描述中，她一遍遍想象着挺着大肚子的儿媳妇的样子。

她又成功了，熬到了孙子出生的那一天。儿子从妇产科医院赶到她住的肿瘤医院，给她报喜，是个孙子，她的眼泪，情不自禁流了下来。这一天，多么来之不易啊！

很快，她再次走出了医院。医生告诉她，病情暂时稳定了，只要每半年来复查化疗一次，就可以了。

回家的路上，她的心，再一次蠢蠢欲动，她对家人说出了自己新的心愿，争取活到孙子能亲口喊她奶奶那一天。她笑着说，我是不是太贪心了？家人都鼓励她，一定能实现这个心愿。

是的，她再一次实现了自己的心愿。在大人们的调教下，孙子学会的第一个词，竟然是"奶奶"，虽然喊得含含糊糊，一点也不清晰。而她的答应声，响亮、有力、幸福，一点也不像个病人。

接下来，她的心愿是，活到孙子上幼儿园那一天。

紧跟着的心愿是，能看到孙子背着书包，高高兴兴去上学。哪怕自己不能像别的奶奶那样接送。

这几年，她的心愿是，儿子和女儿都能买一套不错的房子。

她的每一个心愿，都很渺小，却是她一个又一个人生目标。她说，自从得病之后，自己就是一个随时走在死神身边的人，她怕稍稍远大一点的目标，死神都不让她去实现。目标就在眼前，她一步步艰难地熬了过来。

她是我的岳母。13年前，她在死亡线上挣扎至今。她一点一点实现了一个又一个小小的却让她幸福无比的心愿，也创造了生命的奇迹。

我的一个邻居，孩子从小被查出患有自闭症，八岁了，还从来没有喊过她一声妈妈。她带着孩子四处求医，帮他找最好的老师，她唯一的心愿就是，他能够走出封闭孤独的世界，像其他正常孩子一样，喊她一声妈妈。听自己的孩子喊自己一声妈妈，这是多么渺小多么卑微的一个心愿啊，却是她最大的人生目标，这个人生目标，微不足道，却令人感怀。

人生只要有目标，就不会失去方向，就会有无穷的动力。

侍弄生命的人

⊙马 德

每个人相对于命运，主动权都握在自己的手里，只有屈服于命运的人，没有失败于命运的人。

有这样一户人家，在那个特殊的年代里，被迫从城里流落到乡下。朋友们送他们走的时候，都落了泪。从小在城里长大的夫妻俩，手无缚鸡之力，除了满脑子的学问外，几乎什么农活都不会做。更要命的是，他们的一对小儿女刚刚牙牙学语。一家人该怎么活啊，望着他们远去的背影，朋友们都很担心。

几年过去了，城里的朋友决定去遥远的乡下看看这一家人。在朋友们想来，这家人一定生活得很凄惨。于是他们凑了一些钱，到商店里买了足够多的东西，大大小小装了许多包，开始朝一个叫圪塄营的村庄出发。

汽车在坑坑洼洼的土路上颠簸了很长一段时间，才到了圪塄营。这是一个荒凉的小村庄，没有几户人家。轻轻地进到屋里，朋友们都惊呆了。只见他们一家人围坐在一张破旧的八仙桌旁，桌上，是新沏好的茶水，一缕淡淡的清香飘散在空气中。丈夫、妻子、儿子、女儿，四口人每人手里捧着一本书，在这样一个初夏的午后，正静静地埋头读着。

朋友们都知道，原先在城里的时候，男人和妻子就有着这样一个习惯：每天午后，冲沏一壶好茶，然后在茶香的氤氲中，品茗读书。没想到这么多年过去了，在这样一个荒凉的乡下，他们竟然还保持着这样一个高贵的习惯，几年的艰苦生活，竟没有压垮他们。

据说，这一家人在小村庄里一直这样精神昂扬地生活了近二十年。落实政策后，男人又回到了城里，成了一所著名大学的教授，而他们一对在贫穷中长大的儿女，大学毕业后，一个留学于德国，一个留学于意大利。

在一个人出生的一刹那，坚强，勇敢，忍耐……人生这些优秀的品质，就像一颗颗种子，一同降落在了生命深处。那些屈服于命运的人，就是在自我的精神世界里放弃了这些种子的人。而生活中的胜利者，常常是侍弄这些种子的高手。譬如，故事中的那个男人，在生活艰难中，依然饶有情致地组织全家在午后品茗读书，就是他对一枚叫做"坚强"的种子最高雅的侍弄。

所以，这个世界上，只有屈服于命运的人，没有失败于命运的人。

风吹过，给世界一把梳子

⊙李丹崖

温婉不只是一种性格，更是一种智慧，一种胸怀，一颗渴望美好的心。

我的外甥女写了一篇作文，交给我看，希望我这个"作家舅舅"能给她写点评语。我在一窗阳光花语当中翻开她的作文本，一行行文字排着队往我眼睛里跳，这样一段话，让我的心里痒痒的，宛若被云雀细小的爪子挠着——

　　台风吹过，我们需要给世界一把梳子，用梳子的牙齿来整理那些倒塌的广告牌，被掀起的屋瓦，被拦腰斩断的树，还有电线杆，最重要的，还有我们大家的心；地震抖过，我们也需要给世界一把梳子，用梳子的脊背来抚平塌陷，支撑倾斜，还有那些被埋在楼板下的人们，若是有一只坚强的梳子在他们的头顶上撑着，等待救援队到来的时候，他们还可以拨动梳子的齿，听这多清脆的声乐，该多好！

　　我太喜欢这段文字了，它们源自一个九岁孩子的心，带着天真、赤诚，还有童话般美妙的梦境，连我也对这样一把梳子充满渴望了。

　　我是个一点小事都扛不住，立马就会烦躁的人，当我手忙脚乱的时候，我多希望有一把梳子来理一理我的手脚；我是个一听到表扬就会心花怒放的人，这时候，我多希望有一把梳子来理一理我的"花心"，让它开着却不要那么恣肆；我是个一听到谣言的风声就喜欢对号入座的人，当我过敏的时候，我多希望有一把梳子来挠一挠我的后背；我是个一听到秘密就闭不上嘴的人，当我门牙四漏的时候，我多希望有一把梳子来够下一缕理智的头发，让我尽管闭嘴……

　　呵呵，真奇怪，我打心眼里爱上这把梳子了，甚至是越来越离不开它。

　　荆棘密布、蛇蝎扎堆，我需要用它来梳开道路上的障碍，还道路以原来的平坦和笔直；天空阴霾，浓云低垂，我需要用它来给天空梳理一个和风丽日的发型，还这个世界一些和暖；山重水复疑无路，我需要用它来给村落梳理出个柳暗花明；惊涛裂岸行船难，我需要用它来梳开个风平浪静。

　　用真理的梳子梳开假象，用创新的梳子梳开守旧，用宽容的梳子梳开计较，用大公的梳子梳开自私，世界多需要这样一个温婉的刘海儿。

　　我想把一群正在争斗的人梳理到一个谈判桌上来，我想把一群正在刀剑相向的士兵梳理到一个队伍里去，我想把两个正在掰手腕子较劲的人梳理到握手的姿势上来，我想把一切的剑拔弩张和血脉贲张都梳理到铸剑为犁和心平气和上来……世界多需要这样一个别开生面的局势！

看一个人的姿容，多半看她的秀发，看一个社会的姿容就要看人们都在忙些什么，说些什么，人心顺不顺，人心是一个社会的发根，我们需要从"发根"开始，用梳子给秀发多一些梳理和按摩了……

给我一刀

⊙姜钦峰

不要害怕苦难和挫折，人生中所有的这些经历，都是为了使我们变得更强大。

海叔50多岁，现在是中学校长。我向他问起当年高考的情形，他撩起裤腿，指着小腿上的伤疤说，看见没，柴刀砍的。这是海叔的秘密。细细的刀疤，蜿蜒缠绕，像一条丑陋的怪蛇，很长，一直延伸到30年前。

那时，海叔还是个毛头小伙，初中刚毕业，就被下放到垦殖场。这里地处鄱阳湖边，血吸虫肆虐，知青们在此围湖垦荒，战天斗地。几年下来，当初的万丈豪情，已渐渐被残酷的现实侵蚀殆尽，想到前途渺茫，回城无望，海叔和许多知青一样，苦闷彷徨，却找不到出路。

1977年10月20日，广播里突然播了一则消息：国家决定取消推荐上大学，全国恢复高考。仿佛一声炸雷，场里全都沸腾了，紧闭的命运之门忽然打开，知青们欣喜若狂，奔走相告。海叔心里只有一个念头：考大学，回城，死了也要考！

他立即给家里打了电报，请家人帮忙搜集复习资料，以前学的那点知识，大半都已还给了老师。而此时，距离12月中旬的高考，只剩下短短50多天，时间紧迫，每一秒钟都像金子般珍贵。他白天照常出去劳动，每天从天亮干到天黑，只有晚上才有时间复习功课。时间少得可怜，高考一天天逼近，海叔心急如焚，却又无可奈何。以当时的政治气候，要想请假复习功课，那是痴心妄想。

那天，海叔在湖边砍芦苇。他身在曹营心在汉，手上拿着柴刀，心里却惦记着考试，于是对身旁的华子说："如果我能大病一场，就有好几天的复习时间了，工伤也不错，谁能砍我一刀就好了。"华子是当地老表，两人年龄相仿，关系要好，他马上回话："这还不容易，我砍你一刀，你敢不敢？"两人本来都是开玩笑，可是海叔听了这句话，脸上的笑容顿时凝固了。他再没言语，整整一天，心里都在反复斟酌华子的话。

第二天刚上工，海叔就把华子拉到旁边，压低了嗓音说："等会儿，趁我不注意的时候，你就照我腿上砍一刀，下手要狠一点。"华子立时瞪直了双眼，仔细打量他脸上的表情，不像开玩笑，随即把头摇得像拨浪鼓："你疯了！这一刀下去不知轻重，万一残废了怎么办？""管不了那么多，是好兄弟你就给我一刀。"海叔似乎吃了秤砣，已经铁了心。华子拗不过，只好勉强点头答应。

两人各怀心事，心不在焉地干活。海叔心里咚咚直跳，可是快到晌午，也不见动静，既失望又庆幸，失望的是计划落空，庆幸的是这一刀多半是躲过去了。就在他心情矛盾、胡思乱想之际，突然感到腿上传来钻心的剧痛，"哎哟"大叫一声，栽倒在地，左腿肚子上拉开一道血槽，足有半尺长，血流如注。华子手握柴刀站在旁边，表情木然，两眼通红。海叔疼得脸都变了形，脸色苍白如纸，因为流血过多，随即昏迷过去。

众人慌忙把他抬到了场部医院，伤口缝了17针。等他醒来时，医生摇头叹息说，年轻人，以后干活千万小心，这下没有半个月恐怕下不了地。等的就是这句话，海叔疼得龇牙咧嘴，心里却暗自窃喜。幸好华子刀法娴熟，力量恰到好处，虽然伤得不轻，却未伤筋动骨。这次"意外工伤"，终于让海叔如愿以偿，领导批准他休假15天。

时间得来不易，他一头扎进了书本，日夜用功，每天只睡四五个小时，早把伤痛忘到了脑后。

高考结束，海叔心情忐忑地等待消息。那天傍晚，他带着满身泥泞刚从田里回来，忽然看到邮电所的老王来了。他一下子预感到了什么，顿时紧张起来，想问又不敢开口，一颗心快要跳出胸膛。僵持片刻，老王笑着说，"这是你的录取通知书，祝贺你！"海叔像发了疯的公牛，迅速扒光上衣，扔出老远，光着膀子，对天大吼了三声。滚烫的泪水奔涌而下，他终于确信，从这一刻起，命运已牢牢攥在自己手中。

30年前的往事，当初的每个细节，海叔至今记忆犹新，说起来轻松自如。我却听得有点心惊肉跳，问他："明知道有人要砍你一刀，你不害怕？"他笑："怕！怕得要命，当时我两腿都在打哆嗦，也不知那小子看中了我哪条腿，差点吓得尿裤子——可是我没有退路啊！"

我忽然明白，那一刀砍下去，其实是在向命运宣战。人生中所有的苦难挫折，都是为了使我们变得更强大。

眼前就有好风景

⊙崔修建

风景无处不在，只有用心去观察、体味，才能领略和感受到其中蕴藏的美。

夏日的午后，微风习习。84岁的祖父，在院子里的那棵老榆树下，悠然地看着一群蚂蚁在搬运食物。他依然耳聪目明，手脚也很灵活。看着那些忙碌的蚂蚁，他的嘴角浮起了孩童般的笑意，像是观赏了一场精彩的演出，他惬意地点点头。许多人不曾留意的那些小生灵，兴奋地摆动的触角，似乎碰到了他的某一个细小的神经，他不禁嘿嘿地独自笑出了声，父亲告诉我，祖父肯定是又看见了有趣的东西。

祖父一辈子没走出过那个小山村。记得十年前，从欧洲旅游回来，我一边给他看我一路拍摄的那些旅游照片，一边向他描述外面的精彩世界。他像一个小学生似的，静静地听我介绍，不时地问我几个相关的问题。我看到了他眼睛里闪动的向往，就对他说，等我赚了钱，就领他去外面的世界去看风景。

他听了直摇头："我可不去，我身边的风景还没看完呢。"

我以为他是心疼钱，便告诉他："花不了多少钱的，我可以给您提供路费。"

祖父依然固执道："不去，眼前就有好风景，没必要舍近求远。"

我不以为然地说："这么一个小山村，您都待了快一辈子了，哪里还有值得您欣赏的风景呢？"

祖父却无限陶醉地用手一指："看看门前的那座小山，上面有多少棵树，有多少条小路，有多少花草、鸟兽，每一处都是独特的景致，让你看都看不过来；还有这村子四周的田地，每一年都春夏秋冬地变换着不同的景象，也让你看不过来；就是坐在院子里，瞧瞧那些鸡鸭鹅狗，瞅瞅那些菜园和花圃，听听头顶的鸟鸣，哪一天都少不了有趣的风景啊。"

我哑然，很是敬佩祖父的慧眼独具，他能够从身边最寻常的点点滴滴中，敏锐地发现和捕捉到那么多赏心悦目的风景。

而我们，常常是身在风景中，却浑然不觉。

认识一位农民作家，他思维敏捷，情感细腻，写一手好文章，在文坛内外都颇有影响。奇怪的是，他居然几乎从不外出采风，更不会找时间专门出去旅游。其实，他有很多的机会可以调到省城去当专业作家，去享受现代都市生活。可他至今仍居住在乡村，仍在照料着几十亩土地，像村里的其他农民一样，精心地春种、夏耕、秋收、冬藏，只在晚上和农闲时节，他才埋头于书堆和稿纸间，孜孜不倦地生产精神食粮。

问他为什么一直守着那块土地，不到外面走走，开开眼界。

他笑了："眼前就是一个精彩纷呈的世界，并且在不断变化着，足够我欣赏和咀嚼的了，用不着劳心劳力地到外面走马观花地转悠。"

我仍有些不解："可是，眼前的景象都熟悉了，怎能激发起写作的兴趣？"

他目光深邃地望着天空："就像那些每时每刻都在变幻的白云，身边的人、事、物、景，也都在不断地变化着。细细打量，就会发现简单里面藏着的深刻，就能看到寻常中隐秘的奇崛。好风景不仅要用眼睛看，还要用耳朵听，用手触摸，更要用心灵去感受。怀揣一颗热爱的心，随时随地都能看到好风景。"

我恍然大悟，原来遇见好景致，最重要的是拥有一颗爱意充盈的心。

朋友晓红是一个最懂得随遇而安的女子。她在市里的史志编辑室上班，长年累月地与各种资料打交道，不用去看，就知道她那工作该有多么枯燥乏味了，可她每天都乐呵呵地上下班，似乎还很忙碌，有时周末也不休息。她一有空闲，一准会去逛街，独自或者呼朋引伴，挤公交或干脆步行，其实也没什么必买的东西，空手而归也是常有的事，可她一直乐此不疲，年年月月。

我不解地问她："也不买什么东西，天天逛街，不累吗？"

晓红神采飞扬地回答："一点儿也不累，逛街就是在逛风景啊，一路走去，商场里、大街上、公交车站点……随时都能遇到有意思的人和事，随处都能看见新鲜的东西，就像我在单位里整理资料时，总会不经意地就有惊喜的发现，那种感觉实在是太好了。"

"逛街就是在逛风景"，这是我第一次听到的妙论。细细想来，还真有道理。

没错，每个人的眼前都有无数美丽的风景，只有懂得用心去观察，用心去体味，才能领略和感受到其中蕴藏的美，才会由衷地感慨——这世界真奇妙，拥有一颗热爱的心，即使足不出户，也同样可以拥抱世间的许多美景。

无腿的登山者

⊙感 动

> 无为缺憾自卑，换个角度来看，这些缺陷可能正是他人无法比拟的优势。

他是一名业余登山员，他热爱登山，每眺望一座山峰时，他内心都涌动出一种征服的渴望。

1982年，他在攀登新西兰最高山峰库克山时，突然遭遇暴风雪侵袭，受困冰洞达两星期之久。当救援人员赶到时，他已经奄奄一息。经过抢救，他保住了生命，但却从此失去了双腿。

没有双腿，未能终止他对登山的热爱，熬过了漫长恢复期，他戴上假肢又恢复了登山训练。从此，一座座高峰被他踩在"脚"下。2004年，当他戴着假肢登上喜马拉雅山的卓奥友峰时，他的眼睛却凝视着与他近在咫尺的世界第一高峰珠穆朗玛峰。从那一刻起，他便在心中暗暗发誓，有朝一日一定要征服珠穆朗玛峰！

一个失去双腿的人，要去攀登世界的最高峰，登山界的任何人都认为这是不可思议的狂想。因为，一个身体健康的专业登山员，冲击珠峰也是无比艰难的。他不在乎这些话，他没有一点悲观失望，反而是信心在随着训练与日俱增。

2006年5月，他跨过南太平洋，来到这座世界最高峰的脚下，并向它发起挑战。他的每一步，都被全世界关注着，就在世人的悲情关注中，他的妻子安娜·英格利斯突然接到他的电话。他告诉她：自己正"站"在海拔

8844.43米的珠穆朗玛峰顶上。

听到他成功登顶的消息，爱好登山运动的新西兰总理海伦·克拉克打电话祝贺这位"无腿勇士"登上了世界最高的山峰，给世界登山史增添上最灿烂的一笔。

这个没有双腿的登山者叫马克·英格利斯。马克下山后，一个记者采访时对他说：对于一个没有双腿的登山者来说，登上珠峰是无法想象的，你为什么能创造这样的奇迹？马克的回答出人意料：一个肢体健全的登山者，在登山时总是担心身体的热量会从四肢流失掉，造成体温过低而出现生命危险。而与他们相比，越是在较高的海拔，我在肢体上的残缺越会成为"优势"。失去双腿，就意味着我能更好地保持全身的热量。这样，我就没有后顾之忧地登到了峰顶。

每个人都存在着或多或少的缺陷，但千万不要为此而自卑，换个角度来看，这些缺陷可能正是他人无法比拟的优势。

成功的位置

⊙李雪峰

生活就是这样，当你选对了自己生命的位置，它就为你铺开了让你成功的通道。

一棵松果里掉出了两枚成熟的松子，一粒就落在距母树不远的森林里，一粒被一只偶尔路过的鸟儿叼起，带到了十分遥远的地方去。

这是发生在五十多年前的一件事情了。

后来，这两颗松子都已长成了参天的大树，一棵就长在森林中，而另一棵则长在了城市的一个公园里。长在森林里的那一棵，它萌芽的时候，它的头顶上已经绿枝蔽日了，暖暖的阳光落不进来，和煦的清风吹不进来，它的小手能接到的几滴雨露，也是头顶那些参天大树们偶尔怜悯施舍给它的，没有办法，谁让自己来得太晚呢？虽然长在茂密树林的缝隙里，但它仍然生长得很努力，它向左边稍稍长高，就碰撞住了另外一棵大树的枝干，那棵大树一呵斥，它就赶快盘回来，但不久，它就又碰撞住了右边的大树，右边那棵大树一呵斥，它马上就盘回来，就这样盘来盘去，它的身材长得就像一条盘结的龙蛇，虬枝横斜，树干扭结，很有些困龙奋舞的气韵。

而另一粒松子的命运就很不一样了，它被鸟叼到一个十分陌生的地方去，然后就梦幻般萌芽在一个城市的公园里，它十分努力地生长着，大片的金色阳光是它的，脚底下肥沃的泥土是它的，得天独厚的条件和那些勤勉而辛勤的园艺工人，使它很快就拔地而起，长成了这个公园里一棵最高、最直、也最秀颀的一棵大树。在它刚刚长得碗口粗时，几个园艺工人企图扭曲它，他们用绳子捆绑它的嫩枝，用手绾结它的枝梢，但它很快就让他们泄气了，它只是笔直地向天空生长，向白云生长，根本不理睬那几个园艺工人们的种种阴谋，让那群人一个个束手无策。是啊，对于一棵时时梦想参天、气势如虹的年轻树木，谁能够束缚得住它呢？

一天，一个伐木工人走进了那片森林，看到了那棵盘盘扭扭的松树，伐木工人自言自语说："这么不成材的树，留它有什么作用呢？"挥斧就把森林里的那棵松树伐倒了。而几乎相差没几天，城市里要修整公园，一群戴着眼镜的园林设计师走进公园来，他们绕着公园里的那棵挺拔、高大的松树走了几圈，个个摇头叹息说："太高了太直了，没有一点儿韵味，把它伐掉吧！"于是，这棵松树也在一阵电锯的轰鸣声中轰然倒下了。又有一天，两棵松树在一个木材加工厂里奇迹般相遇了，森林里的那棵叹息说："我是因为太弯曲、太盘扭才遭遇了不幸的。"公园里的那棵松树叹息说："而我，恰恰是因为长得太高太直才不幸被伐掉的。"两棵松树为它们的不幸欷歔了很久，忽然，森林里的那棵松树叹息一声说："如果是我长在公园里，而你则长在森林里呢？"

两棵松树都愣了。

是啊，假如它们各自生长在对方的地方呢？生活就是这样，当你选对了自己生命的位置，它就为你铺开了让你成功的通道。当你站错了自己生命的位置，它就给你拉下了不幸的闸门。

成功，常常只在那些恰恰需要你的位置上。

我知道梦想有多美

⊙卫宣利

一个人没有什么，也不可以没有梦想，它可以让平淡精彩，也可以让日常生动。

他是一个普通的农民，但他和其他的农民又不同。他的世界，除了广袤的土地，丰茂的果园，一群肥硕健壮的奶牛，还有歌。不是一般的歌，是意大利歌剧，是《图兰朵》。他42岁才开始学习唱歌，凭着对音乐的痴迷和热爱，他唱到了中央电视台的《星光大道》，唱到了2009年的春节联欢晚会。如今，他的名字家喻户晓，这位来自大连旅顺的农民，他叫刘仁喜。

唱歌是刘仁喜的梦想，但在那个连饭都吃不饱的时代，唱歌被人看做是旁门左道不务正业，为此，父亲甚至掰断了他练习的笛子。梦想从此深埋，他老老实实做起了农民，学木匠、瓦匠、种果树、养奶牛，把日子过得风生水起。可是内心深处，梦想的种子却从不曾破灭，他跟着录音机练，对着奶牛唱，在他的带动下，弟弟被歌舞团聘为专业歌唱演员，而他自己，也终于借着春晚的舞台一夜成名。

那天，在《艺术人生》的现场，主持人问他："成名了，今后打算怎么发展？"他说："我就想开一场个人演唱会，录成碟，等下雨天不能干农活的时候，在家里放着自己看。影碟机一放，炕上一坐，喝点小酒，看看，多美……"

这是一个农民的梦想，朴实、自然、本真。他知道梦想有多美，所以这大半生里，一直在为这个梦想努力。终于，在没有了经济上的后顾之忧之后，他开始朝着自己的目标迈进。

他让我想起了电影《立春》里的王彩玲。在县城教音乐的她，虽然长得很丑，但有一副好嗓子。她唱意大利歌剧，那样唯美的声音，犹如天籁。她的梦想，是唱到巴黎歌剧院。为了这个梦想，她一次次穿梭在北京和小城之间，用谎言装饰自己，拒绝世俗的婚姻……虽然梦想并没有实现，但对梦想的渴望却始终不曾泯灭。她心里仍然装着那个华美的梦：在灯光璀璨的舞台上，穿上美丽的演出服，音乐响起来，她的心在掌声雷动的歌剧院里飞翔……

那天，前楼的一位老太太来找我。她拿着一沓稿纸，虔诚地像个小学生："听他们说您是作家，能抽点时间帮我看看稿子吗？"她63岁了，之前是一家国有企业的会计，和数字打了30多年的交道。可她说，她的梦想是当个作家。年轻的时候为了生活，梦想被搁浅。直到退休后，她才开始正式学习写作。每天送孙女上了托儿所后，她就在家里写写画画，不会用电脑，就在纸上写。

我接过那摞稿纸，厚厚的，写得密密麻麻。她说："我就想有一本书，写着我的名字。在阳光灿烂的午后，沏一杯茶，坐在阳台上，闲闲地翻上几页……"

那一刻，我的心被她的梦想深深感动了。这个满头银发的老太太，令我肃然起敬。

生活如此平淡，日子按部就班。可总有一些东西，会穿越岁月，亘古不变，让我们始终保持内心的坚守——比如梦想。曾在一篇文章看到一句话：我有一个秘密，我知道人生有多美。对于他们，这句话也可以改成：我知道梦想有多美！

感谢那些看不起我的人

⊙一路开花

面对轻视，重要的不是如何求得怜悯，而是能够勇敢地改变自己。

我曾是个无比自卑的男孩。

为了避开一切使我怯懦而又尴尬的场面，我上课从来不举手回答问题，不主动和同班异性说话，甚至，不敢将自己挑灯夜战精研细算出来的难题示于人前。

我清楚记得，初二的烈夏，我因手表故障导致迟到。汗流浃背奔至教室门口，班主任的物理课已经上了大半。沉默寡言的我之前并未给他留过任何好印象。对于一个见面就逃，不懂轻言问好的学生来说，我想，大抵所有老师都是有三分厌恶的吧？

第一声报告，我叫得极其微弱，但翻腾的血脉仍旧让我满脸涨红。他站在高高的讲台上，对我的突然到访视若无睹。我一动不动地立在门口片刻，心里像藏了急躁的一位鼓手。扑通扑通的敲击，让我亲历了度秒如年的煎熬。

为了能更快摆脱这样的窘状，我硬着头皮又喊了一次报告。从前排女生的惊异目光来看，声音明显比上次大了许多。

他依旧对我不理不睬。于是，我只好耷拉着头，攥紧了双手站在门口。温热的汗珠像清晨叶片上的露水一般，慢慢在额头聚集，由小而大，顺着鼻翼和面颊缓缓坠落。我只能将一切的命运交付给时间。

临近下课时，他终于唤出了我的名字。我以为，我能如往常一般，就此匆匆跑过课桌间的狭窄走道，将所有同情和鄙夷的目光都全然抛在脑后，安坐于自己的凳子上，面色镇定，装做任何事情都不曾发生。岂料，却遭到了生平最为严厉的批责。

他一遍又一遍地问我："你为何迟到？"按理我本该如实告诉他，我的表坏了，可那一秒，我却如何也开不了口。多年后回想这幅画面，才惊觉自己当时的自卑，已经到了无以复加的地步。

他的语调在逐渐升高。终于，在第四遍的呵斥中，我的男儿泪如同决堤的河水泛滥而出。他似乎从未在中学里见过，竟会有男生因为老师的责备而哭得如此伤怀，于是，瞬间用另一种温和的方式，宽容了我的过错。

我刚走进教室，全班男生便一片哗然。是的，我的自卑和怯懦，实在让人可笑。之前的许多男生，别说受到老师的责备，就算是挨了铁尺，遭了体罚，也照样是嬉皮笑脸，处之泰然。如今，我却因为无关痛痒的几句话，哭得泪湿衣衫。怎不令人发笑？怎不令人鄙夷？

后来的处境，又使我陷入了更为阴暗的自卑里。他们不再与我交谈，不再问我问题，就连曾经喜欢捉弄我的那几个坏男孩，也改变了恶作剧的对象，不屑将顽皮的精力耗费在我这类人身上。

他们给我取了一个终生难忘的外号，"真女子"。后来，一些同学热衷创新，又给我取了不少诸如此意的外号。

这些仅是玩笑的外号，在平淡无奇的岁月中困扰我多年。我拥有一颗热爱唱歌的心，却不敢展露歌喉；我怀有一腔的热血，却不敢在神圣的讲台上发出半点声音；我怀有一个又一个纯真的梦想，却不敢说与旁人听……

我只能将所有的言语和委屈付诸文字。我买了许多粗糙的本子搁置在窗台，每每稍有思绪，便提笔将其书写。

钢笔成了我所有的言语，稿纸是我唯一的倾诉对象。

我默默读书，默默写作，默默与千万不断成长的少年一同迈进大学的门槛。

在新的环境里，我渐然搁下了心中的旧病。那些刺耳的外号，让人恼怒的笑声，都被无情的时光卷进了不可重回的岁月里。

我继续我的写作，可我不再默默。在蓦然回首的时刻里，我懂得了许多宝贵的人生哲理。譬如，越是坎坷的人生路，就越是容易让人彻悟。

我把后来的许多心情都输进了电脑，并将他们传给了不曾谋面的文友们。当第一个声音告诉我："你写得真好！"我终于释怀，且原谅了那些看不起我的人。

是他们的嘲笑和轻视为我铸成了后来的风雨和坎坷，是他们的轻蔑和疏离让我不得不默默珍惜时光，心无旁骛地拼搏在苦尽甘来的路上。

他知道数学有多美

⊙崔修建

数学是美的，热爱是美的，只要痴迷地耕耘，就一定会收获甜美的果实。

他出生在四川省的一个偏远的山区，交通落后，文化贫瘠，家里仅有的几亩薄田，连温饱都难以维系。

80年代初，18岁的他参加了一次高考，却没能金榜题名。他很想继续读书，但家徒四壁的窘境，让他无奈地放弃了求学之路，他成了一个地地道道的农民，精心地侍弄那些庄稼，春种秋收，忙忙碌碌。再后来，他娶妻生子，像村里那些山民一样，过着波澜不惊的简单至极的日子。

但不同的是，农闲时，别的农民打牌、喝酒、闲聊，他却捧起数学书，如饥似渴地研读起来，随便抓过一截木棍，或者一块石片，就是他得心应手的笔，而大地则是他最好的演草纸。那些不等式、方程、几何图形，就像那些长势喜人的庄稼一样，在他的眼睛里美丽地摇曳，如花，一朵一朵，在心头绽开。

有人说他着了魔，被数学勾去了魂儿，他嘿嘿地一笑，不作任何解释。

有人说他傻，说他一介农民，整天捉摸那些毫无用处的数学，简直不可理喻。他却淘到金子般地自言自语道：他们哪里知道，数学也有着迷人的美。

90年代，随着家里人口的增多，日子越来越艰难，他只得背起简单的行囊，外出打工。他种过花，制过砖，养过鸡，修过路，扛过包，卸过货……各种各样的苦活、累活、脏活，他都干过。经常每天打工十二三个小时，累得浑身酸疼也是常事。

可不管打工的日子多么艰难，只要有一点点的空闲，他便捧起数学书，忘我地沉浸其中，将生活的艰辛和苦难全都抛在了脑后。许多打工者眼里毫无用处的数学，竟成了他生活不可或缺的一部分，亮丽了他的生命。

他如此的痴迷数学，误了不少农活，少赚了一些钱，妻子认为他不务正业，一气之下跟他离了婚。然而，他对数学的痴情始终不曾改变。

他没有满足于在报刊上发表自己的研究成果，又把一摞摞手稿寄给了哈尔滨工业大学出版社的数学专家刘培杰。刘培杰在海量的各类来稿中，对他那些用破纸袋邮寄的手稿越读越惊讶，他的每一篇文稿，推演过程都十分缜密，论证逻辑非常严谨，结果完全正确。另外，他的文稿标题新颖生动，流露出浓厚的生活气息。显然，他是一个很有情趣的人，他对数学的热爱早已超越了功利。

很快，他的上百万字的手稿变成了铅字，他的《新编平面解析几何解题方法全书》一经推出，便畅销再版。

他就是著名的"农民数学家"——邓寿才。如今，他仍在紧张、忙碌的打工之余，痴迷于数学，他曾写过的一篇《数学赞》和一首《数学诗》，向人们传递这样由衷的感慨——数学是美的，热爱是美的，只要痴迷地耕耘，就一定会收获甜美的果实。

你能否耐得住寂寞

⊙鲁先圣

在寂寞中，我们要做的不是去被动吞咽它，而应该借助它让自己长得强壮。

有很多人，出了点名以后，立刻就忙得找不着北了，开会，演讲，剪彩，每天风风光光地在社会上晃悠。结果是，读书的时间没有了，思考的时间没有了，写作的时间也没有了，再也出不来优秀的作品了。

我始终认为写作是寂寞的事业，没有寂寞相伴，是不会有什么成就的。

我想起美国作家福克纳拒绝会见总统的故事。成为一个世界级著名作家之后的福克纳，把时间和安静看得更加重要。他不媚权贵，对于虚荣和热闹更不感兴趣。总统邀请他去白宫参加宴会，他不去。他说：为了吃饭去白宫实在太远了，我年迈体衰，不能长途跋涉去和陌生人一起吃饭。他对前来接他去白宫的总统特使说："请你回去告诉总统，我不是一个作家，我不过是一个普通的农民而已。"

他始终居住在小镇边缘的树林深处的家园里。他叼着烟斗，白天在树林的小径里徘徊，夜晚就仰望璀璨的星空，同时如饥似渴地阅读着那些优秀的著作。他很少走出树林，很少走出那栋普通的小木楼。就是在这里，在这片安静的树林中，他创作了大量反映美国南方白人、黑人、印第安人生活命运的小说，娴熟地运用意识流和象征手法，开创了美国乡土小说的先河，他的作品直到现在依然被西方文坛视为现代经典。

还有著名的美国化学家弗朗西斯·克里克，在获得诺贝尔奖后，他就为自己拟定了一份通用的谢绝书："对您的来函表示感谢，但十分遗憾，他不能应您的盛情邀请而给您签名，赠送相片，接受采访，发表广播讲话，在电视中露面，赴宴和讲话，充当证人，阅读您的文稿，作一次报告，参加会议，担任主席，充当编辑，接受名誉学位，等等。"

克里克的种种谢绝，显然少了不少"人情味"。但他认为，一个人出了名之后，与平时没有什么两样，不应受到太多的追捧，热衷于不必要的社交和应酬，因为这样会耗费好多的时间。

我们不一定像福克纳那样谢绝去总统府做客的邀请，也不一定要效法克里克的谢绝书，也不在于你列出多少个"谢绝"，关键在于我们有没有这样的勇气：拒绝浮躁——耐得寂寞。

我很欣赏这样一句话，你应该借寂寞让自己长得强壮。当你能够让自己耐得住寂寞的时候，你取得伟大成就的征程就开始了。

一个问号成就一生

⊙仲利民

> 珍珠修炼出光芒前，只是一粒沙，千万不要否定自己的潜能。对自己抱有信心，自己就是珍珠。

她大学毕业后，回到出生的小城工作，在一家报社做实习记者，她喜欢文字、热爱文学，她觉得能与文字打交道是一件多么幸福的事。然而，负责带她实习的记者很瞧不起她写的文章，批评她，不要好高骛远，你离作家遥远着呢？

那时的她，在心中暗暗地问自己：我离作家有多远呢？

她身边的人，没有谁相信她会成长为一名作家。

她在报社工作之余，不停地涂抹那些她喜欢的文字。她不在意别人的看法，她在文字里找到方向，也在写作中找到存在的价值。

后来，小城报社解散，她很自然地漂走。她在南方的一家企业里工作，仍会在闲暇时间里偷偷地写作，再把写好的稿件装进信封里，偷偷地塞进绿色的邮箱。她把邮件像鸽子一样放飞的时候，也是在默默地寻找自己内心疑问的答案。

在南京，她把自己写的作品，去向一个名家请教。名家是她父亲的朋友，她是带着希望来的，可是名家看了她的作品，不置可否，东拉西扯一通之后，就送走了她。就在她刚离开，名家的老婆从屋里飘出一些话：那个小姑娘，都写了些什么东西啊？

她没有得到她期望的指点迷津，熟人也不能替她拨开心头的迷雾。但是她依然对文学充满了热爱，她爱笔下那些文字，那些文字充满了情感和温度。其间，有过诱惑，母亲在电话里对她说：小城里正在招聘公务员，你回来吧！这里都是你父亲的熟人。那时，她听到了母亲的召唤，听到了安顿生活的召唤，可是，她也听到了文学的召唤，她的内心更多地向文学倾斜。她期望能够找到自己心中一直在追寻的答案，她离作家有多远？

她又漂到北京，这个全国文化中心。她没有工资，没有收入，唯一的生活来源就是微薄的稿费，但是她觉得在文字中寻找到了很多快乐。北京，有许多著名的作家，与她距离近在咫尺，又仿佛远在天涯，她能丈量的就是自己作品的分量。她用自己的笔写自己的文字，就像那个用了一生写自己熟悉的小镇的作家一样，她用自己独特的视角描写作品，那里有她的生活，她的经历，她的情感，她的追求，当她执著地行走在属于自己的那片领土时，也创造了一个引人注目的文学高度。她的作品《乡村、穷亲戚和爱情》《大老郑的女人》《化妆》等，一部接一部在中国文坛引起轰动，她获得了"人民文学奖""大红鹰文学奖""鲁迅文学奖"……

那个心中的问号，指引着她不断地向前追寻，她不在意别人的嘲笑，不关注其他诱惑，一心寻找自己的目标。现在，还有谁说她距离作家远着呢？她就是在我生活的这个小城驻足过的魏微，后被广东作协作为特殊人才引进。当她沿着心中的问号执著地一路追寻，她也就找到了自己成功的一生。

幸福不问出身

⊙卫宣利

你心里盛满了幸福，苦难就会后退，你心里溢满快乐，悲伤就会遁形。

她似乎总是很快活，每次在QQ上见她，我未及开口，她的话已一串一串地冒出来：姐姐，我买了辆新车，跑了几千里了；我去陆浑湖吃鱼了，去国花园看牡丹了，去郊区挖野菜了，我这些天不写字，忙死了，去跳舞啊，练剑啊，晒太阳啊，做菜啊，好玩儿的事情做不完，要是有三头六臂就好了，哈哈……昨天搬新家，环境真好；窗外的月季花大朵大朵地开着，阳光也大朵大朵地开着，走到哪儿都是扑鼻的香呢……今天整理房间，计算机，打印机，复印机，屋子里乱得像电网，三下两下就整利索了，这男人，貌似很能干哦……

她的话，一句一句都跳跃着，饱含激情，像春日阳光下的花，"嘭"，开了一朵，"嘭"，又开了一朵，最后，你的心里全都是香河花海了。你甚至能感觉到，网络那头的她，一定身形舞动，纤指翻飞，噼里啪啦，那些平常的汉字，在她的手下都开了花。她像一尾在水里自由畅游的鱼，快乐地冒着泡泡。那种恣意放纵的快乐，让所有和她对话的人，都激情飞扬心动神摇。

看她这个快活劲儿，你一定以为她是备受上帝垂爱的女子，品貌俱佳，衣食无忧，婚姻美满，人生顺达……否则，怎么会活得如此畅意洒脱？

可是我知道，她的车，不是宝马，而是一辆普通的电动自行车；她所在的公司去年倒闭了，这一年多来，她就靠着写字谋生活；她原来的房东要涨房租，逼着她搬家，新找的房子在郊区，农家小院，窗外倒的确有大簇盛开的月季花；她爱人，大她10多岁，黑不溜秋其貌不扬，搞装修的水电工，技术倒真的不错，但收入很不稳定。至于她本人，从小家境贫寒，父母离异，在单亲家庭中长大，人长得清秀纤弱，结婚又离婚，第一次婚姻，只保持了10个月就离了，现在的爱人，是第二任了。而且，她小时候发烧用错了药，现在只有微弱的听力……

这样命运坎坷的女子，似乎是有理由悲观的。可是她没有。在和她聊天的过程中，她那些快乐的句子，就像跳跃的音符，一不小心就溜了出来：听不见声音，不要紧，我还有眼睛，比盲人幸福多了；因为在单亲家庭长大，我自立能力比同龄人都强；选错了人，当然得离婚，这样我才有机会寻找下一个幸福，才能遇到我现在的爱人啊；他年龄比我大，所以特别疼我，每次发了工资，都会跑很远的路去买我爱吃的芝麻饼；现在暂时还没有能力买房子，不过这样也好啊，可以换不同的地方住，还能结识新的邻居和朋友；不上班，可自由了，每天上午写字，下午出去玩儿，爬山啊、看书啊、跳舞啊，有趣的事情多着呢……活一天就要乐一天，不然多亏啊？幸福又不问出身，快乐都是自找的。

是的，这个女子，并没有令人羡慕的优越出身，她的生活，也不像我们想象的那样富足无忧。上帝并没有特别厚待她，可是她，却学会了厚待自己，做一个快乐达人。

　　幸福是自找的，它不问出身，不分贵贱，你心里盛满了幸福，苦难就会后退，你心里溢满快乐，悲伤就会遁形。

两条河流的启示

⊙感　动

　　　　不要惧怕绝境，正是在这里，生命发生了破茧成蝶的华丽
　　　　转身，演绎出了不同寻常的悲壮乐章。

　　从青藏高原雪山冰峰间流出的雅鲁藏布江，自西向东慢慢流淌。这时看雅鲁藏布江，它的上游水道分散，湖塘众多；在中游又汇集了一些支流，水量充沛，江宽水深。

　　从上、中游来看雅鲁藏布江，它同其他河流一样，并无特别之处。但是，当雅鲁藏布江流到喜马拉雅山面前时，被挡住了去路。无奈之下，它不得不由东西走向突然南折，沿东喜马拉雅山脉南斜面拐弯绕行，南下注入印度洋，这样，雅鲁藏布江便被喜马拉雅山硬逼着走了一条马蹄形的弯路。而正是这段弯路，被人们称为"雅鲁藏布江大拐弯"。大拐弯处峰险谷深，云雾缭绕，气象万千，江水流急浪高，响声隆隆，壮观异常。人们曾用"高壮深润幽，长险低奇秀"来形容雅鲁藏布江大拐弯的雄奇壮美。这条弯路，不但成了世界上最著名的峡谷，而且又是一条独特的水汽通道，它使印度洋的水汽流过喜马拉雅山，造就了青藏高原东南缘奇特的森林生态系统景观。

　　不要拒绝弯路，平坦的通途固然会使我们畅行无阻，但如果行走在弯

路之上，我们也许会看到一片更美的风景。

……

提到伊瓜苏河，很多人都没有听说过，因为它只是南美洲的一条并不著名的河流。伊瓜苏河发源于巴西境内，由溪流汇集而成，由东向西平静地流淌，但是，就在伊瓜苏河流到巴拉那峡谷时，它却遭遇绝境：河道突然凭空消失，致使这条平缓的河流一下子跌入几百米的深渊里，支离破碎，化烟飞雾。

然而，就是这条绝路，让伊瓜苏河形成了世界最宽大、最壮丽的瀑布——伊瓜苏大瀑布。如今，伊瓜苏大瀑布已成为世界遗产，每年，有来自世界各地的几百万人来观赏膜拜它。

绝境并不可怕，行到水穷处，坐看云起时，绝境可能会把我们逼到无路可退，但往往是在绝境，我们才会华丽转身，演绎出不寻常的生命之歌。

大师的细节

⊙澜　涛

以小见大，见微知著。在细节上懂得一丝不苟，才能够成就惊天动地的大事。

受一家出版社之托，去采写中国探月工程首席科学家、中科院院士欧阳自远的传记。采访是在一个阳光明媚的上午开始的，一走进欧阳院士的办公室，我就遭遇了一个又一个意外。

欧阳院士的办公室很大，一张能够围坐二三十人的大办公桌几乎占去了办公室的半壁江山，一个硕大的地球仪和一个硕大的月球仪非常醒目。

我和助手对月球仪的好奇引起欧阳院士的注意，他指点着月球仪，简单地向我们介绍着月球的地形地貌。随后，欧阳院士叮嘱他的助手，午饭多订两份盒饭。

欧阳院士虽然已80多岁高龄，但身体十分健朗，思维也十分敏捷。

伴随着欧阳院士的娓娓倾谈，我的思绪沿着他成长的脚步由远而近，领赏着他80几年人生的风云变幻：江西吉安菜油灯下的寒窗苦读，中国地质大学孜孜不倦的求学问梦，核之城马兰的苦苦探寻钻研……欧阳院士的人生历程几乎处处传奇，他清苦的身世，对事业的执著追求，对理想的忘我投入深深震撼着我。

同样震撼我的，还有一些微小的细节。

在采访中，虽然我只是在提问和记录，但面前纸杯中的茶水仍旧被我多次喝空，而每次，欧阳院士都会很及时地起身，一边继续讲述着他的故事，一边端起纸杯到饮水器旁续水。欧阳院士在中国科学界乃至世界科学界的地位无须多言，仅年龄上也等同我祖父的年龄，而我，只是一个采访他的青涩记者，他的如此礼遇让我每次都很惶恐，但每次当我表示要自己去续水时，欧阳院士都会微笑着示意我继续记录。

欧阳院士的平易近人与亲切，让采访进行得十分顺利。

在采访欧阳院士前，我的一个在一家青年类杂志做编辑的朋友，委托我让欧阳院士为他所在杂志的读者写一句寄语。采访结束时，我向欧阳院士说出这个请求，欧阳院士很爽快地答应了。我便从随身带去的、一面打印着欧阳院士相关资料的资料中抽出一张来，将无字的那一面朝上，递给欧阳院士，示意可以在这上面写下寄语。欧阳院士没有说什么，站起身，到他办公室的打印机前取来几张没有用过的打印纸，在桌子上铺好，开始写寄语。我不由得深感汗颜，同时，有阳光暖过我的心。

距离那天的采访已经过去了许多日子，但那天对我的特殊意义，令我一直记忆犹新，因为那天我不只是采访了一位大师，还从大师的身上领悟到一个道理：成大事的人，细节上也一丝不苟。

心上的耳朵

⊙卫宣利

世界一直在，但只有当你心里有了花开、虫鸣、鸟语，世界才进入你的生命。

两岁时，她发高烧，被医生用错了药，失去了听力。上学后，她听不见老师讲的课，作业常常无法完成，班上的同学也嘲笑她，没有人愿意和她做朋友。她哭着回家找母亲，母亲说，只有上帝特别宠爱的孩子，才会被他故意拿走听力。母亲牵着她的手走到院子里的牡丹花下，是四月的早晨，牡丹大朵地开着，金线一样的阳光倾泻而下，粉白的花瓣，开得骄傲而张扬。母亲指着一朵花蕾对她说，声音不光用耳朵才听得见，用你的心去倾听，会听到花开的声音。

整整一个上午，她就待在那朵花下没动。她仔细地看着花苞一点一点地开启，张开，露出粉色的花瓣，一片一片的花瓣，都挣脱了束缚，奋力往外张着，她仿佛真的听见了花瓣的笑声，银铃一般娇媚而婉转。

那一天，她开始相信，原来在自己的心上还有一双耳朵，能听得见花开的声音。

她开始学着读唇语，并且，很快便能用这种方式和别人交流。她就这样看着老师的口型听课，居然门门功课优秀，顺利地一路读到高中。但在高考前，因为耳聋，成绩优异的她，被告知没有资格参加高考。体检结果下来那天，正好是物理模拟考试，她无法按捺内心的忧伤，冲动地交了白卷上去。她不明白，为什么自己这么努力，却还是要受到如此不公正的待遇。

老师收到她的白卷,没有责怪她,而是带她去了一个地方。是一个赛场,参加比赛的,都是残疾人。当她看到一个半截人移到腕力赛的专用桌下时,她惊呆了。那是一个肢残的中年妇女,她的臀部以下全没了,是用双手撑着砖头移到赛场来的。还有那位让人扶着走进赛场的盲人选手,她无法想象,看不到亲人的笑脸,永远不明白颜色是什么东西,终极一生都在黑暗中摸索,将是怎样的凄凉。

那一刻,她的心,被震惊了。

老师问:"如果注定你有一种残疾,你会选哪一种?"

这样残酷的问题,一时让她不知如何回答。老师说:"你以为耳聋就是天下最大的痛苦,可是还有这么多比你更不幸的人,他们都活得快乐而精彩。一个人,只有在心灵上撒播种子和希望,心才会开出花来……"老师没有再说下去,她却醍醐灌顶一般,一下子全明白过来了。

她放弃了高考,选择了一所技校,毕业后,又读了中医学院的自学考试,顺利地拿了大专文凭,工作也从车间里的工人变成了厂医院的医生。业余时间,她唱歌、写作、画画,带着一帮聋哑朋友跳舞,在比赛中一次次抱回大奖。有记者问她:"你听不到音乐,为什么还能把舞步跳得这样有动感和节奏感?"她笑,回答说:"心里有舞,脚下便有步。"

是的,她的心上有一双耳朵,听得见花开、流水、鸟鸣、虫语;她的心里种了爱,早已开成一朵灿烂的花;她的心里有舞,所以醉了世界。

记住目标

⊙李雪峰

我们不必去一一留意那些岁月的小站，只要记住我们人生的最终目标。

一个人要到远方去旅行，在车上，他翻开随身所带的交通图册，细数列车要经过的小站，那些小站名字密密麻麻，竟有六百多个。六百多个小站，要走到什么时候啊？旅人再也不能平平静静坐下去了，车行一会儿，他便焦急地扒着车窗向外探视，看某个小站到了没有，或者焦急地问列车员说："这么长时间了，某某小站过去了没有？"列车上的宁静时常就这样被他频频打破，那些刚刚想闭上眼睛稍稍歇息一下的同厢旅客，那些正静静相偎而坐的情侣，那些正轻轻交谈谈兴正浓的朋友们，都被这个焦急的旅客弄得十分不满。大家纷纷低声地要求这个车厢的列车员说："能不能让那个人另找一节车厢去待着呢？瞧他老是那么焦急，那么大声嚷嚷，把我们都烦透了。"

列车员是个头发已经发白的慈祥老头儿，听到满车厢人对那位旅客的抱怨后，列车员笑眯眯地轻轻走到那位焦躁的旅客前，轻轻地拍了拍他的肩膀说："小伙子，能到我的工作厢里聊一聊吗？"

到了列车员仅仅能容下两个人的狭小工作厢里，那位年轻旅客便禁不住叫了起来："怎么就这么一点点的地方啊？"列车员平静地笑笑说："就这么一点点地方，可是您知道吗？在这一点点的地方，我已经坐了三十年了。"

"三十年了？"年轻旅客更惊讶了。

列车员不置可否地笑笑又说："我守在这里三十年，并且三十年都泡在这条铁路线上。"

"天哪，三十年，一条线！"年轻旅客更吃惊了。年轻旅客问："这么多的一个一个小站，你每天就这么经过，你不着急吗？"

"着急？"列车员笑了说，"没什么可急的，我从来不在乎这些数不清的中途小站，我只记住始发站和终点站，然后忙碌我的工作就行，有什么可急的呢？"列车员顿了顿又说："就像一个人，只要他出生长大成人，他只需记住自己生命的目标，只需知道自己在不停地忙碌着就行，不必去担心自己的每一天要怎么过，每一件事要怎么做，就像一棵大树不必担心一片微小的树叶，一条大河不必担心一滴微小的水，这样生命和人生才会变得坦然而从容。"

是的，人生的路途虽然漫长而遥远，虽然有着许多或苦或甜的人生小站，但我们不必去一一留意那些岁月的小站，只要记住我们人生的最终目标，而且知道自己时刻都在为这个人生目标工作着就行了。

理想里的那些飞蛾

⊙罗 西

真实的幸福可以很小，但一定温暖；理想中的幸福很丰满，但虚空。

驱车一个小时后，抵达福州郊外的"大帽山生态农庄"，为一个晚餐，那里有传说中的土鸡土鸭、河里抓的鱼虾、活生生的南瓜……山路不崎岖，却也恰到好处地蜿蜒，不经跋涉，却也有妙趣的小颠簸。

主人叫江平，身体厚实，态度平和，没有传统的仙风道骨的身材，却有智者的从容。

那是周五，盖在山野里的孤零零一栋三层大楼，只有我们一行四人食客，我们是慕名而来，在落日刚好在屋檐前晃荡的时候，我们欣喜落座。

最初以为江平先生只是一个喜欢野趣、卖弄土味的精明酒家老板，在香樟茶几前喝着茶漫谈的时候，才明白他不是一眼可以看穿的商人，是有故事的传奇。原来他的大事业在山林里，这个酒家只是接待一些喜欢山的朋友，需要预约，真正是"来的都是客"，若有闲情，还可以在这里小住，晚上睡觉是不用关门窗的……星星或者月亮都是你的梦幻灯笼。

江平先生原是城里某企业高管，事业巅峰、正壮年的时候，急流勇退，进山，包下800多亩山野，种树、种菜、养鸡、鸭、羊、猪、鱼……还有名贵的桂花以及可以做盆栽的茶……这是他小时候的一个梦想，有自己的山头、庄园，有亲自找到的泉眼，有真正的耕耘、收成、旭日东升与日落西山……

没有确定的前世来生，那就把一生分为前半生和后半生，前半生就是为了这样一个理想而积累金钱。他的理想非常清晰，坚定，如蜗牛背上的壳，是生命的一部分，也是生活的全部，他就想做农场主，现在，他终于完胜，真切地实现了梦想，前半生很辛苦，因为坚定地坚持着背着理想前行。

我们一般人也都有理想，但多写在作文里、讲演里、决心里，而他不是，他身体力行地去做，他的人生就是一个规划。

他去过澳大利亚等世界很多地方考察农庄的经营，他不是隐居的诗人，但他喜欢读书，还看过我写的闲书，现在，雇用近百人园丁，有一山又一山名贵树木，有清高的别墅，有林里的风、坡上的月亮，半夜有狗叫，还有警惕的鹅不时"嘎"几声……

他真实地毫不折扣地实现了人生最初而且一直坚持的理想。很美，很幸运。

我无限羡慕他，因为他是个真正行动的理想主义者。

有理想，还理想主义，更可怕的是，他全实现了。

饭后，吹风，漫天星星，他笑说，也不是没有缺憾，理想与现实永远无法天衣无缝地重叠。我很好奇，那缺憾是什么呢？他的答案居然是：飞蛾！理想里的那些飞蛾。

原来，他有个心病，害怕夜里的飞蛾、萤火虫、金龟子等昆虫。可是只要有光，山里都有这样飞舞的小精灵。特别是飞蛾，好看的，丑陋的，诡异的，平凡的，大型的，精致的，什么都有。所以，每天晚上，他都要请管家在他房间"清蛾"。

我以为，他会为此感到不开心。因为理想意味着完美。

他说，不，理想的"完美"与"真实"，他更在乎的是真实，理想里的那些飞蛾，如同美人脸上的雀斑，让他更真实地生活在理想里，更踏实地感到实现理想的幸福。

等　　待

⊙陈志宏

等待，磨的是意志，是心。一任等待，要么上天堂，成伟业；要么下地狱，成笑话。

守株待兔，从小听到大的故事，笑了这么多年。那个被人嘲笑了上千年的宋国农民，其实，给它戴上"史上最执著的农民"的帽子，也毫不过分。和下山一路掰一路丢玉米棒子的那只猴子比，这样傻等，更具诱人的励志意义。

一个超级耐等,一个急不可待,丰富了儿童的故事世界,也令成人回味再三。和"生存还是毁灭"一样,等还是不等,是人生极具迷惑性的问题。

看到一张电击纽约自由女神的图片,惊得人不敢相信是真的,以为是哪位高手在PS弄人呢——世上哪有如此巧合之事。摄影师杰伊·菲恩为了拍到这样的效果,一等40多年,终于在他58岁的时候梦圆取景框。时间是2010年9月22日晚上8时45分。这一刻,授予他"新世纪最执著的摄影师"的称号,当之无愧。

杰伊·菲恩回忆说:"当时风很小也没下雨,这样我就可以安全地躲在室内(巴特利公园城——作者注)从开着的窗口拍摄。那天晚上打了150次闪电,这一幅是第82次闪电。照片拍摄出来后,我只是调整了一下水平度做了一下剪切。"

多不容易啊,80多次闪电,80多次抓拍,终于撞大运,遇上了。为了这一张照片,40多年来,他躬身风雨中,苦等痴候,多么辛苦,却毫不在乎,一直相信好运会降临。他说:"能拍到这样的照片只能说我走运,这种机会,也许一辈子才有一次。这是我曾见过的首张闪电击中自由女神像的照片。"

如果古时候宋国农民兄弟再等上40年,会不会还遇上傻呆的兔子撞上树干,让他再次捡便宜呢?基于古代环保比较好、兔子多的事实,这完全有可能的。可是,为什么千百年来,我们却依然嘲笑守株待兔的农民?只因他在等待的时候,荒废了田园,失去生存之依。而今,普天之传媒不约而同报道杰伊·菲恩的拍摄传奇,实乃菲恩先生在等待的同时,没有荒掉自己的手艺,并不妨碍他在没有闪电时,拍摄别的东西,不影响他成为杰出的摄影师。这些才是等待的关键内涵。

菲恩先生搜集过资料,知道每年有600多次闪电击中自由女神像,所以才能横下一心地等,不怕等上40多年。可苦了没有学过《概率论和数理统计》的宋国农民,压根不知道兔子再次撞树干的概率。等待的高下,就从这里分野了。知道出现概率则成就伟大瞬间和杰出人物，不知，则是荒唐一梦，沦为千古笑谈了。

等待，是磨人的，磨的是意志，是心。一任等待，要么上天堂，成伟业；要么下地狱，成笑话。

塞缪尔·贝克特的《等待戈多》是经典的荒诞剧，把等待状态，推至某种极致。多年来，无数人都在探问，戈多是谁？戈多为什么没来？无非是想解决掉那个悬疑——值不值得等待，要不要继续等待？据说，至今也没有人破解这一疑问。其实，有些"袋子"是不用解开，人这一生，不就是一个等待的过程吗？当然不只是等死，等的内容丰富多彩。

有人说，要善于忍耐，要善于等待；

有人说，等待没有意义，珍守眼前人，把握好当下。

有人说，顺着一个恒定的方向，等下去，总会有灿然的结局。

等，还是不等，亲爱的朋友，你说呢？

从神偷到安全顾问只是一个转身

⊙孙道荣

技巧、能力和智慧，没有善恶，不分好坏，就看你将它们用在什么地方。

杰拉尔德·布兰恰尔德是一个超级神偷，加拿大警方当初费尽周折，才将他逮捕归案。警方形容他是"最复杂的犯罪头目"，对他进行了40多项指控。

且看他的辉煌"战绩"——

加拿大帝国商业银行，是一家著名的国际银行，它的品牌位居"世界品牌500强"之列，其在世界各地的营业机构的安保措施，更是异常严密。然而，就在加拿大帝国商业银行温尼伯分行开张的前一天，却被布兰恰尔德轻易地偷走了50万加元。布兰恰尔德先是偷走了这家即将开业的银行的建筑图纸，再将自己的一套电子监控设备，偷偷地安装在了温尼伯分行内，使银行的自动取款机的安全系统失效。然后，他通过针眼摄像头和自动取款机房的监听设备，轻而易举地躲开了银行保安的视线，卷走了50万加元。

布兰恰尔德最经典的一次行动，是在众目睽睽之下，在展览厅将价值连城的"茜茜王后之星"钻石偷走。"茜茜王后之星"是奥地利王室的传家宝，它是奥地利皇后茜茜公主的遗物，被认为是欧洲最贵的钻石。1998年，布兰恰尔德携新婚的妻子，在欧洲进行蜜月旅行中，听说这枚钻石正在维也纳一个向公众开放的城堡中展览。兴奋异常的布兰恰尔德，乔装成一名游客，在妻子和岳父的陪伴下，混进了城堡，神不知鬼不觉地，从展柜中偷走了"茜茜王后之星"，然后，将一枚从礼品商店买来的复制品，放在了展柜中。"茜茜王后之星"就这样在严密的保安措施中，被布兰恰尔德偷走了。

布兰恰尔德令警方伤透脑筋，至被警方缉拿归案时，他和他的国际诈骗与盗窃团伙，已经从世界各地的银行和金融机构盗窃了数百万元。

作为一名小偷，布兰恰尔德似乎有着惊人的"天赋"，在供词中，他是这样评价自己的："我就是有这种能力，能够环视四周，并察觉到任何东西的缺陷。我很擅长走进一家银行，环顾四周，就能清楚地知道这个地方的安全缺陷在哪里，并利用这个安全缺陷。"

细致地观察，敏锐地找到安全缺陷，善于利用缺陷钻空子，屡屡得手……这就是神偷布兰恰尔德神出鬼没的路线图，换句话说，这也正是他成为神偷的"能力"所在。

今年年初，被判入狱八年的布兰恰尔德获得假释，走出了监狱的大门。布兰恰尔德决定金盆洗手，从此不做江洋大盗了。改邪归正的布兰恰尔德决定找一份体面、稳定、合法的工作，来养活自己和家人。他选择做安保顾问。

昔日的神偷，要做安保顾问？这不是恶作剧，也不是闹剧，而是一个人郑重的人生选择。

布兰恰尔德再次走进了他所熟悉的银行，柜台、监控、报警装置、保安、花花绿绿的钞票……布兰恰尔德敏锐地观察、搜寻、发现，确定银行安保系统的缺陷。没有人比神偷布兰恰尔德能够更快地发现和找到这些安全缺陷和隐患了。与神偷布兰恰尔德所不同的是，安保顾问布兰恰尔德这次是要找出缺陷，并帮助银行堵住这些缺陷，以达到安全的目的。

安保顾问布兰恰尔德受到了银行和金融机构的热烈欢迎，他帮助一家家银行找到了漏洞，加强了安保防范措施，建立起严密的安全网，而他自己，也从中获益，靠自己的聪明才智，获得了合法的可观的收入。

从神偷到安全顾问的华丽转身，布兰恰尔德的人生经历告诉我们，技巧、能力和智慧，没有善恶，不分好坏，就看你将它们用在什么地方。

甘草人生

⊙雪小禅

大爱无痕，润物无声，每个春天来的时候，都是一场雨之后，树仿佛一下就绿了。

有一种草，生长在荒芜之地，性坚韧，风沙与干涸不会轻易让它死亡，哪怕有一线生机，它就会顽强地生存下来。

后来，人们发现它可以制成药品，味苦，有淡淡清香，很廉价的药，叫做甘草片，如果咳嗽或咽喉肿痛，吃几片就能见效。

有两个英年早逝的演员，人们说，他们的精神似甘草。

一个是高秀敏，一个是傅彪。不张扬的个性，从社会的底层一点点上来，永远有谦卑的微笑，即使功成名就，也是朴素做人。他们的离去，让众多的人掬了一捧辛酸泪，有的文章标题是：为什么这样的好人会早早离去？

在最不得意时，他们吃过太多苦，似一株耐寒甘草，默默地努力着。高秀敏每年都要回乡下农村过年，把自己的号码留给乡亲们，她不怕乡亲们麻烦她，她说，那是她的骄傲。

傅彪在冯小刚的剧组里送盒饭，那是最初。为了替冯小刚省下几块钱，他不停地讨价还价，后来他红了火了，一样低调做人，说自己不过是平凡世界一粒芥子。新浪网上，他的人气最好，他离去后，留言几百万条，众口一词，祝他在天堂走好。他去世前已经很瘦，朋友去看他，他把左腿搭在右腿上，朋友说，行啊，现在能搭上了。胖的时候，他根本做不了这个动作，看到朋友这样说，他孩子一样把动作重复着，看得人心酸落泪。

知道自己已是枯木不再春，他对朋友说，天堂那边大概挤，我提前给大伙占个地方去。这样的玩笑说出来已经云淡风轻大彻大悟。

他们不曾当过太多主角，一个是因为赵本山而红透，可少了高秀敏的陪衬，赵本山的小品不再有光芒，她是一株甘草，虽然低微，可是没有她，就真的没了味道。

傅彪在冯小刚的电影里是只有几句台词的演员，但因了那几句台词，冯氏电影显得光彩夺目，他说的台词，已经成为大众经典。

很多名贵中药都会有这味药，医生说，少了它们，这药根本就配不出来，也就没有多少药用价值。

拥有甘草人生的人，从来不怕失败，从来有一颗感恩的心，当傅彪获得奖项时，他总是说，感谢人民，没有人民，就不会有他。

懂得感恩的人，不会忘记过去。所以，乡亲们会哭别高秀敏，那是他们的亲人、嫂子、妹子、女儿、大姐……做人到如此，也算是圆满。

身边的人，又何尝不是一株甘草？我看到早晨扫街的女人，四十多岁，每天勤苦地劳作，为了自己瘫痪的丈夫和读中学的小儿，我看到一个六十多岁的老太太推着中了风的老头在阳光下散步，给他讲着年轻时的爱情故事，我看到中年的男人骑着三轮车在奔跑，只为多赚几块钱养家糊口，我看到那些白领们匆匆踏上地铁，不停地用电话联系着业务，我看到孩子们背着很沉的书包去上学……我们，不过是一株甘草，都在抵挡着岁月的风霜和雨雪。没有人会随随便便就成功，就像超级女生冠军李宇春，这个怀着音乐梦想的女孩子，人们看到的只是她现在的成功，其实她已经为音乐做好了吃苦的准备，比如去做北漂，住阴暗的地下室，做酒吧歌手，她说，为音乐，她想付出一生，她不怕苦。

命如甘草，我们知道了应该在生活中学会坚韧和忍耐，生如甘草，我们应该知道，那入口的最后会有一丝丝甜，那样的甜，是尝遍了苦的甜。如果你懂得，那么，它就是久逢的甘霖；如果你懂得，它就是屋檐下的春燕再来；如果你懂得，它就是历经风雨后的彩虹初现！

第五辑
你就是自己的奇迹

一滴水的力量是微不足道的,然而许多滴的水坚持不断地冲击石头,就能形成巨大的力量,最终把石头冲穿。

——薛峰《坚持寻找一分钱的歌唱家》

一个傻子能做什么

⊙澜 涛

永远不要看低自己,因为,哪怕是一个"傻子",也总有一样比别人强。

他16岁那年,升入了高中二年级,他虽然更加刻苦努力地学习着,但因为他的智商偏低,他的成绩和同学们越拉越大。校方婉转地示意他退学。那是一个连太阳都暗淡的日子,他辍学了。因为没有文凭,又没有经验,一直没有什么地方肯用他这个"傻子"。父母开始无奈地叹息起来。他开始觉得自己是父母的一个累赘,陷入了痛苦的深渊中。

这天,他来到家附近的一个公园,坐在一个角落,凄凉地想着心事。不知道过了多久,一位老人走过来和他搭话,他注意到老人装着一条假腿,少了一只胳膊,并且瞎了一只眼睛,一种同病相怜的感觉让他将自己的所有痛苦愁绪都说给了对方。他问老人:"我什么都做不了,我是一个傻子,一个累赘,我该怎么办?"老人看了看他,笑了,没有说什么,开始吹起了口哨。随着老人的口哨声,他注意到,开始不断有鸟儿飞来,落在他和老人附近的树上,欢快地鸣叫着……良久,老人停了下来,对他说道:"每个人都有一样是别人比不了的,你也有。"

他记住了老人的话,他激励着自己:"我一定有一样是比别人强的。"

大约半年后,他终于得到了一份替人整建园圃、修剪花草的活儿。虽然这是一个忙碌劳累的工作,但他异常珍惜这个机会,因为他发现,他是那样地喜欢和花草交谈。他非常勤勉用心地做着。不久,人们发现,凡经他修剪的花草无不出奇的繁茂美丽。他也开始经常替人出主意,帮助人们把门前那点有限的空隙因地制宜精心装点，经他布设的花圃无不令人赏心悦目。一天，他路过市政府，注意到有一块污泥浊水、满是垃圾的场地，觉得和周围的美丽非常不和谐，他主动向有关部门申请要免费整治这块空地。当天下午，他拿了几样工具，带上种子、肥料来到目的地。一位热心的朋友给他送来一些树苗，一些相熟的雇主请他到自己的花圃剪用花枝，一家家具厂表示愿意免费承做公园里的条椅……不久，这块泥泞的污秽场地就变成了一个美丽的公园，绿茸茸的草坪，曲幽幽的小径，人们在条椅上坐下来还能听到鸟儿在唱歌……

一年一年，时光流逝着，他一直没有学会外语，微积分对他更是个未知数，但他对色彩和园艺却异常敏感，他不断地为人们设计着花圃园林，他工作到哪里，就把美带到哪里，他的名字也开始蜚声世界，他就是加拿大风景园艺家琼尼·马汶。

永远不要看低自己，因为，哪怕是一个"傻子"，也总有一样比别人强。

每一棵草都是风的旗帜

⊙陈志宏

人生就是要扬起独属于自己的那一面旗帜，高高飘扬自己的五彩个性。

静静是我偶然之间认识的一个再平凡不过的女人。别人问及她的行当，她乐呵呵地说："我啊，搞地勤的。"不知道的人，还以为她在哪家航空公司高就呢。她所谓的地勤，其实就是扫地。她在一家保洁公司做清洁工，哪怕一身工服，也很注重打扮自己，衣着整洁，发丝不乱，脖子上挂一串珠子，市面上那种挺便宜的浊黄木珠，竟也衬出几许妩媚来。问她信不信佛，她只笑笑说："信，佛就在心中。不信，佛就在天上。"如此绝妙的回答，倒是很少听过。再苦再累，她眼里总荡漾着一圈淡淡的笑意，嘴里哼着不着调的歌——不在意歌，只关乎心情。卑微的苦工，在她，却当是高薪白领的活计。

在我看来，静静有谜一样的朦胧美，让人猜摸不透。

第二次见静静，她高仰着头，落落大方地喊住我，言语间，颇有些热情洋溢的味道。她说："陈老师，见你一次真不容易啊！"心想，才见一次，她居然能准确地认出我来，真是服了。见过无数清洁工，个个都低着头，看地，清扫，她这样有些调皮地仰着头，模样煞是好看。她有些喋喋不休了："我上电视啦！是跟我们家春春一起上的。哈哈，有机会，你一定要看啊！下星期三，湖南卫视下午两点播。"难怪她会如此自尊，如此自信，原来她培养了一个名叫春春如此有出息的孩子。孩子永远是母亲最珍视的宝贝，是母亲骄傲的本钱。这就是她的乐天气质时不时浮泛于形神之中的原因吧。

对她，无非是看到谜底之后的豁然，不深的交情，也就不会把她的交代往心里记了。转身，就将她的叮嘱忘在了脑后。

到了那一天，突然收到一条陌生人发来的短信——陈老师好，敬请关注湖南卫视今天下午两点的节目，有我的镜头啦，谢谢！刹那间的疑惑过后，搜寻记忆中的积存，一下子就猜辨出是静静。真佩服她的细心，说之后，还要短信提醒。很少看湖南台，这一次随手打开来看，让我吃惊的是，这是歌手李宇春现场演唱会的录像。终于看到静静，那是给现场观众的一个特写镜头，也就五六秒吧。她夸张的表情，舒展到极致的豪笑，让我看到与她工作毫不相干的另一面，与她工作时一样，这也是一袭的美丽。

我想起她随口说的那句"我们家的春春"来，她家的春春，原来不是自己的孩子，而是歌手李宇春呢。

后又见到静静，她给我介绍了去广州参加李宇春演唱会时的情形，一帮"玉米"给她订最便宜的机票，门票是网上预订的，与人合住四星级的酒店，其实都不算贵了。但总的算下来，她却用了三四个月的工资才马马虎虎填上这个窟窿。她说："没办法，只好夜里再接一份零工，否则，吃饭的钱都没有了。"

这一次，她给我送了一张李宇春的正版CD《N+1》。手握这张《N+1》，回想与静静交往的点滴，我想，也许世俗会给人定义N种状态，但总有一些人，在樊篱中突围，找寻到自己人生的N+1，将一种缥缈可能化为活生生的现实。这N+1，是诗意般的生存，是个性化的生活，是无数人孜孜以求，却总是擦肩而过的人生"优乐美"。

芸芸众生，如蚁般的人群，就像大地上的野草，每一棵草，都是在风中高高飘扬，那是大地上的旗帜。N+1的人生境遇，让每一个草根在自己小小的生活领域，化凡俗为神奇，将生活的点滴细节鼓胀成风，吹起独属于自己的那一面旗帜，高高飘扬自己的五彩个性。

并不是所有的清洁工都是扫地的，还有如静静一般追求自己乐子的人；并不是所有的穷人都忧戚戚，还有乐天开怀之人。

——只要你向人生的N+1方向，左突右奔，直线追击。

站在我光环下的你

⊙安　宁

> 厚重的外壳，是安全的堡垒，但是有时只有褪掉沉重的外壳，才能飞得更高更远。

他从小便生长在我的光环里，说不清是悲是喜，就那样悄无声息地行走,听着我轰隆隆碾过的得意的车轮。

我读大学的时候,他才刚刚小学毕业,没有考入重点中学,有人见了他便嬉笑说:你姐姐当初读的可是最好的初中,你念的这所,她看都看不上眼呢。他也不争辩,白人家一眼,便用力地甩一下书包,嗖一下跨上车走人。那车也是破旧的,他几次央求家人要辆新的,可是无用,父母总会冷冷丢给他一句:你姐姐当初还没车可骑呢,不照样进了最好的中学,且年年考试第一?他不再言语,只拿起气管,哼哧哼哧地给车打气,好像将自己心里的怨怒,也一并充入其中。

他在学校里,遇到的老师,有听说过我的,上课的时候看他开小差,偷偷听流行歌曲,便用教鞭敲他的脑袋,挖苦他说:你和你姐姐一个爹妈生的孩子,怎么差别就那么大呢?他红了脸,将CD机关掉,耳机却是塞在耳朵里,始终不肯摘下。下课后有同学围拢过来,将一本最新的杂志放在他面前,指着上面我的笔名,说:看你姐姐又发文章了,写得好棒呢,你那些经常被老师念的文章,不会是她替你写的吧,或者,是将你姐姐读书时的作文拿出来抄了一下?他并不气,拿过杂志,翻到我的那篇文章,趴在书桌上,默默地看完,而后起身去还。

我和他很少说话,放假回家的时候,看到我来,他都不会喊一声姐姐,却会在父母不在家的时候,笨手笨脚地去厨房做饭,烧了稀粥,炒了青菜,还用油炸了丸子。我坐在沙发上看书,他便端过来,说:吃吧。父母回来看到他烧的饭菜,尝一口,说:真咸,怎么能吃?我替他解围:比我做得好吃多了。父亲便瞪眼:做饭再好吃管什么用?学习要比你一半好我们也知足了。

我在家的时候,他与父母发生冲突的几率也高。常常便不知怎么,就和他们争吵起来。他不是那种叛逆到跟父母气势汹汹吵闹的孩子,他只是争辩两句,便出了家门。家人从不去找他,也知道他没有钱,根本走不远,顶多是在小城里游逛到天黑,而后踩着稀薄的月光,寂寞地走回家去。开门后会自己去厨房里找吃的,剥一根大葱,啃一个凉了的馒头,老鼠一样咯吱咯吱吃完了，便上床睡觉。

有时候我会背着父母出去寻他，在家门口父母不会经过的小巷子里，他坐在石凳上，低头用一根树枝胡乱地画着什么。我劝他起来回家，他始终不肯，只说：让我一个人待会儿。我只好走开，听见后面啪嗒啪嗒地有脚步声，回头，却看到一只毛色灰暗的流浪狗，停住了，用忧伤的目光，安静注视着我。我的心突然很疼，不忍再看，扭头走开。

年龄愈大，我们的话语愈少，后来他用几十块钱，从同学手里买了二手手机，开始发短信给我。省钱，所以每一条短信都会很长，而我因为懒惰，回复给他，常常很短。大多是学习中的苦恼，或者与父母的矛盾，我总是教育多过沟通，他便淡淡回一句：看来你也不能真正理解我。我并不计较，删掉短信，继续自己的城市之旅，将不知如何寻到出路的他，丢弃在小城。

他的QQ，一直挂在我的上面，灰色的头像，从未亮起，但签名档里，却是总会更新。也不知是不是写给我看，忽而明亮自信，忽而烦恼厌世。有时他会留言给我，碰到我在，也不多言，得到回复，便即刻止住，说：姐姐你忙，不扰。我总是千篇一律地叮嘱：在父母面前多说几句好话，让他们高兴，你也不会缺了什么，以后出门读书，想听唠叨，怕是还寻不着。他从不回复我这样的说教，也不知是已经关机出了网吧，还是根本不愿提及这个话题。

有一天在家，我无意中进入他的卧室，打开床前的抽屉，看到一本厚厚的留言册。心内好奇，打开来看，一页页地翻过去，心内便生出丝丝的疼痛，犹如一把小刀，面无表情地割着我的手臂。几乎每隔两页，便会看到别人给他的留言里，千篇一律地，说：真羡慕你，有一个如此优秀的姐姐，有她一路帮扶着，想必你也会有美好幸福的未来。留言册的下面，是一本一本的杂志，我的文字，在其中光芒闪烁。而我出过的第一本书，也不知他从哪儿买到，已经翻看得书页脱落，却在抽屉的最里面，以它夺目的光泽，将他整个的年少时光，霸道地笼罩。

突然想念十岁以前的他，送我上学，在雨后的泥地里走，我载不动他，他便啪一下跳下车去，踩着软泥，在小路上一边奋力飞奔，一边回头看我，而且兴奋地大喊：姐姐，快点骑啊！你追不上我啦！我看着他两条瘦瘦的小腿，犹如一只鸟儿的翼翅，自由地在风里拍打，心底的温情，慢慢膨胀，成为一朵大大的棉花糖。

那段记忆，我写入了书里，我知道总有一天，他会看到，而我也会看到，他褪掉沉重的外壳，如一只蓬勃的大鸟，毫不犹豫地，飞离我锐利冷硬的光环。

每个星期扫地7天

⊙澜 涛

有时机遇很简单，就是只需要对工作完成得比规定的多。

1958年，26岁的他离开老家湖南偷渡到香港。但是，由于人地生疏，加之他英文有限，广东话又听不懂，又无任何背景，连连碰壁了几天后，他才在一家公司找到一份勤杂工的工作。

那是一份薪水极低的工作，而每天所要做的工作只是周而复始扫地、清洗厕所，等等。这对于带着转变人生梦想来到香港的他是一个沉重的打击，但他没有别的选择，因为交纳了偷渡费后，他已经身无分文，如果连这份工作也不做的话，他只有饿肚子。因为公司每星期正常的工作日只有5天，星期六和星期日一到，其他勤杂工就都迫不及待地跑出去逛街、游玩、放松。他也异常渴望欣赏一下香港的风貌，游览一下香港的市容，但考虑到公司周六、周日时常会有人加班，而卫生没有人清洁的话将会一团糟，他便在其他勤杂工出去的时候独自留下来，打扫卫生。虽然这只是一份"额外"的工作，但他依然做得一丝不苟。半年后的一个星期日，公司老板到公司的时候发现了他这个勤劳的勤杂工，很是惊讶，在了解了他每个周末都如此之后，第二天，老板找他谈话后，将他提升为办公室的一名员工。此后，他不断被提升。做了几年公司总经理后，他向老板提出要自己做生意，老板欣然同意，并参股他的公司，他由此开始了对梦想更快捷的追逐。

今天，这个人已经84岁。他就是2003年启动了"彭年光明行动"，计划用3至5年时间，捐赠5亿元人民币，为中国贫困地区的白内障患者免费实施白内障复明手术的香港亿万富翁余彭年。

没有人生来财富加身，责任心却可由小培养。

每个人都渴求转变命运的机遇，有时机遇很简单，只需要对自己的工作每一天都一丝不苟，而不只是完成所谓的规定。比如，一个星期扫地7天也可以扫出亿万财富。

横穿英吉利海峡的方法

⊙孙道荣

奇迹的产生，并不复杂。坚强、勇敢、探索、挑战以及飞翔的心，是成就奇迹的心。

每天，都有数以千万计的人，来回穿梭在英吉利海峡的上空、水面和海底隧道，不过，这几天，横穿英吉利海峡的人群当中，数17岁的英国男孩爱德华最为抢眼，因为他既不是乘飞机，也不是坐轮船或者汽车，而是靠一块普通的冲浪板，采用花式滑水的方式，成功越过英吉利海峡的。他因此入选吉尼斯纪录，名称为"最快使用花式滑水越过英吉利海峡者"。

爱德华不是第一个用非常规的方式成功横穿英吉利海峡的。事实上，数百年来，不断有人，用常人想都不敢想的怪异办法，穿越英吉利海峡。

有人是这样从空中飞越英吉利海峡的——

1785年1月7日，法国发明家和热气球飞行先驱让-皮埃尔·布兰查德和美国人约翰·杰弗里斯，第一次靠乘坐热气球成功飞越了英吉利海峡。法国国王路易十六因此奖励给了布兰查德一笔丰厚的养老金。

1979年6月12日，美国自行车健将布赖恩·艾伦，骑着一架"人力飞机"成功飞越了英吉利海峡。这架名叫"蝉翼信天翁"的人力飞机，它上面的两片大螺旋桨不是由发动机驱动，而是由飞行员像踩自行车一样靠脚力驱动。由于"飞行员"布赖恩的脚力有限，飞机的平均时速只有18英里，距离海平面的平均高度只有1.5米，它几乎是贴着海面飞过去的。

这不算什么。2003年7月31日，奥地利"鸟人"菲利克斯·鲍加特纳先乘坐飞机抵达英国多佛港口上空9000米的高空，然后他跳出飞机，凭借身上穿的翼展1.8米的"飞行翼"展开滑翔飞向法国海岸。6分钟后，他飞到法国海滨城市加莱附近的高空时，打开降落伞安全降落，鲍加特纳也因此成了世界上第一个靠"飞行翼"飞越英吉利海峡的人。

这也不算什么，比"鸟人"鲍加特纳更牛的大有人在。2010年的5月28日，美国37岁气球探险家乔纳森·特拉普效仿好莱坞动画片《飞屋环游记》中的情节，坐着一张系在一大堆氦气球下的办公椅，成功飞越了英吉利海峡，降落到了法国北部的一块菜田中。就在乔纳森·特拉普完成壮举两个月之后的7月31日，89岁的英国老翁汤姆·莱吉，威风凛凛地站在一架产于20世纪40年代的特技飞机机翼上，飞越英吉利海峡。

除了不断翻着花样从空中飞越英吉利海峡，还有很多人尝试着用各种各样的方法，从水中横渡英吉利海峡——

1875年8月25日，英国男子马休·威伯在不借助任何人造物品的援助下，单靠游泳的方式，耗时21小时45分钟，成功游过英吉利海峡，成了历史上第一个游过英吉利海峡的人。2010年8月10日，64岁的澳大利亚妇女欧德翰游泳横越英吉利海峡，成为徒手游过英吉利海峡最年长的妇女。2001年7月30日，残疾人张健，实现横渡英吉利海峡的伟大壮举，并成为第一位只身横渡英吉利海峡的中国人。2005年8月23日，33岁的希拉里·李斯特，一位只能够摇动头、眼睛和嘴巴的残疾妇女，凭着严重残疾之躯，创造了一个奇迹，仅靠"呼吸"就独自驾驶帆船成功闯过了英吉利海峡，创造四肢瘫痪者孤身一人航行距离的新纪录。2007年5月15日，英国喜剧演员蒂姆·菲茨希海姆竟乘坐一只浴缸，耗时9小时6分钟划过了波涛汹涌的英吉利海峡。

还有人试图这样横穿英吉利海峡：两名英国人，用羊粪造出了纸，然后，用这种纸做出了一个独木舟，并准备划着它，横渡英吉利海峡；一名荷兰人，用1500万个棒冰的棍子，做成了一条小船，他意欲驾驶它越过英吉利海峡……

还有什么方法可以穿越浩瀚的英吉利海峡吗？一定会有的，也一定会有人尝试着用出乎我们意料的方法，横穿英吉利海峡。长560公里，宽240公里的英吉利海峡，像一条袖子一样，将英伦三岛和欧洲大陆分割开来，千百年来，跨越英吉利海峡，成了一代又一代人的梦想。1994年5月6日，耗时7年之久的英吉利海峡隧道贯通，滔滔沧海变通途。如今，人们可以轻松地驾车一个小时，就能从海底穿过英吉利海峡。不过，这并不能阻止人们，采用各种怪招，横穿英吉利海峡。因为，每一个试图依靠自己的智慧和力量穿越英吉利海峡的人，都有一颗坚强、勇敢、探索、挑战以及飞翔的心。

最傻的人成功了

⊙感 动

> 成功的人，并不一定很聪明，但他们必定是傻傻地专注于同一事物从不动摇的人。

1862年，德国哥廷根大学医学院的亨尔教授迎来了他的新学生。在对新生进行面试和笔试后，亨尔教授脸上露出了笑容，但他马上又神色凝重起来。因为他隐约感觉到这届学生中的很大一部分人是他教学生涯中碰到的最聪明的苗子。

开学不久的一天，亨尔教授突然把自己多年积下的论文手稿全部搬到教室里，分给学生们，让他们重新仔细工整地誊写一遍。

但是，当学生们翻开亨尔教授的论文手稿时，发现这些手稿已经非常工整了。所以几乎所有的学生都认为根本没有重抄一遍的必要，做这种没有价值而又繁冗枯燥的工作是在浪费自己的青春和生命。有这些时间，还不如发挥自己的聪明才智去搞研究。他们的结论是，除非傻子才会坐在那里当抄写员。最后，他们都去实验室里搞研究去了。让人想不到的是，竟然真有一个"傻子"坐在教室里抄写教授的论文手稿，他叫科赫。其实，科赫也不知道教授为什么要他抄写这些手稿，但他认为教授这样做应该有他的道理。但是，同学们都开始取笑科赫，他们叫他"最傻的人"。

一个学期以后，科赫把抄好的手稿送到了亨尔教授的办公室。看着科赫满脸疑问，一向和蔼的教授突然严肃地对他说："我向你表示崇高的敬意，孩子！因为只有你完成了这项工作。而那些我认为很聪明的学生，竟然都不愿做这种繁重、乏味的抄写工作。"

"我们从事医学研究的人,不光需要聪明的头脑和勤奋的精神,更为重要的是一定要具备一种一丝不苟的精神。特别是年轻人,往往急于求成,容易忽略细节。要知道,医理上走错一步,就是人命关天的大事啊!而抄写那些手稿的工作,既是学习医学知识的机会,也是一种修炼心性的过程。"教授最后说。

这番话深深触动了科赫年轻的心灵。他意识到身为一个医学工作者的重大责任,在此后的学习和工作中,科赫一直牢记导师的话,他老老实实做最傻的人,以来涵养严谨的学习心态和研究作风。这种做事态度让他在人类历史上首次发现了结核菌、霍乱菌。而第一个发现传染病是由于病原体感染而造成的人,也是这位叫科赫的"最傻的人"。1905年,鉴于在细菌研究方面的卓越成就,瑞典皇家学会将诺贝尔生理学或医学奖授予了科赫。

如果把科赫的经历和你周围的人相印证,你就会发现一个令人深思的问题:那些成功的人,并不一定是很聪明的人,但他们必定是傻傻地专注于同一事物从不动摇的人。

从改变自己开始

⊙朱 砂

有些时候,迫切应该改变的,或许不是环境,而是我们自己。

1930年初秋的一天,东方欲晓,在位于日本东京目黑区田桥不远处的公园里,一个只有1.45米的矮个子青年从长凳上爬起来,用免费自来水洗了脸,便从容地从这个"家"徒步上班去了。在此之前,因为拖欠了房东7个月的房租,他已经被迫在公园的长凳上睡了两个多月了。他是一家保险公司的推销员,虽然每天都在勤奋地工作,但收入少得可怜,为了省钱,他甚至不吃中餐、不搭电车。

一天,年轻人来到一家名叫"村云别院"的佛教寺庙:"请问有人在吗?我是明治保险公司的推销员。""请进来吧!"听到"请"这个字,年轻人喜出望外,因为在此之前,一听到推销保险的,十个人中有九个会让来人吃闭门羹,有时即使有人会让推销员进门,态度也相当冷淡,更不要说"请"了。年轻人被带进庙内,与寺庙住持吉田相对而坐。寒暄之后,老和尚一言不发,很有耐心地听他把话讲完,然后平静地说:"听完你的介绍之后,丝毫引不起我投保的意愿。"年轻人愣住了,刚才还信心十足的他一下子泄了气。老和尚注视着他,良久接着说:"人与人之间,像这样相对而坐的时候,一定要具备一种强烈吸引对方的魅力,如果你做不到这一点,将来就没什么前途可言了。小伙子,先努力改造自己吧。"年轻人沉默了,若有所悟。

从寺庙回去不久,年轻人便每月一次,每次请5个同事或投了保的客户吃饭,为此,甚至不惜典当衣物,目的只为让他们指出自己的缺点。"你的个性太急躁了""你有些自以为是,这样很容易招致大家的反感""你知识不够丰富,难以很快与客户寻找到共同的话题,拉近彼此间的距离"……

每一次"批评会"后,他都有被剥了一层皮的感觉。他把自己身上的劣根性一点一点剥落下来,逐渐进步起来。年轻人还总结出了含义不同的39种笑容要表达的心情与意义,然后再对着镜子反复练习,直到镜中出现所需要的笑容为止。

1939年,年轻人的销售业绩荣膺全日本之最,并从1948年起,连续15年保持全日本销售第一的好成绩。1968年,年轻人成为美国百万圆桌会议的终生会员。这个人就是被日本国民誉为"练出值百万美金笑容的小个子",美国著名作家奥格·曼狄诺称之为"世界上最伟大的推销员"的推销大师——原一平。

原一平用自己的行动印证了一句话,那就是:有些时候,迫切应该改变的,或许不是环境,而是我们自己。

我在第一排
⊙李雪峰

> 优秀是成功最主要的一个途径。而让自己优秀的,往往就是我们养成的一个好习惯。

那是1931年的时候,那时她刚刚六岁,在英国一个微不足道的小镇上,她刚刚读一年级,她个子不很高,也很瘦弱,第一次在学校列队的时候,她站到了队伍的第一位,但眨眼的工夫,几个个头很高又很强壮的男同学就抢站到了她的前边。

她不甘心,从后面的队列里一次次走出来,再一次次站到队列的第一位,但很快又被几个男同学挤到了后面去。后来,老师来了,队列安静下来了,就在老师就要开口讲话的前一分钟里,她又从后面的队列中走了出来,勇敢地站到了队伍的第一位。开始学习后,她很勤奋,也很努力,成绩总是排在全班的第一位。班上选举班长,当众多的同学都不知道应该选谁的时候,她勇敢地站了起来说:"选我吧,相信我是班长最合适的唯一人选!"于是她当选了班长,而且是年年连任,从一年级到二年级,从小学到中学、大学。

就是坐公共汽车,她也要坐第一排,别看她瘦弱,但在挤车时是拼命的,不坐在第一排就绝不善罢甘休。在老家的那个小镇上,人们早熟悉了她的性格,在公共汽车第一排,即使人再多,也总要留下她的位置。

读大学后,她还是一如既往地时时处处抢在第一排,学习成绩次次第一,唱歌第一,跳舞第一,演讲第一,就是演戏剧,她也要争演第一主角。有时,为了争上演男主角,她甚至不惜女扮男装。

四十多年后,她终于抢来了英国、欧洲乃至世界瞩目的第一,她通过激烈的竟选,成了英国开天辟地以来的第一位女首相。任首相后,她处理政务周密、果断、雷厉风行,雄踞首相职位11年,被世人惊称为"铁娘子"。

她就是扬名世界的著名政治家、英国前首相玛格丽特·撒切尔夫人。

在回顾自己的一生时,她说:"我的人生之所以能如此成功,源自我自己的人生信条,那就是:永远争坐第一排,永远争坐第一位!"

争第一排,坐第一位,激励自己出色,让自己远离平庸的旋涡,这是一个人从小成功走向大成功的唯一之路。

积累人生成功,你就必须时时争人生第一排,坐人生第一位,因为,优秀是成功最主要的一个习惯。

麻风树也有春天

⊙感 动

> 不要在乎别人怎么对待你,坚持做好自己,你就会拥有属于自己的那个春天。

在我们生存的这个地球上,有一种植物,它不但形状长得奇丑无比,而且它的茎、叶和皮都含有剧毒的汁液,一旦人的皮肤沾上这种毒汁,会被严重刺激而过敏,最可怕的是,吃下它的三枚果实,就足以致命。因为它丑陋，因为它有毒，所以人们讨厌它、畏惧它，并为它取了一个难听的名字：麻风树。

麻风树原生长在中美洲，16世纪，葡萄牙的探险家把它作为植物标本，带入了欧洲，然后，它被慢慢地传播到全世界。在这几百年里，丑陋和有毒的麻风树一直被人类排斥着、摧残着。人们只要发现了麻风树的踪迹，就会将其铲除殆尽。在澳大利亚，政府甚至以麻风树对人类和动物有害为由，禁止其进入。由于人类几百年来的歧视，世界上现存的麻风树只能远离人类，在最贫瘠、最荒凉、最干旱的地方立足。尽管处境艰难，麻风树却顽强地繁衍着、生存着。

岁月流变，随着地球上的煤炭、石油越来越少，人类开始面临能源危机，为了化解这场危机，人们开始寻找新的能源，但找了几十年，也没有找到。就在绝望之时，人们发现了被遗忘的麻风树。

科学家们对麻风树进行检测后，发布了一个令人振奋的消息：麻风树果仁出油率平均高达64.45%，子粒的含油率为60%～80%！每公顷麻风树田可以生产出2.7吨的麻风树油，制造出约4吨的渣滓发电燃料，以此计算，8000公顷的田地，就可以发电150万瓦特，可供2500户人家使用。这些数据告诉人们：麻风树，是真正的能源之树，它将成为解决能源危机、挽救全球变暖的"救星"。

直到这个时候，人们才发现了麻风树的种种优点：麻风树人工造林容易，天然更新能力强，而且耐火烧；土地再贫瘠也无妨，因为麻风树可以在热带或亚热带地区的任何地方生根发芽，在生长的同时，还有培育土壤、防止侵蚀的功效；麻风树耐旱，它能挺过连续三年的大旱；在荒地种上麻风树，能增加地球吸收二氧化碳的能力，同时抵消了麻风树种子渣滓当做火力发电原料所产生的温室气体；麻风树的果实采摘期长达五十年，一棵麻风树可以为人类服务一生……

几乎在一夜之间，曾经令人类讨厌的麻风树变成了人类的希望和宝贝。世界各国石油公司和生物能源公司纷纷看上了它，并开始在印度、非洲南部和东南亚地区建立种植麻风树基地。在印度，政府已规划出1100万公顷适合种植麻风树的土地，斯威士兰第一座麻风树发电厂预计三年内投入营运。与此同时，欧洲的许多国家都正在洽购非洲土地用来种植麻风树。

谁也不会想到，这丑陋的、流着毒液的、一直被人们厌恶和摧残的怪树，竟会是人类未来的希望，这是多么荒谬而又让人深思的事情！

虽然人树殊途，但其生存道理又何其类似！请记住这句话：不要在乎你是谁、生活状况如何，也不要在乎别人怎么对待你，你都要坚持做好你自己。要坚信自己的命运最终会否极泰来，就像麻风树也会有春天。

成功有时不计后果

⊙ 薛 峰

成功是不计后果的，左顾右盼、犹豫不决、考虑这考虑那会让你错失许多机会。

那是在十多年前的一天，浙江东阳的一位企业家来到北京参加全国"两会"。在"两会"上，他遇到了著名的大导演谢晋，谢晋当时正在筹划拍摄电影《鸦片战争》，但苦于没有拍摄场地。

"那你们都需要什么样的场景呢？"说者无心，听者有意，他上前问谢晋。

谢晋说："我们要旧广州的场景，要一些街道和建筑，包括民居和店铺，符合当时的风格，能营造出旧社会的环境。可是，现在上哪找这个地方啊？"

"要不，我帮你建一个吧？"他脱口而出。

谢晋很惊讶，要知道，再建一个旧广州那得花费多少钱啊！但他从这个企业家的脸上看到了郑重和真诚。于是，他们一拍即合。

散会后，企业家回到了家乡，准备实施这个计划。那是一个偏僻的地方，交通不便，没有一条像样的柏油路，四周是山，信息封闭。对他的举动，许多人都觉得不可思议，认为他是一时冲动，为别人建一个"旧广州"，没有多少钱好赚，自己不是亏大了？

但企业家想到的是，自己的公司也需要一些文化设施，如果建好了"旧广州"，既可以为谢导演解了燃眉之急，以后也可以成为公司的文化设施。至于其他后果，暂时想太多都是无用的。

说干就干，他抛开所有阻止，远离所有非议，"一意孤行"地进行自己的"旧广州"工程。

经过一年的大兴土木，"旧广州"建成了，谢晋在这里成功拍摄了《鸦片战争》，该片上映后，这个地处僻壤的小镇声名远播。不久之后，陈凯歌想拍摄电影《荆轲刺秦王》，找到这位企业家，希望他能建造一座秦王宫。建造秦王宫投资巨大，他敢不敢接受？企业家从"旧广州"的成功中得到了启示，八个月后，在一片荒山和野地上，一座气势恢弘的秦王宫出现在大家的面前。

再后来，旧香港、清明上河图、明清宫苑、江南水乡、屏岩洞府、大智禅寺、古民居等一些庞大的工程相继在这个小镇建了起来。许多大牌导演如张艺谋、王家卫、徐克、李少红、尤小刚、胡玫等纷纷前来拍摄影视，于是便有了《英雄》《汉武大帝》《无极》《满城尽带黄金甲》《投名状》《功夫之王》《雍正王朝》《天下无双》《天下粮仓》《小李飞刀》等影视名作。

如今，这个小镇闻名天下，每天都是剧组云集，明星璀璨。街市繁华，书店、网吧、酒吧、茶馆比比皆是，小吃、饭馆南北风味俱全，夜生活五光十色。可谓是明星面对面，一日游千年，成了一处独具魅力的"中国乡村休闲之都"，被美国《好莱坞报道》杂志称为"中国好莱坞"。

这位企业家叫徐文荣,这个小镇叫横店。

很多时候,成功是不计后果的,左顾右盼、犹豫不决、考虑这考虑那会让你错失许多机会。人生路上,一旦决定目标,就不要瞻前顾后,患得患失,只有勇往直前,把5%的希望变成100%的现实,那迎接你的,或许就是意想不到的惊喜和成功!

把自己变成榜样

⊙刘述涛

自己在没有榜样的时候,凭着努力真的可以使自己变成别人的榜样。

父亲在影视道路上的失败,成为他一生的痛,他不愿意自己的孩子重复自己的老路。所以他不止一次对想要当演员的达斯汀·霍夫曼说,想做演员成为巨星这样的梦想对于你来说是行不通的,因为站在好莱坞舞台上的都是俊男靓女,像你这样身高只有一米六三,而且相貌平平的人来说,那是地狱,不是天堂。

为了让霍夫曼沿着自己给他设计好的音乐路发展,父亲把他送到洛杉矶音乐学院去学钢琴。可是霍夫曼却在学校的一次庆祝圣诞节的公开演出上,再次爆发出想要做一名演员的愿望。为了实现这样的愿望,霍夫曼竟然放弃自己进行一半的学业,跑到戏剧学院去学表演。

得知霍夫曼不按自己设计好的音乐路线走,而是私自跑去学习表演的事情,霍夫曼的父亲肺都气炸了,他跑到霍夫曼就读的帕萨蒂娜戏剧学院,把霍夫曼拧到操场上问他:"你跟我好好说说,在好莱坞的舞台上有谁能够成为你的榜样，让你觉得现在学表演是人生的一种希望？如果你不能够说出这么一个像你的人来，那么你就只能继续学习你的钢琴。"

想来想去，想得头痛霍夫曼也没有想出任何一位演员像自己这样没有身高没有相貌，还走向成功。但他还是不肯放弃表演，最后脖子一挺，对父亲说："您等着，我就将成为好莱坞别人的榜样，以后那些没有身高也没有相貌的人就会说，达斯汀·霍夫曼这样的演员，就是我的榜样！"听到这样的话，霍夫曼的父亲忽然间不知道说什么，他悻悻地转身离去，只是在离去的时候不忘记告诉霍夫曼，从今往后发生任何事情，都不要指望家里了。

没有了家庭的后援，霍夫曼的日子变得捉襟见肘。为了应付学费，霍夫曼到酒吧弹钢琴，在饭店做服务生。好不容易把学业完成，可是却没有一位导演看中他，就是跑龙套的机会也不给他。为了生存，霍夫曼在饭店里当洗碗工，最穷的时候，他还到精神病院去做看护。每当这个时候，霍夫曼就问自己是不是真的错了，不该不选择父亲给自己设计好的人生之路，但同时也有另外一个声音从他的心底喊出："不，我一定要成为别人的榜样！"

正是想要成为别人的榜样的精神支撑着自己，让霍夫曼终于在话剧《第五匹之行》中饰演了一个角色，这个角色又恰好打动了在台下看戏的大导演迈克·尼科尔斯，迈克·尼科尔斯决定栽培霍夫曼，霍夫曼终于有机会走进影坛，开始了自己的演艺生涯。

在演出中，霍夫曼不断地突破自己，不断地创新角色，并且凭着这些角色多次拿下奥斯卡金像奖和好多个国家给他颁发的终身成就奖。现在，不少记者在写一位身材矮小、相貌平平的实力派演员的时候，就会这样描写这位演员，说他像达斯汀·霍夫曼一样，凭着自己非凡的演技，以及变幻多端的装束和面孔塑造出众多生动而迥异的银幕形象。看着这样的描写，达斯汀·霍夫曼终于明白，自己在没有榜样的时候，凭着努力真的使自己变成了别人的榜样。

创造理由，摘到苹果

⊙冯有才

> 我们可能摘不到高高在上的苹果，但我们可以接近它，观察它，闻到一树芳香。

大专毕业前的半年，学校组织我们在一所法院实习。

法院的旁边，是家报社，因为热爱文字，所以我也刻意地制造机会接近报社，比如投稿，比如提供新闻线索。我的目标也很明确：希望自己毕业后能在这家报社上班。我也知道，这很不现实，因为据我所知，这家报社只接受本科生，并且大部分都是重点大学的毕业生。竞争相当的激烈，我想，只要我仍在报社旁边的法院实习一天，我就努力多给自己一天的机会。

3个月后，报社记者部和编辑部的很多人都熟悉我了，知道有一个热心投稿、热心提供新闻线索的年轻人了。而我，也在这极短的时间里，基本上熟悉了报社工作的大致流程，我和报社的记者编辑的关系都很不错。他们私下里告诉我，报社过几个月可能要进人，听到这，我的心中一阵窃喜。下一步，我想该如何去接近报社的高层了。

不久我发现，报社的许总编很喜欢钓鱼。尤其是一到周末，他就会独自骑个自行车，来到护城河边，安静地钓鱼。得知了这一信息，我的心中一阵高兴，尽管我不喜欢钓鱼，以后的一个月里，护城河边，有一个50多岁的老人和一个20多岁的年轻人，每到周末，就会准时来到这里钓鱼。

慢慢的，许总编也开始注意到了我，一次两次，最后我们聊上了。有一次他很突然地问我："小伙子，你也喜欢钓鱼？"

"不太喜欢。"我如实回答道。

"那你为什么还要每周坚持来钓鱼？"

"我在给自己机会。"

"什么机会？"他很感兴趣。

"接近您的机会。"

"为什么？"我的话似乎吊起了他的兴趣。

"我想让您从认识我，到了解我，再到熟识我。因为我知道，你们报社过段时间可能要招聘新人，我想让您给我这个大专生一次公平参加考试的机会，我仅仅只需要这个机会。仅仅而已！"说到这，我激动起来。

许总编低下了头，沉默了许久，才开口道："一个月后，你再来报社找我。"

果然，一个月后，我在报纸上看到了招聘启事，是他们报纸招聘两名副刊编辑的启事。依照他当初的话，我到报社找到了他，他开给了我一张便笺。然后凭着这张便笺，我顺利地报了名。

先是笔试。96人参加的考试，我考了第四名。然后的面试，是许总编亲自组织主持的，他也是主考官。对于他，我并不陌生，甚至我心里还暗自高兴。

他问我："如果你是副刊编辑，我给你篇稿子，你发不发？"

"发！因为我相信许总编您挑中的稿子一定有质量保证的。"

"如果文章非常差，错漏百出呢？"

"发！因为我会用我的文笔，把文章细心修改润色的。"

"如果我要你尊重作者，不准修改呢？"许总编穷追不舍。

"发！不过我会在文章的醒目位置，再加上一个栏目小标题——'短文改错'。"

那一刻，许总编笑了："你很狡猾！"

我笑着回答他："不是我狡猾，是我十分想得到这份工作。在这过程中，我一直都是在给自己制造理由、创造机会的。投稿、提供新闻线索给报社,我是在熟悉报社的工作环境,同时也是在给自己线索,让自己及时地了解到报社的用人信息。制造钓鱼的机会接近您,我是让自己熟悉您,知道您是一个爱才的领导,同时我也让您了解我,我的确是有用之才,的确能胜任报社的工作的。"

那一刻,我看到了许总编的点头微笑,我也知道,自己赢得了机会,赢得了面试。事实证明,我是报社五年来唯一招聘进来的大专生。

上帝说:我们可能摘不到高高在上的苹果,但我们可以找个理由去接近它,观察它,我们每走近一步,便会闻到苹果的一次芳香。走近、走近、再走近,对你来说都是一次成功,很多时候,在你努力前进的同时,你会有着突然的惊喜——苹果熟透了,然后突然跌落在你的掌心。

学会给自己制造理由,这是一种积极的心态,更是一次毅力的考验。

你也可以成为一颗耀眼的星辰

⊙崔修建

谁都可以升起,成为一颗耀眼的星辰,只要愿意并去努力。

他出身寒微,窘迫的家境只勉强支持他读了几年的书,14岁那年,他便跟随父亲做了小商贩,常年赶着骡队,跋涉于崇山峻岭间,特别辛苦地为别人运送各种货物,仅仅为了养家糊口。

漫长而孤寂的送货途中,他经常不由自主地仰望苍穹,那辽远无际的蔚蓝如此的深邃迷人,那明亮世界的阳光、那悠悠飘移的白云、那变幻莫测的晚霞,都是他的双眼在白日里追随的醉人的风景;而那遥迢的银河、那轻柔如水的月光、那闪烁的繁星，则会在宁静的夜晚牵他走进神奇想象天地。因为仰望，异常单调、辛苦的送货之行，竟增添了一些别样的美丽，只有他的慧眼最清楚。

20世纪初的某一天，他疲惫不堪地将一批货物送到了洛杉矶附近的威尔逊山顶上，当他得知原以为不过是一些废铜烂铁的东西，组装起来的居然是世界上最大的望远镜，他不禁惊奇地问了一句："它能够看到天堂吗？"工作人员笑着点点头，觉得他的问询充满了孩子般的稚气。

而他竟由此离开了生意已颇有起色的商路，而是执拗地留在威尔逊天文台，心甘情愿地做一名擦地板、扫院子、看门的杂工，虽说报酬低廉，日子十分清苦，但他很知足，因为他可以忙里偷闲时跑到那台特别的望远镜前，遥望一下肉眼看不到的更辽远、更神奇、更美妙的"心中的天堂"。

那天夜晚，值班的观测员突然生病，已对那台望远镜操作很熟悉的他被临时叫来顶替一会儿，而他出色的表现让在场的一位著名专家大加赞赏。不久，他就成了那位专家的助手，在专家的悉心指导下，他继续兴致勃勃地探寻"天堂"的奥秘。

当著名的天文学家哈勃来到威尔逊天文台后，计划对宇宙深处进行研究，哈勃没有挑选那些出身名校的"高才生"，而是毅然地选择做事最认真的他做自己的助手。长年累月地追踪观测遥远的昏暗模糊的星云，需要足够的细心和耐心，需要忍受难以想象的辛苦，而他竟饶有兴趣地做着这份单调无比的工作，像一名科学家那样敬业。七年后，他协助哈勃推出了具有划时代意义的重大发现——哈勃定律。

再后来，他继续观测星云，继续探寻苍穹的奥妙，他与其他科学家一道借助新技术和新设备，对哈勃定律进行了改进。因在天文学方面的一系列卓有成效的工作和不凡的业绩，他已跻身于著名天文学家的行列，很少有人知道他曾是一名连高中学历都没有的小商贩。

他的名字叫赫马森，一个喜欢遥望天堂的平凡人，因为兴趣和执著而看到了宇宙的深邃、壮观，拥有了辉煌无比的人生。"谁都可以升起，成为一颗耀眼的星辰,只要愿意并去努力。"一位传记作家如此感喟赫马森的生命历程。

从自卑到卓越

⊙陈志宏

> 自卑是发展的动力,因为要克服自卑,人才会努力发展,进而变得更加卓越。

提及自卑,莫不让人黯然神伤。

成功第一课,就是远离自卑。告别自卑,被誉为走向优质人生的第一步。天下多少父母,又有多少师者,无不谆谆教导——走出自卑,走出自卑,走出自卑……走不出自卑,就理不顺生活,甚至走不完人生路。

其实不然。自古以来,自卑并不直接指向自暴自弃,亦非天然引爆人性中沉沦与堕落之类的暗质,更不能与失败画上等号。

河北知名女作家闫荣霞(笔名凉月满天)作品不断,字字惊人,一直以来,都是我崇拜和景仰的对象。心想,能写出这般美得惊人的文字的人,该会是多么自信和自傲啊。及至读到记者与她的访谈,才知道,原来她也自卑过。

在谈及人生中影响最大的是什么,闫荣霞说:"自卑。"

年少时候,她缺穿少吃,感觉不幸福,读初中,也只有一身外套,一穿一个礼拜,星期天回家洗,星期一上课再穿。有一回,老师突然来家访,她穿的是家织的老粗布做的老棉裤!那一刻,她自卑极了。

闫荣霞说:"(所以)在很小的时候,别的没学会,先学会了自卑,这种情绪一直延伸到现在。想骄傲都骄傲不起来，永远低头走路，这是一种下意识的心理投射。至于后来走上写作之路，是受到朋友的鼓励，光凭我自己，大概是没这个自信的。"

因为自卑，所以努力；因为自卑，所以坚持……所以成功。

在一次笔会上见到闫荣霞老师，才知道，她所谓的自卑，已融化成深入骨髓的那一份低调与淡定。大家自有大家风范，很多人苦苦追寻而不得。

曾听过央视名嘴白岩松的一次演讲，他用自己的亲身经历，告诉大家一个道理：自卑的隔壁住着自信。这更让人出乎意外了。作为一名成功的电视明星，白岩松居然也曾自卑过？

当年，作为一名报社记者，白岩松一个华丽转身，进了央视，感觉写字和说话都不如人，慢慢地，心里就淤积了厚厚一层自卑。自卑，有时是一股强大的动力。因了自卑，白岩松每月花数千元买书报，看别人怎么写，每天琢磨别人在电视里怎么说。渐渐悟到了，做到了，成了中国为数不多的金牌名嘴。

自卑，有时是一个中介，化别人之长，长自己之能。因为自卑，才会去努力，一天天地坚持；因为所有的努力，自卑就一点点地消退，自信之光，逐渐明亮。所以，白岩松才从一个曾经的自卑者，走到光环中央，享受到成功这枚甘甜的人生浆果。

自卑和自信是人生的一体两面。

自卑的人，只要用心去翻转人生之牌，便能看到光洁灿烂的自信的一面。上天往往是公平的，极度自卑的人，通常都具备极度自信的潜能。泅渡一段貌似黑暗的自卑岁月，人生光明和自信的鲜花，总在黎明时刻，准点迎候。

这就不难理解，美国心理学家阿德勒这样评价自卑："自卑才是人类发展的动力，因为要克服自卑，人才会努力发展，进而变得更加卓越。"从闫荣霞到白岩松，无不佐证阿德勒的论断。

自卑，不是在成功之途釜底抽薪，而是卓越人生的助推器。

有梦就能飞

⊙薛 峰

> 人生总是曲折坎坷的，跌倒了再爬起来、梦碎了再做一个，就能获得最后的成功。

她从小就是一个活泼爱动的女孩子，那时她喜欢看体操比赛，时常被体操运动员优美灵巧的身姿吸引，于是她便梦想自己有一天也能登上体操比赛的舞台。鉴于她的这个爱好，五岁那年，父亲把她送到市体操队。在体操队，她很努力，也练得很苦，小小年纪常常累得直哭，但仍咬牙坚持着。可是，她常被冷落和忽视。因为体质原因，教练根本不看好她，到后来甚至干脆把她撇在一边。就这样，练了五年体操，她却没能转为正式队员。

没成为体操运动员，她只好回学校读书了。由于她性情比较孤僻，在学校里她没有知心的伙伴，每天都是一个人默默地学习。幸好她遇到了一位和蔼的老师，他关心鼓励她，让她觉得老师是这个世上最温暖的人。于是，她梦想将来能当一名老师，与学生和睦相处，与学生为友。只是很遗憾，她的梦想又破灭了。因为当年她的高考成绩不好，只能进一所中专学习。

中专毕业，她被分配到一家自来水厂，成为一名普通工人。一向心高气傲的她不甘平寂，萌生了第三个梦想——当一名作家。为此，她很投入，阅读了大量文学书籍，并且勤奋地练笔。可是，由于受文学基础和生活环境所限，她一直找不到好的写作题材，自然没有什么成就。而当个作家的梦想，让她很是苦恼。

于是，她有了第四个梦想——成为一名演员。事情起因是这样的：水厂里举行文艺晚会，有一个节目是大合唱，缘于人员不够，原本没有什么表演天赋的她被人拉到了舞台上充数。那是她第一次站在舞台上，她年龄最小，个头也不高，被安排站在队伍最后一排的边角。可就是因为这一次演出，她萌发了一个念头，要当演员。因为她发现，站在高高的舞台上，接受下面的欢呼和掌声，那感觉实在美妙。

而当年正巧赶上北京电影学院招生，她父亲要去北京出差，她就跟着去了。2000多人报考，只招录15人。没有一点儿表演功底的她并非一路畅通，三试被安排在替补场。然而，她的一段命题小品"唐山大地震"打动了所有的老师。她用内化的表演，诠释了失去亲人的痛苦、无助和绝望，也把自己送进了表演艺术的大门。

于是，接下来，她一点点接近梦想。

随着电视剧《牵手》《中国式离婚》《金婚》的热播，她成了家喻户晓的明星，她以自己独特的风格、精湛的演技诠释着一个个普通人物的命运，广受好评。

没错，她就是当红明星蒋雯丽，目前国内最具实力和魅力的女演员之一。

第二届罗马电影节，凭借与丈夫顾长卫首次合作的电影《立春》，她获得最佳女主角奖。随后在第七届金鹰电视艺术节上，她双手捧起了三只"金鹰"奖杯：观众喜爱的电视剧演员奖、最佳表演艺术奖和最具人气演员奖，成了此次艺术节的最大赢家。

人生总是曲折坎坷的，没有谁会一帆风顺，当跌倒了再爬起来、梦碎了再做一个，就能获得最后的成功。关键是需要坚持，需要毅力，需要你适时地变换出口和方向，让梦想生出坚强有力的翅膀。

如今，蒋雯丽这只"金鹰"已高高飞起，因为是梦想在心中涌动。梦想的翅膀一旦展开，收获的必将是成功与荣耀。

坚持寻找一分钱的歌唱家

⊙薛 峰

  一滴水的力量是微不足道的，然而许多滴的水就能把石头冲穿。这就是坚持不懈的力量。

  他出生在河北文安县的一个普通农户家庭，家中生活贫困，他从父亲那唯一继承到的就是一副亮堂堂的大嗓门。他的一声吆喝能让一里路开外正撒欢的小羊"肃然立正"。所以，他在村里人眼里是个能干的娃，是放羊最多的娃。

  12岁那年，他考入县一中，通过操场上的大喇叭，他第一次听到了15首人民群众最喜爱的歌曲，有李双江的《红星照我去战斗》《北京颂歌》，李光羲的《祝酒歌》等，每天一曲滚动播放，这些歌曲在他的心中播撒下了音乐的种子。从那之后，他知道了音乐不仅是从嗓子里吼出来的，而更是从心内唱出来的。

  由于家庭经济拮据，他从未受过良好的音乐教育，但他却义无反顾地走上学唱歌剧的道路。为此，在面临人生选择的关键时刻，为了自己的梦想，他填写高考志愿，毫不犹豫地"下选"了北京煤矿学校。虽然这所学校名不见经传，可是它在北京，在他梦想的地方，一个离李双江、李光羲最近的地方，这就是他选择的唯一和全部理由。

  到煤矿学校读书，他想方设法搜集到北京音乐厅、民族文化宫、工人体育场的演出信息，尽可能观摩一切演唱会。虽然这些地方离学校很远，坐公交车也要一个多小时，但同学总能看到他兴奋地转身跃上借来的自行车，行进在通往歌声的路上。有时借不到自行车，改乘公交车，可是音乐会结束时，天已很晚了，回程只有地铁，他就必须在下了地铁站的一个小时之内，在熄灯、关门前跑步赶到宿舍，否则，只能露宿校园了。不经意间倒锻炼了他日后成为歌唱家的肺活量。

大学毕业后，他被分配到位于山西太原某矿区的煤炭部建筑安装公司第七工程处成为一名建筑队的技术员。1989年，正当同事们都在幸福安逸地奔小康的时候，他却做出了令人不解的决定：档案调回建筑队，停薪留职，漂到北京。

对于没有经济来源的他来说，选择音乐这条道路真是充满了艰辛。炎热的夏天，因为屋里没有空调，他就赤裸着上身，泡一大杯浓茶，并摆好一盒火柴，唱完一遍就抽出一根火柴。他规定，只有把一盒火柴全部抽完，才能停下来休息。那时，他的处境是最为困难的时候，他经常只能吃到半张烧饼。没钱租房，他就睡在别人家的楼梯间。为了心爱的歌剧，他当过农民工，在建筑工地上搅拌过砂灰，砌过楼房，蹬过板车，贩卖过建筑材料等，总之，很多累活苦活，他都尝遍了。

可尽管他努力了，道路却并不平坦。1992年他参加中央电视台全国青年歌手大奖赛，连初赛都没有通过；1994年在复赛中又被淘汰；1993年，他得到一次公派自费到维也纳参加歌唱比赛的机会，当他终于凑够路费赶到维也纳，却因劳累意外失声……

直到1996年，他33岁，机会才开始垂青他。从这一年起，他相继在中央电视台第6届全国青年歌手大奖赛、日本静冈国际歌剧比赛等国内外赛事中取得骄人的成绩，并且在武汉、上海等城市举办过个人音乐会，反响强烈。

2001年，北京紫禁城"三高"音乐会期间，帕瓦罗蒂经纪公司的人听了他演唱的歌剧后，非常震惊，回去后立刻将他推荐给帕瓦罗蒂。于是，他便师从帕瓦罗蒂学习。2004年底，帕瓦罗蒂第一次执导的歌剧《波希米亚人》里，他被任命为男主角。经过几十年的奋斗，他终于得到了世界的认可，很多人称他为"世界第四男高音"。

他，就是中国的著名男高音歌唱家戴玉强。

近年来,戴玉强获得过第四届金唱片奖、政府最高大奖"文华表演奖"、全国戏剧最高奖"戏剧梅花奖"、中宣部全国"五个一工程"奖。另外,他也频繁在国外举行音乐会,他领衔主演的歌剧《图兰朵》在美国11个城市上演。

在成名以后,曾有人问他:"你成功的秘诀是什么?"戴玉强说:"要说成功有秘诀的话,我认为就是两个字——坚持。"随后,他向记者讲述了一个小故事:有一年春节,漂泊在北京的他特别想回家过年,车票是13.2元,但是他翻遍全身,只找到13.19元。于是,他就低下头,睁大眼睛,在北京站广场的地上来回地寻找,真是"功夫不负有心人",他终于找到了被无数人踩得脏兮兮的一分钱,这才买了票回家过了年。那时,回到家,他就激动地想,只要自己努力,没有过不去的坎。

是的,只要努力,就没有过不去的坎。成功没有什么捷径,如果硬要说有什么捷径的话,那么它唯一的捷径就是坚持。一滴水的力量是微不足道的,然而许多滴的水坚持不断地冲击石头,就能形成巨大的力量,最终把石头冲穿。坚持是成功者的品质。戴玉强坚持在火车站广场上寻找一分钱,最终实现自己的梦想,这样的坚持令人震撼。

你就是自己的奇迹

⊙姜钦峰

什么也不去做,你就只能是奇迹的看客,只要你去做,你就是自己的奇迹。

他是个阳光帅气的小伙子,一头飘逸的长发,再加上一副墨镜,给人的第一印象总是酷酷的。从中医学院毕业后，他开了一家私人诊所，专门给病人推拿。他不仅医术精湛，而且生性乐观，爱好广泛，利用业余时间，他曾和朋友们组建了一支摇滚乐队，他担任吉他手。

一天，有个摄影家因患腰椎间盘突出，久治不愈，慕名找到了他的诊所。一来二去，他和摄影家成了好朋友，两人无话不谈。摄影家说，你有这么多爱好，要不我教你摄影？敢不敢玩儿？他说，当然可以，有什么不敢玩儿的。第二天，摄影家就带来了一部海鸥牌单镜头反光照相机，很专业的那种。他心里有点发虚，昨天一句玩笑话，没想到摄影家竟当真了，盛情难却，他只好硬着头皮学起了摄影。

长这么大，他从没摸过照相机，一切都得从零开始。摄影家很有耐心，一点一点地教他，快门、光圈、对焦、运用光线……他第一次拍完了整卷的胶卷，结果只冲印出来19张，但他欣喜若狂，因为摄影家说过，36张胶卷只要他能冲出8张就算满分。摄影家的腰疾渐渐好转，一有时间就带着他去户外采风，他的悟性极高，摄影技艺与日俱增。在一次摄影比赛中，他拍的作品获得了优秀奖。在摄影家看来，他简直就是一个伟大的奇迹！

也许有人不以为然，不就是摄影拿了个小奖？有什么好稀奇的？可是，如果我告诉你，他是个盲人，你会作何感想？恐怕绝大多数人的第一反应就是"不可能"。千真万确，他叫谈力，八岁时因为一次意外事故双目失明，现在他已经是扬州摄影家协会会员。

熟悉照相机的人都知道，光圈和快门转盘都是一格一格转动的，手感明显，难不倒盲人。对焦有点麻烦，因为对焦环是无极旋转的，光凭触觉很难把握，但是谈力有办法，他在对焦环上刻了一个标记，然后在相机的固定部位再刻一个标记，作为参照点，问题自然迎刃而解。退一步讲，即使对焦不准也关系不大，摄影记者经常要抓拍突发事件，根本就来不及对焦，补救的办法通常是采取"小光圈，大景深"，这样照片就不会模糊，这也是盲人摄影的一个有利条件。

网上流传着一张谈力的得意之作，照片上是他活泼可爱的女儿，昂着小脑袋，嘴巴张得大大的，灿烂的笑容惹人嫉妒，天真、顽皮、欢乐呼之欲出，无论构图还是用光，其水准不逊于正常人。他是怎么做到的？在室外，他能感觉到阳光从哪边照射过来，然后叫女儿侧着对光线站立，此时他又凭着声音来源确定女儿的方位，揣摩她的表情，适时地按下快门。就这么简单！

由此看来，盲人摄影的确不是神话。可是，依然有不少人质疑谈力。他们无论如何不敢相信，那些优秀的摄影作品会出自盲人之手。谈力反倒坦然处之："有人怀疑并不奇怪，我从不认为这是对盲人的歧视，因为我做的事情已经超出了他们的想象力范围。"

谈力"看"到了问题的本质。

其实，怀疑谈力的人同时也在怀疑自己。在他们的习惯思维里有太多的"不可能"，许多事情还没动手做，自己先想当然地否决了，自然偃旗息鼓，不战自败。神话与现实并无界限，100多年前，飞机就是个神话；谈力之前，盲人摄影也是个神话。记得一位大师说过，你所要做的，就是比你想象的更疯狂一点儿。只要你去做，有什么不可能呢？

只要你去做，你就是自己的奇迹。

成功可以预料

⊙李雪峰

不要奢求别的，只要你努力，成功虽然不能预期，但却不会远离你的预料。

熊旁是瑞士的化学家，他经常孜孜不倦地沉醉在实验室里，就是回到家里，他也要于茶余饭后做上一点微小的实验。

1896年一天下午，熊旁乘妻子午休的时间，自己躲在家里的那间小实验间里做试验，由于一不小心，他把桌上那瓶盛满硝酸和硫酸混合液的瓶子碰倒了，溶液流在了桌子上，熊旁马上去找抹布，抹布没有被立即找到，眼看那些溶液就要从桌子上漫流到地板上，慌乱之中，就顺手拿起了放在旁边的一条妻子的棉布围裙抹擦掉那些溶液。围裙浸了溶液，湿淋淋的，熊旁担心妻子见后责怪，就悄悄把围裙带到厨房，准备烘干，没料到刚靠近火炉，就听"轰"的一声，围裙在瞬间被烧得干干净净，没有一点烟，也没有一丝灰烬。熊旁惊得目瞪口呆，但随后就欣喜万分，他意识到自己于不经意间已经合成了可以用来做炸药的新的化合物，一个发明在不经意间突然出人意料地成功了。

1838年，法国著名物理学家达盖尔正在费尽心机地苦苦研究影像保留在胶片上的方法，研究进行了半年多了，达盖尔几乎尝试过了各种材料和方法，但研究仍然是一片空白、毫无进展。

就在达盖尔就要对此项研究绝望、金盆洗手时，有一天，他意外地发现了一个影像居然莫名其妙地留在了胶面上，达盖尔大喜过望，立刻小心翼翼地整理实验桌上的所有化学物品，想弄明白到底是什么东西使自己这项原本已山穷水尽的研究又突然变得柳暗花明。结果，他惊讶地发现，原来是一支温度计破碎后留下的水银。

在不经意之间，熊旁发明出了世界上的第一种无烟炸药，而达盖尔则发明了摄影技术。其实在科学研究进程上，像熊旁和达盖尔这种歪打正着的成功真是屡见不鲜，但没有他们的不懈努力，没有他们的锲而不舍，成功的果实能被他们如此偶然地摘到吗？

在这个世界上，幸运总是偏爱那些坚忍不拔的人，只要你脚步不停地跋涉，意想不到的风景总会闪进你的眼帘。

只要你努力，成功虽然不能预期，但却不会远离你的预料。

每棵草都有一颗开花的心

⊙胥加山

其实,我们都是一棵普通的草,那些卓越的人,只不过多了一颗开花的心……

认识她,偶然。

我们的小车停靠在路边,她骑着电动车,车前载着14个月大的孙女,风驰电掣,一时没把握好方向,"嘭!"一声,撞上我们的车。

电动车支离破碎。她搂着"哇哇"大哭的孙女,瘫坐在地上,像傻子。路人的同情偏向于她,责任在谁?众说纷纭。

检查,拍CT……她一直默不作声。直至祖孙俩的CT片出来,无碍!她才冒出一句"谢天谢地!"

电动车和轿车拖去了中队,或许因她们平安无事,又或许我们好说话,没追究她撞我们车的责任。在等候中队处理的当儿,她的话渐渐多了起来……

因事故发生,一直没见她的男人赶来,我们怕她扯蛮,就提醒她让家主来商定事故处理结果。她眼神慌乱,游离。良久才语气肯定地说,我是家主,男人都十几年没归家了……你们放心,这次事故责任在我,我不会连累你们的,只要我们祖孙俩平安就什么事都好说!

交谈中,了解到她的一些情况……

十几年前,她的男人被人哄骗去赌博,一发不可收拾。本来平静如水的家庭生活,几乎一夜之间,轩然大波。十几万元的赌债逼得男人有家不敢归。她左搂右抱两个嗷嗷待哺的孩子，整日以泪洗面，情绪低落，她想到了死。

面对滔滔向东奔流不息的河水，她穿戴一新，站在寂静的凤凰桥上，了无牵挂，随时准备纵身一跳，结束自己与日俱增的痛苦。

爬过桥护栏，她想到了孩子；犹豫起自己若是跳到半空中，突然不想死了，谁能救她？

她救了自己！自杀挣扎后重生，让她变得坚强起来——她光明正大迎合上门讨丈夫赌债的二混混们。咬牙切齿的答复，令二混混们以为走错了门。眼前判若两人的她，男人已在她的心中死去……她坚定信心，要靠自己孱弱的双肩撑起这个缺少男人的家。

七八年的打拼辛酸，她渐渐站稳了脚跟。拥有了自己20人的私人油坊，虽说创业规模不大，但她相信日子会越过越好。因为有了她的努力，两个孩子顺利读完大学，自己一手操办完了儿子的婚事……

目前，儿子和儿媳帮她打理油坊工作，她已减轻了不少负担……

她，谈起自己的辛酸生活历程，始终咬着嘴唇，没当着我们的面落下一滴泪，可我敢肯定她坚强的躯体里隐藏的一颗女人柔软的心，早已在无人夜里流干了泪水……

中队的事故处理结果，她毫无异议。她一个劲地向我们表示歉意！令处理事故的警察也笑说我们遇到一个豪爽的女子……

临别，她抱着早已一脸天真笑脸的孙女，感谢我们给了她一次倾诉的机会，让她心头压抑的痛苦消失殆尽……

她理理额头花白的刘海，回应着我们的那句"你一个女子，经历这么多磨难，能挺过来，令我们男人都汗颜"——

"其实，我也是一棵普通的草，只不过多了一颗开花的心……"

成长的第一课

⊙一路开花

成长的第一课，不是学会停止悲伤的泪水，而是懂得如何用责任与力量保护自己最亲的人。

那时，他是全校出了名的问题学生。

他爸爸是学校附近的澡堂老板。说是老板，其实不过是个事事都得兼顾的搓澡工。

澡堂虽说在学校对面的巷子里，但由于占地面积较大，澡堂又是按男女各一楼来修饰的，所以，每年的租金都是一笔不小的数目。

澡堂属于营业机构，因此，所有的电费水费都是按工业单位的标准来收取。为了节省开支，他爸爸去钢铁厂定做了一套大型锅炉，把原来用电发热的设备卖了出去，全部改用煤火烧水。

煤火也是一笔不小的开支啊。尤其现在资源紧缺，煤价逐日上涨，因此，抛出每月的必要开支，所剩利润也就寥寥无几。

幸好他爸有一套搓澡的好手艺，闲暇时，又苦口婆心地教他妈妈，也是出于这样的缘故，男女澡堂才不必另请工人。这一块体力活的收入，也就勉强改善了生活状况。

周末的时候，我经常叼着块毛巾去他爸爸的澡堂里洗澡。一是便宜，二是离家较近。不过，很少有机会碰到他。

平日里，大家几乎都没什么时间，学校也不放假。所以，什么逛街、买衣、洗澡、上网的事情，全都只能排在周日下午。

下午两点一过，澡堂绝对站满了黑压压的人。龙头不够用，没办法，只好和几个相熟的朋友挤在一起凑合凑合。

这是他爸妈最忙的一天。由于洗澡的人多，早上四点就要起床准备。开炉，生火，铲煤，冲澡堂。有的时候，还没忙完，学生的大潮就来了，一个跟一个，一帮接一帮。饭都来不及吃，又得接着忙活。

学校里不乏家庭富裕的公子哥。这些人有钱，又喜欢享受和摆阔，因此，一去就是狐朋狗友一大帮，人人都抢着要搓背，人人都抢着要按摩。

我对他爸爸的头发印象特别深刻。因为淋浴这一排的水龙头恰巧对着那两张专门给富家公子躺着享受搓背的皮床。

他爸爸的头发经常都是湿的。那些大滴大滴从发根流向发梢的晶莹液体，绝对不是澡堂里的水蒸气。

以前还觉得奇怪，为什么周末洗澡的时候碰不到他，后来才听说，他从来不在家里洗澡。学校里的问题学生，从来都不是一个单独的个体。他们彼此之间称兄道弟，要好得如同一家人。这群人里，有不少是出手阔绰的富家子弟。他几乎每周都能跟着沾上光，去市区的酒店里泡泡桑拿。

如果不是看到澡堂门口的花圈，谁也不会相信，那年冬天，他爸爸去世了。据说是拉煤的卡车在下煤的时候没刹稳。结果，他爸爸不仅被卡车向后的冲力撞得飞躺在煤堆上，还被整车黑煤活活地淹在了大冬天的寒风里。

当司机和他妈妈把煤刨开的时候，他爸爸已经断气了。身上穿着的，仍然是那套蓝色的帆布工作服，手上还戴着铲煤要用的防滑手套。

生活的重担一下子全压在了她妈妈身上。一个毫无依靠的妇道人家，要把这么大的一个学生澡堂操持好，的确不是件容易的事。不说别的，光每月的那十几吨的煤，都够她不眠不休地铲上几天。

一夜之间，他似乎变成了另外一个人。他不再吵闹，不再任性，不再和任课老师拌嘴，也不再和那帮狐朋狗友称兄道弟。平日，他安静得像个得了抑郁症的孩子。周末，他穿起他爸爸的工作服，戴上手套，把需要搓背的客人伺候得笑声连连。

后来，他考上了一所普通的本科院校。临行前，他妈妈前去送他。这位连爸爸去世都没有掉泪的少年，竟在离别的车站哭成个泪人。

进入大学之后，他不但主动申请了助学贷款，还利用课余时间勤工俭学，往家里邮些生活费。

每次去他家里洗澡，他妈妈都要拉着我吃饭，让我帮忙写回信。

他大二那年，我刚巧高中毕业。由于分数不是特别理想，所以，我给他打了电话，征求下意见，看到底报什么学校比较好。

那次他跟我说了很多话，但大部分都是在请求我帮忙照顾他妈妈。谈话结束之前，我问了他一个问题。我说，你觉得成长的第一课应该是什么？勇敢，坚强，还是懂事？

他给我的回答，我至今仍然记忆犹新。他说，成长的第一课，不是学会停止悲伤的泪水，而是懂得如何用责任与力量保护自己最亲的人。

从最糟的机遇开始

⊙感 动

生活还是一片空白的时候，没有资格去挑剔身边的任何一线机会，即使是最糟糕的。

三十多年前，一个叫刘福荣的农家孩子随父亲从大埔山来到了香港打拼生活，为了谋生，父亲开了一爿冰点店，他只是偶尔为附近的片场送外卖，此时，电影在他稚嫩的心灵中还是一片空白。

后来，经过考试，他成为香港无线电视台第十届艺员训练班的学员。毕业后，他走进了演艺圈，没有任何演戏经验与资历的他，接到的只是一些跑龙套的角色，但由于他能吃苦，所以给一些人留下了很深的印象。

1982年，香港著名电影监制夏梦突然邀请他主演许鞍华的影片《投奔怒海》。原来，制片方原本中意的男主角是周润发。但由于种种原因，此片拍成后在台湾地区不能公映，当时已经成名的影星周润发怕接拍此片会影响自己的台湾票房市场，所以放弃了，但他推荐这个能吃苦的年轻人。

这样，这个年轻人接下了《投奔怒海》，迈出了星路的第一步。正是这部电影，使许多导演开始注意到这个年轻人，并开始邀请他拍电影。后来，他成为香港乃至全亚洲举足轻重的电影巨星。这个人的名字我们都熟悉，他叫刘德华。

在我们的生活还是一片空白的时候，在我们还在成功的大门外徘徊的时候，我们没有资格与理由去挑剔身边的任何一线机会，即使是最糟糕的。有些时候，别人不愿走的险路我们咬紧牙关走下去，结果就走到了成功的彼岸。

海清：有一种气质叫奋斗

⊙薛　峰

不要轻视平日的付出，磨砺与积累，是积蓄太阳般破雾而出力量的源泉。

海清最早与演员结缘要追溯到7岁那年，当时有一个剧组要招募演员，海清报名参加了，她是年龄最小的，对演戏一窍不通。导演跟她说戏："你要演剧中的孩子，你的爸爸得了重病，你家负担不起这么高昂的医药费，你可能从此就要失去他了……"海清听了顿时鼻子一酸，眼泪簌簌落下,内心深处有种悲天悯人的情怀。就这样,她成了剧组里入戏最深的演员,常常第二天被母亲发现,她醒来的双眼红肿。表演这两个字在她心中播下种子,成为隐隐的梦想。

不过尽管有表演天赋,但爸爸妈妈不希望她走影视之路,而想让她学舞蹈,学真本事。于是在童年的回忆里,她记得最深刻的,就是去文化宫学习舞蹈,老师不在的时候,她让爸爸在外面等她,一个人关起门在教室里练习,到点了就出来跟爸爸回家。12岁时,海清在江苏省戏剧学校学舞蹈,几年辛苦的学习后走进江苏省歌舞剧院,还由演员晋升为编导,获得不少奖项,也因此成为剧院的台柱子。当她发现表演其实不是一件很玄秘的东西时,7岁时播种下的那个演员梦,再次在心中涌动。她立志报考北京电影学院和中央戏剧学院,这一决定得到了省歌舞剧院领导的支持。

有人说从小练舞蹈的学生文化课不好,海清偏不服气,她走进了高考补习班,玩命地学,做笔记,下蛮力。一次,她身体不适,但知道这节课老师要在考试前画重点,她就死撑着,后来眼皮越来越重,身体越来越虚,她对同桌说"一定要把老师讲的都记下来",随后趴在桌子上睡着了。1997年她以绝对的高分被北京电影学院和中央戏剧学院同时录取,文化考试都是第一名。最后她选择了北京电影学院表演系。北影的大明星黄磊恰好是她的班主任。这让她激动不已。

与那些未出校门就已经走红影视圈的同学相比,海清的境况颇为尴尬,在四年的北影学习生涯中,没有拍过一部戏。在美女如云的北影校园里,自认长得不漂亮的海清很自卑,她没有漂亮的脸蛋,没有性感的身姿,也觉得自己不够聪明。黄磊开导她说:"演戏的机会多的是,地基打不牢,以后会很惨。"海清听进去了这句话,既然无法靠长相取胜,就只能在实力上多下工夫。

于是海清疯狂地迷恋着话剧舞台,甚至认为"如果能够死在舞台上,我此生足矣"。2001年海清大学毕业,因成绩优异得到了全班唯一一个留京指标。在浮躁喧嚣的娱乐圈,海清大量阅读中外名著,耽于思考,她始终脚踏实地地跟着老师黄磊一起排练话剧，众多经典话剧一练再练，像《雷雨》《骆驼祥子》等名剧，那段经历把很多的素质都培养出来了，造就了海清扎实深厚的演艺功底。

2002年，海清终于出演了一个重要的角色——《玉观音》里的钟宁。之后几年，同剧的孙俪红透了，她却还是默默无闻。由于收入很少，《玉观音》的片酬仅够她交半年房租，加上她一心等待好角色，坚持不拍烂片，一度连生活都难以为继。

直到2006年8月，始终支持着海清的黄磊推了她一把，"命令"她接拍《双面胶》。黄磊当时拿到剧本后就给她打电话，听说她没戏拍，就说女主角胡丽娟非她莫属，让她一定接。几分钟后，黄磊又发来信息，告诉她已经把这部小说下载好，发到她邮箱里了。海清看到剧本后，毫不犹豫地接了戏。拍摄过程中，海清发短信向黄磊表达自己的激动心情："从来没有感觉到哪一个角色能像胡丽娟这样，仿佛有颗种子在我的心里面发芽开花，我是这么珍爱胡丽娟！"她的星途也由此展开。

继《双面胶》在全国热播之后，作家六六又推出了一部家庭温馨情感剧《王贵与安娜》，这次不再需要任何人推荐，她点名要海清演女一号。2008年六六又给了海清一部《蜗居》。不过最初拿到剧本时她没有一下子就接，她觉得尽管故事挺精彩，但海萍这个人物对她来说没有难度。但她没有料到，这部片子播出后反响会那么强烈，让海清跻身国内一线明星，让昔日的"丑小鸭"登上了事业巅峰，成为具有极佳口碑的收视女王，被誉为"中国荧屏第一媳妇"。

2010年9月21日晚，万众瞩目的第8届中国金鹰艺术节暨第25届中国电视金鹰奖颁奖晚会上，海清除了获得最受观众喜爱的女演员奖外，更击败姚晨、郑爽、闫妮等女星以25万多的全场最高票数斩获当晚最具分量的人气大奖，获封新晋"视后"。

成名后的海清并不满足于"媳妇专业户"，她又相继出演了谍战剧《黎明之前》里潜伏的共产党员，《一见钟情》里的报社记者，《追捕》

里的女医生。2010年底，海清在陈凯歌执导的古装戏电影《赵氏孤儿》里饰演一位大夫的妻子，向自我发起挑战。

如今，海清的戏路越走越宽，不断攀登艺术高峰。以前每年她只有20个剧本可以挑，而2010年上半年就有200个剧本摆在她面前让她选。"做这一行和任何一行都不一样，出名和不出名是天壤之别。"成名，在海清看来是老天爷对她多年来努力的奖赏，是给她的礼物，鼓励她继续为理想奋斗和坚持下去。

入行8年，海清从未传出过绯闻、八卦之类的小道消息。在虚华浮躁的娱乐圈。海清的勤奋与低调让她显得卓尔不群。正是这几年的磨砺与潜心积累，给了她太阳般破雾而出的力量，让她在奋斗中练就成功的品质。"拍戏的过程让我非常快乐，我用思维理解了一个个书面文字形象，我把它立体化，用真诚、努力、平和的心去演，这样才不会迷失自己，让观众看到，我所有的喜悦和快乐都在这个角色里面。对我来说，有一种气质叫奋斗。"

常怀敬畏之心

⊙罗　西

谋生，让我热爱手里粮食，常怀平常心；朝圣，让我看见高度、理想，并常怀敬畏。

有个日本朋友在大庆游览，某天傍晚，平原辽阔，在油井架边第一次看见天边的落日，大而圆，温润而壮丽，他情不自禁地跪下，泪流满面。他说，从未见过这么大的落日，他被深深震撼，而最自然的反应就是跪下，表达敬畏！

小时候，看见闪电，母亲都会把我们揽在怀里，温柔而虔诚地教导说："孩子，做好人，就不用怕打雷！"过去我们对雷鸣闪电心怀敬畏，它教人常常反省：不要做坏事！这是民间最质朴本能的敬畏，若剔去迷信成分，它不失为一种神圣的力量，可以约束矫正我们参差不一的内心杂草。

我们一度把人造神赶下神坛后，顺便也毁掉了所有的神坛；我们把"您"改为"你"的时候，也干脆扔掉了敬畏之"心"！如同倒洗澡水也倒掉婴儿一样而不自知。我们要平等，不要个人崇拜，但是不可以没有敬畏之心。

因为没有敬畏，所以恶搞经典成风；因为没有敬畏，所以洞房花烛也能笑场；因为没有敬畏，所以，崇高贬值；因为没有敬畏，我们的人生不再神圣……

现在最流行最广泛的新骂人"三字经"是"鄙视你"，第一回合就"鄙视"，所以就不用开战；内心、表情写满"鄙视"，所以没有仰望，也没有尊敬。"在貌为恭，在心为敬。"面带鄙夷，内心则慢慢卑俗黯淡。

德国大哲学家康德的敬畏，在他墓碑上刻着：天上的繁星和心中的道德法则；"仰不愧于天，俯不怍于人"，孟子以此表明自己对天的敬畏之情；孔子强调的要"知天命"，就是心存敬畏，并要躬身行之而不可有丝毫懈怠与侮慢之心……

智者、圣人，之所以不凡，因为有所畏惧也有所敬仰。而平凡之人，常怀敬畏之心，就不轻易浮躁不容易轻忽，内心自然生养一些正气、庄严与崇高。人很渺小，因为有了信仰与敬畏之心，反而让我们内心清澄而庄严。

万物众生，都值得我们敬畏，从一朵向阳的花、一棵跳舞的草，到一只蚂蚁的力量，一个母亲在产房里挂满汗珠与泪珠的笑容……

听课的学生如果对老师没有敬畏，就容易打瞌睡；拿俸禄的官员如果对人民没有敬畏，就容易贪污腐化；袁隆平因为敬畏水稻，在稻田里梦想成真；黑人阿里因为敬畏每一个对手，成长为一代拳王……而你我，如果对自然对生命缺乏虔诚和敬畏之情，就不会真正体味到生命的美善与生活的幸福。

新东方董事长兼总裁俞敏洪先生，在北京大学2008年开学典礼上的发言，谈到对老师的敬畏，让人动容！他说："我们很有幸见过朱光潜教授。在他最后的日子里，是我们班的同学每天轮流推着轮椅在北大里陪他一起散步。每当我推着轮椅的时候，我心中就充满了对朱光潜教授的崇拜，一种神圣感油然而生。"因为敬畏，而爱，也因为敬畏，看见爱。当他听说北京大学许智宏校长对学生唱《隐形的翅膀》的时候，他打开视频，感动得热泪盈眶。只有心怀敬畏，才有真正的感动。

一生，不长，这是一条谋生的路，也是一趟朝圣的路。前者，让我热爱手里粮食，常怀平常心；后者，让我看见高度、理想，并常怀敬畏。

担忧后的奇迹

⊙薛 峰

谁的命运都不是被事先注定了的，能否变"优"全在你自己。

他从小就是一个让家人担忧的孩子，当初还未出生时，医生就神色严肃地告诉他父亲："你爱人胎盘前置，产妇和胎儿都危险。"他父亲很惊讶和紧张，但并没通知他母亲，而是不露声色地安排妻子住院。还好，随着他的一声啼哭，母子总算平安。可当父亲欣喜地抱过他时，眉头就是一皱，因为他长得太丑了，脸形很不好看，瘦兮兮的。

小时候他特别怕生怕羞，在人前一般不肯说话，甚至表现得有一点痴傻。比方说他母亲和其他妇女一起下放到农村锻炼许久回来后，其他的孩子都热情地迎接妈妈，一个劲地抱着不放。可他只傻傻地站在一边望着母亲，连一声妈妈都不肯叫。在幼儿园里，许多孩子都喜欢参加文艺活动，只有他，从不沾边，总一个人独自玩耍。

有一次，全班同学表演一个集体操，邀请家长参加。他父母满怀喜悦之情打算去欣赏一下儿子的表演。可是，别的孩子在舞台上表演得很好，动作到位，姿态优美，唯独他，目不斜视，举止很僵硬。

由于他父母都在电影制片厂工作，经常接触一些有名的演员和编剧作家，他们很希望他能受到熏陶，将来也能走上银幕。可他怕见生人，即使那些叔叔阿姨向他热情地打招呼，他也不理。他只会躲在角落里在墙上画画，无非是胡画一些小猫小狗之类的东西。

父母很担忧，他们真看不到孩子的未来发展方向在哪里。既然他不是当演员的料，那就引导他学美术吧，毕竟美术也是属于艺术的范畴。可是，这次父母又失望了，这孩子搞美术也不专心，平时只会画着玩罢了。

后来，他慢慢长大了，随着青年队伍上山下乡，接受劳动锻炼。回城后，父母忧心地把他叫到身边，很郑重地研究他的去向：到商店当营业员，去工厂当技术工人，还是别的……父母很发愁。

可这时，他突然向父母说出一句话："我要当演员，拍电影。"

父亲大吃一惊："就你，也想当演员？"

"当然。"他有生以来第一次胸有成竹地说，"我为什么不能当演员？我可以学戏，考电影学院。"

"可是，你从来就没有吐露过想当演员的念头呀！"

但他坚持说："我现在就喜欢这一行了。"

父亲拗不过他，就勉强同意了他的请求。然而当他拿着准考证兴致勃勃地去考试时，面试人员一看他的长相就把他挥去了：与英俊相差甚远，那脸形让人看着特别别扭，很滑稽，瘦巴巴的，没有一点演员的气质。

但他不死心，他回到家，正式向父亲请教演戏的学问。父亲见他既然这么下决心，也就耐心给他讲解，说要想演好戏，一定要多观察生活，从熟悉的生活中提取素材，这样才能演出生活味儿。

于是，在以后的日子里，他细心观察生活，体验生活，用自己独特的视角发现生活中的趣事，自编自演了一段小品《喂猪》。再后来，他凭着这个小短剧进入文工团，当了一名话剧演员……

他叫葛优。1988年因主演《顽主》成名，之后主演了《围城》《编辑部的故事》《烈火金刚》《霸王别姬》《活着》等，其中《活着》荣获1994年法国第47届戛纳国际电影节"评审团大奖"，他本人获得最佳男主演殊荣，成为中国第一位戛纳影帝。近年来主演的有《有话好好说》《甲方乙方》《不见不散》《大腕》《卡拉是条狗》《手机》《天下无贼》《夜宴》等，都大受好评，他也因此成为我国当今最具实力和个性的男演员之一。

"其实我的名字本是叫'葛忧'，担忧、忧愁的忧，后被老师改的，这或许是父母对我一直放心不下。"一次葛优面对记者说。

可就是这个"葛忧"后来却变成了"葛优"，优点、优秀、优越、优胜的优。这就是奇迹，人生的奇迹。谁的命运都不是被事先注定了的，能否变"优"全在你自己。而努力、坚持、用心、勤奋，是这个过程中必备的因素。

感谢上帝，没有给老虎插上翅膀

⊙朱成玉

角度决定高度，视界决定境界，有时，你看似一无所有，换个角度看，其实你拥有一切重新选择的机会。

19岁那年，我高考落榜。在那个灰暗的日子里，我整天蜷缩在家里，无所事事。生活仿佛走进了死胡同，青春的一切美好都离我远去，包括那些曾经令我热血澎湃的梦想。我像一个输光了一切的赌徒，一夜之间变得一无所有。巨大的空虚吞噬着我，我的灵魂飘忽不定，居无定所。

我开始自暴自弃，妄图毁掉生活中一切完美的东西。每毁灭一样东西，我都会幸灾乐祸，扬扬得意。母亲的苦口婆心于我形同虚设，父亲的严词厉语也没有丝毫作用，渐渐对我生出绝望之心。

二龙家的玻璃是茶色的，很漂亮，我就让它碎几块；冬子的山地车很酷，我就常常放它的气……我活得不自在，你们也别太快乐，这就是我当时唯一的想法。

所有人都避开我，我没有朋友，就连头顶上的那个上帝，每天也是对我摇头叹息。

按说，比我惨的人很多，比如隔壁的四虎就是个彻头彻尾的倒霉蛋。一年前在建筑工地被重物砸断了右腿，一辈子再离不开拐棍了。刚住了几天院，包工头就迫不及待地给了些补偿金，打发他回家。在回家的路上，他又被劫匪抢走了藏在内裤里的钱袋，最后靠要饭才回到了家。可是倒霉的事情还没结束，回到家后他发现家里冷冷清清，原来，他的老婆早已经自力更生，另谋出路去了。

取笑这个倒霉蛋，便成了我每天的必备节目。有时候，我会趁他睡觉的工夫把拐棍偷走，让他求我，这样我就可以要求他给点"小费"买皮蛋吃。我也知道，他靠编筐挣点钱不容易，可是自己就像潘多拉盒子里跑出来的魔鬼一样，每天不停地在他身上搞着恶作剧。奇怪的是，他竟然不和我生气，总是那么笑呵呵地"哀求"我把拐棍还给他。他这宽容的后果，就是让我变本加厉地坏，恶魔在心底似乎根深蒂固了。

和我相反，他的院子每天都很热闹，人们喜欢到他那里，和他聊天，他一边编筐一边和人说笑，脸上看不到一丝悲苦。我就对他说，你都残疾了，老婆也跟人跑了，你怎么还笑得出来？没想到他语出惊人：老天爷不给你碗，你难道就不吃饭了吗？

我知道，我说不过他，也没办法打击他，他似乎是一个麻木的人。

但事实很快证明，他也有情绪低落的时候，因为我看到了他的眼泪。

那天，我听到他吹起了笛子，尽管依旧是欢快的曲调，却给人一种忧思。一只鸽子飞到了他的房顶上，那是他曾经养过的一只鸽子，灰白相间的鸽子，他认得，丢了很久之后又飞了回来。我用石子打它，却怎么打也打不走。这一次他是真的急了，冲我大喊，让我不要打走它，我看到了他的眼角潮湿，亮晶晶的液体流了出来。于他，那是多么珍贵的珍珠啊。我竟然被他吓了一跳，从来没看见过他这个样子。我躲进屋子里，看见他把自己吃的米拿出来洒到地上，慈爱地看着他的鸽子在那里一粒一粒地啄着。然后，就开始给鸽子做起鸽子窝来，一边做一边哼哼着难听的小曲。我想这只鸽子一定勾起了他的伤心往事，又或许是他在想，老婆会不会也像这鸽子一样，失而复得呢？

四虎依然那样快乐地生活着，他的院子里依旧热闹，鸽子也是上下翻飞，自取其乐。除了那个小小的"插曲"外，看不到他有一丝异样。但就是这个小小的细节，让我窥到了他的精神世界。他不是不懂得疼，而是在用乐观消解着那些疼。

那些天，我的耳畔反反复复都是他的话：老天爷不给你碗，你难道就不吃饭了吗？

他是一个多么值得敬佩的人。我第一次有了这样的想法，并且开始为自己的种种行为感到可耻。我不再捉弄他，在一个晴朗的早晨，搬来一个梯子，偷偷把他做的鸽子窝放到了他的屋檐上。

父亲多次让我去他工作的工厂实习，我都不去，但那天晚上，我主动提出来要去上班。父母都很讶异，父亲还主动拥抱了我。

非洲有个谚语说，不要抱怨上帝创造了吃人的猛虎，相反，我们应该感谢上帝没有给老虎插上翅膀。非洲人相信命运，按照他们的说法，如果你运气好，打猎的时候"那该死的猎物连你的咳嗽声都听不见"。如果走了背运，连头顶上的水罐都会无缘无故地裂开。不过，他们对此依然表现得异常乐观。他们会说:"如果头顶上的水罐裂了,那就趁机会洗个澡吧。"按照这个逻辑,我是不是可以这样理解我现在的处境呢:你没有车子,意味着你还有太多的车子可供挑选;你没有工作,意味着你还有太多的工作可供应聘;你没有房子,意味着你还有更漂亮更舒适的房子可供选择……你一无所有的同时,意味着你拥有一切。所以不管生活多苦,都笑笑吧!哪怕只是为了抚慰一下你的灵魂也好。

早上照镜子的时候,发现自己又会微笑了。没有大学,也不是绝路,只不过换了一条道路而已。父亲骑着老旧的自行车,我坐在后面,竟然轻轻哼起了小曲。估计和四虎哼的一样难听,要不然父亲怎么会在前面笑个不停呢!

那天夜里,我梦到了上帝。他有些措手不及,他无论如何也想不到,我这个连他都无力改变的不可救药的人,怎么转眼像换了个人似的?这个终日里对我摇头叹息的小老头儿,终于咧开嘴呲着牙笑了。

令我惊讶的是,他笑的时候,竟然和四虎一模一样。

牵牛花爬上阳台

⊙周海亮

不要焦虑,别怕风雨,牵牛花爬上阳台,病痛就会远离,幸福就会降临。

"牵牛花爬上阳台,病痛就会远离,幸福就会降临。"她在本子上,艰难地写下这句诗。

——她真的这么想。尽管牵牛花爬上阳台,几乎不可能。

冬天来临的时候,她患上很严重的病。她的脸色苍白,咳喘不止。医院里她看见表情严肃的医生轻轻地摇头。她感觉自己的身体慢慢干枯萎缩,像秋风中挣扎的夏花。每天她都躺在床上,望着遍洒阳光的阳台,胡思乱想。她想自己就要死去。有时在夜间,她甚至能够听见死神的召唤。

只要有时间,哥哥总会陪着她。哥哥是她唯一的亲人,他们相依为命。哥哥看过她写的诗,他说牵牛花跟你有什么关系呢?不管牵牛花能不能爬上阳台,你都会好起来的。她笑。她也希望自己能够好起来,可是她没有足够的信心。好像,她一天比一天虚弱,每一秒钟,都可能突然死去。

他们住在一栋老式楼房的三楼。每年春天,一楼的女人都会种两棵牵牛花。牵牛花种在小巧的花盆里,沿着楼房外墙的排水管道,不停向上伸展着枝蔓。夏天里它会开出紫红色喇叭状的小花,娇艳,脆弱,花瓣上滚着清晨的露珠。那时她也像花儿一样娇艳和快乐。每年她都盼牵牛花能够爬上她的阳台,将花儿开在触手可及的地方。可是,每一年她都会迎来淡淡的失望。——牵牛花脆弱的枝蔓根本不可能从一楼爬到三楼。因为秋天,总是来得那么早。

"牵牛花爬上阳台,病痛就会远离,幸福就会降临。"可是牵牛花不可能爬上阳台的,她悲伤地想,自己很可能,熬不过这个夏天。

不过她仍然盼望奇迹的发生。假如这个夏天,牵牛花爬上了阳台,是不是说,她的病真的能够好起来?

她开始了漫长的等待。因为牵牛花,她不敢死去。每天她都盯着阳台,将无限小的希望无限放大。可是她看到的只有千篇一律的夏日灰白阳光。她的失望一点一点地递增,几近绝望。墙上的日历越来越薄,她知道,秋天要来了。

如果牵牛花不能爬上阳台,自己就将死去。

甚至,她想到了死去的方式和时间。

可是那一天,清晨,当她睁开眼睛,当她习惯性地转头看阳台,你猜她看到了什么?她真的看到了牵牛花!

是的，牵牛花。牵牛花在夜间，偷偷爬上了阳台。它伸展着柔软的须蔓，把一朵紫红色的小花吹起，冲向她。花在笑，她也在笑。

她惊喜地喊来哥哥。哥哥扶她坐起，一起看那朵小小的牵牛花。她说你知道吗？前几天我在想，如果牵牛花真的能够爬上来，也许，我的病真能好呢……你说这世上，是不是什么奇迹都有可能发生？哥哥说当然是。什么奇迹都有可能发生。不过你的病和牵牛花没有关系……即使没有牵牛花，我也相信你能好起来！

那天她的心情格外好。她和哥哥聊了很多，不停咯咯地笑。好像，心情好，病也好多了。那天她睡得踏实，做着幸福的梦。

几天后，第二棵牵牛花也爬了上来。它们相互缠绕，把阳光染绿。每个清晨，它们都会开出几朵紫色的小花。她的阳台不再是单调的灰白色，而是紫色，是绿色，是绚烂的七彩。她的心情，也慢慢变得斑斓起来。

她的脸色慢慢变得红润……她能够自己坐起来……她能够倚在床头看一本爱情小说……她想，奇迹真的发生了。

是的。奇迹真的发生了。已经被医生判了死刑的她，竟然在某一天，不可思议地站了起来。那时已是初秋，阳台上的牵牛花，已经有了淡淡的黄。在屋里闷了将近一年的她，现在，特别想出去走一走。于是她一个人慢慢下楼，来到小区的甬道。

她抬起头。她看到两棵种在花盆里的牵牛花。

只不过，牵牛花放在二楼的阳台。一楼根本没有牵牛花。

……是哥哥找到一楼的女人，然后，他们各抱一个种着牵牛花的花盆，找到二楼。再然后，他们把两盆牵牛花放上二楼阳台，由二楼的男人浇水施肥，悉心照料……

"牵牛花爬上阳台，幸福就会降临。"那天她说。那天他们说。

活出本色

⊙马 德

一个人，最难可贵的，就是无论在何时何地，都能保持自己的本色，你做到了，你就展示出了一个人最可宝贵的价值。

在《卡耐基论人生哲理》书中有这样一些文字：

卡耐基曾经去问某石油公司的人事部主任，求职的人常犯的最大错误是什么。这个曾经和六万个求职的人面谈过，还写过一本《谋职的六种方法》的人事部主任回答说：来求职的人所犯的最大错误就是不保持本色。他们不以真面目示人，不能完全坦诚，总是想给你一个最理想的回答。事实上，这样做是无济于事的，因为没有人喜欢伪君子，也从来没有人愿意收假钞票。

还有一个是关于电车车长的女儿凯丝·达莉的故事。她从小喜欢唱歌，并且梦想当一名歌唱演员。但她的牙齿长得很不好看，一次她在新泽西州的一家夜总会里演出时，她总想把她的上唇拉下来盖住她丑陋的牙齿，结果洋相百出。演出完之后，她就伤心地哭了。

她后来回忆说，正当我哭得最伤心的时候，台下的一位老人对我说：孩子，你很有天分，坦率地讲，我一直在注意着你的表演，我知道你想掩藏什么，你想掩藏的是你的牙齿。难道长了这样的牙齿一定就丑陋不堪吗？听着，孩子，观众欣赏的是你的歌声，而不是你的牙齿。他们是需要真实的，张开你的嘴巴吧，孩子，观众看到连你都不在乎的话，他们就会对你产生好感。再说了，孩子，说不定那些你想遮掩起来的牙齿还会给你带来好运呢。

凯丝·达莉接受了老人的忠告,不再去注意牙齿。从那时开始,她只想着她的观众,她张大嘴巴,热情而高兴地唱着,最后她成了电影界和广播界的一流红星。甚至后来,许多喜剧演员还希望学她的样子呢。

还有我们最熟悉的舟舟,这个只能写自己名字的弱智儿,靠着自己对音乐的感知,学会了指挥,几乎每一次有他参加的演出都是他压轴,而他的每一次演出都能赢得观众雷鸣般的掌声,无论在国内还是在国外。他之所以赢得人们的尊重,除了激情四射的指挥之外,就是他能够把真实的自我展示给世人,而绝不去矫饰和掩藏。

的确,在这个世界上,我们可能有先天的缺陷,也可能有后天的不足。这都不要紧,要紧的是我们敢不敢以本色示人,展现一个真实的自我,而不去欺骗,不去隐瞒,不去作伪,不去讳饰,不搞装腔作势,不玩虚情假意,活出一个本色的人生。

正如那位石油公司人事部主任所说,保持自己的本色,你就展示出了一个人最可宝贵的价值。

90岁的市长

⊙崔修建

永远葆有一颗年轻的心,会惊讶地发现,自己的生命里蕴藏着那么丰富的能量。

她是一座拥有70万人口的城市的市长。

早上起来,她先做了20分钟的健身操,然后煮了咖啡,吃了营养早餐。接着,她驾驶自己那辆普通的别克车上班。经过一个街口时,她发现有一个广告牌被昨夜的大风吹歪了,便停下车,打电话通知路政部门赶紧派人来维修。不经意间,她将车停错了位置,一位年轻的警察跑过来进行违章处理,虽然他一眼就认出了她,但还是照章处罚了她,她没有辩解一句,而是心悦诚服地接受了处罚。进了办公室,她立刻打电话给警察署长,由衷地赞扬那位认真负责的警察,并建议对他进行表彰。

上午,她批阅了一大摞文件,又整理了两份材料。然后,开始准备一份讲话稿。这些年来,她始终没有配专职秘书,绝大多数的讲稿,她都坚持自己动手写,不让秘书代劳。她说自己写讲稿,可以最准确地表达自己的思想。

下午,她一个人开车到社区考察。在一个社区大院里,她坐在一张普通的木椅上,与围坐在身边的一群老人交流对新的福利政策的意见。她说话简洁明了,没有一句废话,很多时候,她都在笑眯眯地倾听老人们七嘴八舌的议论,从中获取了不少有益的信息。

接下来,她又去了一家刚转型的企业,咨询了老板一些经营情况,悉心地记录了一些新信息,并应邀给大家做了一个很有激励性的简短讲演。

下班后,她驱车去市场采购买了多种蔬菜和鲜肉。回到家中,她便钻入厨房,开始精心地烹饪美味佳肴,为自己准备一顿丰盛的晚餐。这是她一直保持的习惯,家里从不请厨师,每一顿饭都要亲自下厨。她还喜欢把朋友请到家中,在一番紧张的忙碌后,给朋友献上一份惊讶——她的厨艺真的很棒,尤其是拿手的美味馅饼,堪称一绝了。她曾骄傲地说,以后有机会学学北京烤鸭的制作,那里面大有学问呢。

晚饭后,她照例要到附近的社区走走,去图书馆、露天影院、广场、街道……阅读、演讲、唱歌、跳舞、聊天,到处都能见到她熟悉的身影。她说自己特别喜欢参加各类社区活动,因为能够看到、听到、感受到许多办公室里不能知道的民情,能够获得大量鲜活的一手材料,便于自己更好地决策和执政。

这就是加拿大第六大城市米西索加市市长麦卡利恩女士最日常的一天工作和生活剪影。如今，麦卡利恩已是90岁高龄，她依旧身体健康、思维敏捷、雷厉风行、勤勉敬业。她担任市长34年了，米西索加市呈现出不断繁荣发展的景象，被评为加拿大"最安全的城市"和"最适合人类居住的城市"。

耄耋老人麦卡利恩曾笑称自己是全球最"年轻"的市长。她这样感慨：投身于自己喜爱的工作中，永远葆有一颗年轻的心，努力争取把工作做得好一些，更好一些，还会惊讶地发现，自己的生命里蕴藏着那么丰富的能量，真应该好好地开掘。

野百合也有春天

⊙仲利民

> 为什么要相信，一切命中注定呢？勇于实践，敢去打拼，才会成为赢家。

小莉在公司里从最底层干起，那时的她只有高中学历，在这个公司里只能干些端茶倒水、打扫卫生的活儿。不过，小莉聪明，她高中毕业本来可以继续读书的，可惜家里没有钱供她，再大的梦想，在现实面前也要屈从，她对父母说："我要出去闯一闯。"老实巴交的父母没有什么主见，也不能给她多少建议，母亲从箱子底掏出二百多元钱塞进小莉的手里，泪水就忍不住滚出来了。

小莉随着人流来到南方的这个城市，躲在车站候车室里睡了十多天，每天清晨出来找工作，晚上去那里的长椅上休息，可以节省点钱。后来，这家公司愿意接收小莉,是因为她做事麻利,很是勤快。

这个公司里,多是年轻的女性,虽然与小莉的年龄差不多,身份却大不同,她们是公司里的精英,而小莉却是一只丑小鸭,她们对她呼来唤去:"小莉,把垃圾倒了。""小莉,过来一下,把这份材料送给经理。"她们这样呼唤的时候,一切都是天经地义,小莉是勤杂工,就是做这些琐碎底层的事情。

小莉在做这些事的时候,也在想着,什么时候可以像她们一样,在电脑前敲敲打打,把一份份表格或材料做好,送给经理审阅,而后就可以领到丰厚的薪水。小莉在做勤杂工时,不断地熟悉身边的一切,她还抽出时间学习,这里的白领丽人,虽然对小莉呼来唤去,可当小莉问什么问题时,也很乐意为她释疑,这让小莉进步很快。

又一次,公司招聘,小莉也报了名。主管看到小莉,笑了笑:"我们招的是技术人才。"小莉说:"我想试试。"说着就把需要的证件都掏了出来,一关一关地考核,一关一关地过,居然让她闯了通关。

小莉和她们一样成了一位白领丽人。不过,小莉还是习惯做一些力所能及的卫生工作,有时新来的勤杂工忙了,她也会帮着打扫一下。有时,她们习惯了喊:"小莉,帮我拿只杯子。"说完了,又感到不合适,可小莉已把杯子给递过来,茶水泡上了。

有同事向小莉讲职场生存之道:"你在什么位置上,就做什么事。你以前是勤杂工,做那些事正常,现在是技术人员,就要顾及身份,不能听从别人的吩咐。不然,有失面子。"小莉灿然一笑:"没什么,不忙的时候帮着做一下,顺便得很,又照顾了别人。"劝的人就不可思议地摇摇头。

小莉的工作做得很出色,加上她与同事关系融洽,深受大家喜欢。年底的优秀员工,第一次把她的名字排在了头排。

有一次,她们技术部领命设计一款新式机器。技术部人员加班加点,最后做了出来,主管也非常满意,进行最后一次讨论时,大家都兴致很高地等待表扬,主管在例行征询意见时,小莉却提出了这个设计有问题。大家的目光齐刷刷地盯着小莉,那眼神仿佛在问:"小莉,你在干什么?这是大家努力的结果,你否定了就是站在了大家的对立面。"小莉侃侃而谈,讲了这款设计虽然外观线条流畅,也达到了节能百分之二十的要求,可是新款却降低了安全系数,一旦产品推出,会出现意想不到的后果,倘若现在轻率地通过,那么会给公司带来巨大的损失。等她讲完,技术部的人也意识到了问题确实存在,主管听了她的话后面露笑意。

后来,这个曾经宣称单身主义的主管,居然爱上了貌不出众的小莉,并执著地宣称非她不娶。

在他们的婚礼上,主管一语道破机密,不是大家不懂那个破绽,是他们一起做好的一道试题,考验小莉的技术水平到底能否胜任技术部的工作。虽然经过了公司里的层层考核,可许多同事想到小莉原来就是一位勤杂工,怎么也不能拐过心里那道弯。想不到小莉在回答问题时,那份认真与沉着,还有她对事情敢于负责的精神,一下子击中了主管的心扉,让他动了沉寂的爱心。这样的结局,是小莉怎么也想不到的。

谁说一切命注定?敢去打拼才会赢。

从自恋中华丽转身

⊙感　动

人生不可预知,但机遇总是偏爱那些坚忍不拔、时刻准备的人。

14岁时,他来到北京,为了生存,他整天徘徊在北京电影厂门口等待一份群众演员的角色,如果运气好,碰到有戏,每天就可以得20元的微薄酬劳，这刚刚够一天的饭钱。这时的他，有一搭没一搭地在一些剧组里跑着龙套，后来实在没有戏了，他就跑去工地做力工以维持生活，他完全没有想过，自己以后竟会走上影视这条路，成为一名演员。

在拍《大腕》时，他碰巧在戏里面跑头套，演一堆"群众"中的一员。开机第二天，在拍戏的一个间隙，戏里的男主角，当时已是著名演员的葛优偶然摸了一下站在身边的他的头，并随意看了他一眼。其实，对于眼前的这个不起眼的群众演员，葛优这样做，完全是无意识而为之，他只是觉得这个小孩比别的小孩好玩而已。但是在他的眼里，这个动作和这个眼神却是如此意味深长。他的脸当时就红了，因为兴奋，他的心嘭嘭乱跳，并开始沾沾自喜地狂想："大名鼎鼎的葛优，在上百号的群众演员中只摸了我的头，一定是我的演技好，引起了他的注意。虽然我是一个群众演员，但我一定要努力演到最好。"

正是带着这种心态，他开始每天都去电影厂门口守候，一天也不落。虽然做群众演员，在戏里最多只有一个背影或一句话的戏份，但他却全身心地投入，乐此不疲，每当碰到同样漂在北影的熟人时，他总会心情激动地说："那回葛优抚摸了我的头、看了我一眼！"结果，听到的人都笑话他自我陶醉，说他是典型的自恋。但是，他却真的沉浸在这种"自恋"中，他从来都没有怀疑过大腕葛优对自己有特别的期许。

当群众演员，并不是天天都有活干的，也没有人一年到头只傻等着，靠做这个来生存，但是，他却是一名"铁杆"的群众演员，无论有没有戏开工，他都没有离开，直至生活一度到了山穷水尽之际，他仍然坚持下来。他内心的力量之源仍是自恋，每当有了困难时，他都告诫自己：连葛优都看重我，我一定能行的。

而恰恰是这种自恋，让他内心燃起了旺盛而热情的火焰，这团火焰，让他无法去辨清周围的环境如何，自恋使他"盲目"地自信，从而筛除了内心的杂滓和他想，唯留下坚强与乐观。

机遇总是偏爱那些坚忍不拔、时刻准备的人，若干年后，他最终等到了属于自己的机会,他从一个北漂华丽转身,成为一名优秀的影视演员。他叫王宝强,是2008年金鹰奖最佳男主角得主。

饥饿是生命的闹钟

⊙薛　峰

　　饥饿让正在饥饿的人产生求生的动力,拼尽全力地摆脱困境;饥饿让曾经饥饿的人永远保持危机的意识,永远不松懈,不堕落回困境的泥潭;饥饿让已经富足的人珍惜拥有的满足,明白幸福的来之不易。

　　他出生在一个大多数中国人都在挨饿的年代,在儿时的记忆里,食物就是全部。每逢开饭,他匆匆把自己的那份吃完,就盯着别人的碗号啕大哭。饿急了,他就公然地抢夺别人碗中的食物,抢得双泪长流。能吃的东西似乎都吃光了:草根、树皮、房檐上的草。有一次学校拉来了一车好煤,他拿起一块就放在嘴里嚼,同学们也跟着一起嚼,都说越嚼越香。一上课,老师在黑板上写,他们就在下面嚼煤,咯咯嘣嘣一片响,全都一嘴乌黑。

　　后来,他当了兵。为什么当兵?因为从此可以和饥饿道别了。在部队里,他每次至少吃8个馒头,吃得别人都睁大了眼睛,但他感觉肚子里还有空。再后来,日子过好了,一上宴席,他却仍是迫不及待,好菜坏菜什么都吃,生怕吃不饱。许多朋友说他吃起饭来奋不顾身,埋头苦干,好像狼一样。他也曾一次次告诉自己:少吃,慢吃,吃时嘴巴不响,眼光不恶,夹菜时只夹一根菜。但一见到好吃的,他立刻便恢复原样。

后来有一次,他遇见了一个自称是作家的人,作家白白胖胖,一看胃口就十分好。作家说,他写一本书就能得成千上万的稿费,每天吃三顿饺子,而且还是肥肉馅儿的,咬一口,那些肥油就"滋滋"地往外冒。他不相信,天下竟有富贵到每天都可以吃三顿饺子的人?作家二字让他震惊。

从此,他知道了,只要当了作家,就可以每天吃三顿饺子,而且是肥肉馅儿。那时,他就下定了决心,长大后一定要当一个作家。

几年后,他果然出了一本小说,名字叫《红高粱家族》,后来被改编成电影《红高粱》,是中国第一部走出国门并荣获国际A级电影节大奖(第38届柏林国际电影节金熊奖)的影片,产生了空前的影响力,开创了中国新时期电影创作的新篇章。

他就是作家莫言。

如今的莫言发福了,山珍海味可谓吃遍了,但曾经的饥饿记忆,却在生命中永远不会消失。

这使我想起了陈忠实,另一个饱受饥饿之苦的人。

陈忠实出生在一个世代农耕的家庭,打小受苦,是一个有着背馍经历的作家。背一周的粗粮馍馍步行50里去西安读书,夏天馍馍长毛,冬天馍馍冻成冰疙瘩。学费是父亲一次次挖树根用扁担挑去变卖换来的。贫困的家庭无法供给他买书的钱,因而饥饿就成为双重性的了。陈忠实每晚都在肚子的"鸣叫"中入睡,实在饿得睡不着,就爬起来喝几盅冷水。

没写出《白鹿原》之前,陈忠实只是个农民作者,家在西安郊区灞河乡,生活极其艰辛。有天他带着读初中的女儿到一家小饭馆吃午饭。他为女儿要了一碗羊肉泡馍,自己却吃家里烙的干饼子。饭馆跑堂的看见后直摇头,破例免费为他盛了一碗羊肉汤,他却舍不得吃,把汤里的少许几片羊肉全部夹到女儿的碗里。

那时,一个叫徐剑敏的文学青年,在西安一家搪瓷厂做工,经常去陈忠实家找他谈文学。当时发表作品很难,连稿费也没有,就给几本稿纸。谈到吃中饭,陈妻借来面粉一边烙饼一边埋怨:你看看俺家有多穷,俺忠实太老实，就晓得夜夜写字，又换不来钱，还费灯油呢。陈家当时全部家当就是两间泥房一张土炕。他们每次喝的酒是陈妻用玉米芯酿的，徐有一次连喝五碗，真的喝醉了，好几天爬不起来，当然走不了，就睡在陈家土炕上。半夜里冻醒，陈家连条像样的被子也没有，他就坐在炕上，跳蚤不怕冷，咬得他一屁股红包。

没过多久，陈忠实来西安送稿，徐剑敏正好发了五块钱降温费，买了两个肉夹馍，递一个给陈忠实，两人当街吃起来。陈忠实咬了两口，又把肉夹馍包好，徐问他：你咋不吃咧？陈忠实支吾半天，才吞吞吐吐：想带回家给俺老婆吃。徐心往下一沉，道：你吃，我还有两块钱，再买一个。

陈忠实是有巨大承受力的，在困难、贫穷和饥饿的煎熬中，他没有逃避，更没有放松一丝对理想追求的脚步，他踏过泥泞，精神上比任何时候任何人都富有和强大。或许也正是有了这种毅力，才有了后来的《白鹿原》，一部记录民族历史的雄奇史诗。

什么是饥饿？我觉得饥饿是生命的闹钟，时刻警醒着你前进。饥饿让正在饥饿的人产生求生的动力，拼尽全力地摆脱困境；饥饿让曾经饥饿的人永远保持危机的意识，永远不松懈，不堕落回困境的泥潭；饥饿让已经富足的人珍惜拥有的满足，明白幸福的来之不易。

莫言说："饥饿和孤独是我创作的源泉。"陈忠实呢，如今富了，但他从不贪大鱼大肉，早上泡馍加稀饭，中午米饭，一素一荤加一汤，晚上面条。因为他们都是经历过饥饿的人，而饥饿，绝对是生命的闹钟，它随时告诉你如何面对变幻莫测的现实。这钟声回荡在你的心里，让你从容，让你豁达，让你珍惜。